大狗传

迟宇宙 著

人民文学出版社

图书在版编目（CIP）数据

大狗传/迟宇宙著.—北京：人民文学出版社，2017
ISBN 978-7-02-012570-8

Ⅰ.①大… Ⅱ.①迟… Ⅲ.①短篇小说—小说集—中国—当代
Ⅳ.①I247.7

中国版本图书馆CIP数据核字（2017）第060376号

责任编辑　徐子茼
责任印制　苏文强

出版发行　人民文学出版社
社　　址　北京市朝内大街166号
邮政编码　100705
网　　址　http://www.rw-cn.com

印　　刷　三河市西华印务有限公司
经　　销　全国新华书店等

字　　数　206千字
开　　本　880毫米×1230毫米　1/32
印　　张　9.625　插页2
版　　次　2017年8月北京第1版
印　　次　2017年8月第1次印刷

书　　号　978-7-02-012570-8
定　　价　39.00元

如有印装质量问题，请与本社图书销售中心调换。电话：010-65233595

致敬的方式

我出生在山东莱州的一个小山村，偏远、闭塞。幼年没什么书可读，只能翻看"毛选"、民兵训练用书《射击》以及用来糊窗的报纸，内容大都关于无产阶级文化大革命后期的中国。后来偶然间，我读到《镜花缘》和《封神演义》，算是开启了正式的阅读之旅。那两本书都出版于1950年代，繁体版。幼年的我靠猜测识得不少繁体字，到了中学，阅读古籍时已几无障碍，去大学读中文系就变得顺理成章了。

我的阅读都是偶然的，十二岁的时候读到宝文堂版的《鹿鼎记》，从此着了迷；十五岁时读德莱塞的《嘉莉妹妹》，感到不一样的震撼，仿佛暗夜中划出的一道闪电。

到了大学，阅读就变成一种生活和习惯。什么书都读，文学、历史、古籍，有一段时间甚至对彼得·林奇着了迷。写作也变成一种常态，主要是写诗和随笔，也写过几个短篇，后来发现自己缺乏写小说的能力。那时候我对小说家充满景仰——他们怎么会有那么好的想象力，写出如此绝妙的故事？

我在大学里终于可以把德莱塞读个遍，自此迷上他的《美国悲剧》和《欲望三部曲》。他自然不是我心中最好的小说家，他排在卡夫卡、博尔赫斯的后面，也排在海明威、鲁尔福的后面，可我就是喜欢。

大学毕业后我一直从事媒体工作，大部分时间做经济新闻，写过《海信史》和《联想局》两本野心勃勃的商业史。那时候我意识到，中国正在经历一个前所未见的大时代，商业文明终将成为这个国家的信仰。时代需要与之匹配的记录者，我想做这样的人。

我记录这个时代的方式是非虚构写作，特写和图书。我认为我写不了小说。直到有一天，我读了安妮·普鲁的《近距离》和奈保尔的《米格尔街》，突然意识到博尔赫斯《恶棍列传》的传统在他们身上流淌着。他们会为我指一条路，一条少有人走的路。

我大概五年前开始系统地写一些短篇的商业题材小说，也做了几个长篇的规划，想用德莱塞的方式记录这个时代。这中间我主持过一本杂志——《中国故事》，虽然并不成功，但却进行了一些尝试，我们用虚构和非虚构两种模式来记录这个时代。

在《中国故事》的改版前言中我写道，中国正在经历前所之未有之大变局，公文体的说法是"社会转型时期"。它所提供的不仅是财富的得到与失去，价值的呈现和沦丧，也呈现着心灵的污浊与清晰，生命的脆弱与坚韧。高尚者和卑鄙者在同一个舞台上表演，大人物与小人物在相同的时间节点下共生。对于一个观察者和一个文字爱好者来说，这是多好的时代啊！

在这样的时代里，我们不需要依靠想像力就能得到足够的复杂性与多样性，生活所呈现出的远远超过戏剧的描述，卡波特的《冷血》

模式可以直接复制，成为余华的《第七天》，社交网络上的传闻、法庭上的辩论，甚至超出了美剧所能提供的狗血桥段。荒诞、绝望、麻痹，丰富、丰满、丰腴。多好的土壤啊，充满了人畜的粪便、腐殖质（我们农村叫绿肥），也充满了碳酸氢铵和尿素……

我想记录这个时代，记录大人物也记录小人物，记录成功者也记录失败者，记录身边人也记录陌生人，记录我们人类也记录飞鸟走兽，记录我们的肉体也记录我们的心灵。我想找出我们时代的特征，哪怕它一无所有，仅止一个幻梦。

这就是我想讲述的"中国故事"，全部是历史，在它们还未曾被我讲述的时候，就成了历史。它们有迹可循，无处可逃。我努力去记录，去理解，去接纳，去沉淀，然后，归纳和演绎，使之成为未来的"野史"，成为这段断代史的真实的补充和参照物。

财富是我切入观察的视角。我相信财富虽然不是当下判断梦想和成功的一个最好标准，甚至是最差的一个标准，但它至少是一个较为通行的标准。我们恨它，却离不开它。财富本身没有意识形态，使用者赋予了它成色。我们也需要生存，我们更需要财富能够超越数字本身，成为一种真正的力量，推动进步，靠近自由。我记录那些财富的流动、得失，记录富豪和草根，记录那些面孔的变化，记录生存和死亡，记录上升和堕落。然后，有时候真没什么然后。

我也会记录那些城市，记录那些乡村，记录那些山川河流，记录那些再也不会相见的旅人。他们讲述他们的故事，我讲述他们的"中国故事"。

《中国故事》终究成了一个失败的商业项目，但却使我坚持着写下来。我系统性地用非虚构和虚构两种方式关注中国工商界，形成上百个人物特写和近百个短篇小说。这些小短篇都来源于真实的生活和事件，有着复杂多面的原型——小说只是一种存在，它可以将无数个真实形象叠加、融合，形成"主人公"。

感谢德莱塞、博尔赫斯、安妮·普鲁、奈保尔。还有茨威格，他打通了虚构和非虚构，我是他们的信徒。感谢这个时代，提供了超越戏剧的戏剧性。感谢人民文学出版社，让我成了一个写小说的人。

我现在终于可以歇会儿了。

下一站，很长。

迟宇宙

2017年春于北京

CONTENTS　目录

———

CHAPTER 1　　大佬

　　老板的《养猪经》　　　　　　003
　　老板的故事　　　　　　　　　008
　　刘项　　　　　　　　　　　　014
　　间谍　　　　　　　　　　　　030
　　银行家　　　　　　　　　　　037
　　中国故事　　　　　　　　　　045
　　忠诚　　　　　　　　　　　　052

CHAPTER 2　　联盟

　　天山任老丘　　　　　　　　　061
　　大小鬼　　　　　　　　　　　085
　　爱情　　　　　　　　　　　　091
　　赌局　　　　　　　　　　　　099
　　仇恨　　　　　　　　　　　　107

CHAPTER 3　　败局

- 梅花易数　　115
- 大师　　121
- 失去魔笛的潘神　　128
- 真相　　133
- 球迷　　139
- 小人传　　147
- 宫　　155
- 王大枪的解放　　169
- 黄金时代　　177

CHAPTER 4　　富二怪

- 怪物　　187
- 牢笼　　195
- 传说中的英雄　　204
- 英雄史　　220

CHAPTER 5　　甘露园

- 马宏是条垃圾狗　　231
- 血战到底　　240
- 因为爱　　248
- 奴才　　257
- 甘露园离奇命案　　266

Chapter 1
大佬

———

活着就是为了改变世界,难道还有其他原因吗?

老板的《养猪经》

一

我养的不是猪,而是一种境界。

老板是个方脸儿,喜欢戴黑框眼镜,穿深色的T恤,还经常把袖子卷起一半。有人说他像个深藏不露的书生,也有人说他其实只是个养猪的。对于人们的评价和猜测,他毫不在意。他总是直言不讳地对访问者说:"我养的不是猪,而是一种境界。你们知道的,《道德经》的那种寂寞。"

无论境界如何,是不是一种寂寞,人们都知道,他其实就是个养猪的。十年前他曾经混迹过互联网,在攫取了巨额财富、成功地回归到卧室之后,他就变得像任正非、倪润峰那些老头儿一样神秘。有人说他正跟一位大和尚学武功,也有人说他正在研读《玉女心经》,还有人说他皈依了巴哈伊教,经常与潘石屹和张欣一起出游。

关于他的谣传多不胜数,这曾使他非常苦恼:"以前当老板的时候,觉得当个老板真不容易啊!现在不当老板,当投资家了,发现当老板的老板更难。真是当男人不容易,当蚁力神的男人更不容易。"

倪润峰后来黯然地告别了舞台,听到这消息的时候,他曾经埋头被窝中痛哭失声:"我以后再也不崇拜你了,我要崇拜冯仑。"他召开了董事会，要求聘请冯仑担任独立董事，向其学习如何野蛮生长，如何站得高、尿得远。

"站得有多高、尿得有多远我并不在意，我在意的是怎么通过技术手段，把飞出去老远的尿回收回来，要知道那才是真正的有机肥，如果没有尿结石的话。"他说。

董事们鼓掌。

他关注尿，只是一种表象。他真正关注的是猪。猪是他生命的大部分结构，是他基于表象之后的最终假设。

他最喜欢问他人："你们吃过真正好的猪肉吗？"

被问的人通常会莫名其妙，因为人们那时候或者正在吃素，或者正在吃牛排，有几个人还正在辟谷当中。

他见人们哑口无言，就自言自语道："你们肯定没吃过。"

有人问他："你吃过吗？"

他说："其实我也没吃过。"

人们一下子乐了。又问他："什么是真正好的猪肉？"

他说："我正在养，还没出来。"

"那什么时候才能吃到你养的猪啊？"

"心急吃不到好猪肉。"

《21世纪经济观察报》一位记者获知，他养猪并不为了赚钱，甚至不是为了他经常说的"惠农"。作为一位杰出的投资家和数届"全球年度经济人物"，他也不需要制造噱头为自己赢得眼球。

他时常说："我讨厌史蒂夫·乔布斯和马克·扎克伯格那样的人，老爱显摆自己，有什么可显摆的？学学人家冯仑，得空儿多读读经书，等年纪大了也好'起它一个号、坐它一乘轿、刻它一部稿、讨它一个小'。"

他养猪只有一个目的,那就是为了刻写一部经书,《养猪经》。他的一位副董事长兼合伙人马丁·路德·银曾私下对《21世纪经济观察报》抱怨说:"他就是个农民,有钱了也是个农民。"

马丁·路德·银是纳米比亚籍华裔,他出生于河南省唐河县大常庄,在养了二十年猪之后,他完成了自己的"原始积累",并且成功地在被查处使用"瘦肉精"之前,技术移民到了纳米比亚。

《21世纪经济观察报》的那位记者一定还记得马丁·路德·银那冷酷的眼神。他脸色苍白,两手颤抖,语气冰冷:

"养猪能不用瘦肉精吗?我是技术专家,我可以负责任地说:不用瘦肉精,养出的只能是老母猪。"

然而他的老板并不担心养出的是什么猪,而仅仅担心能否顺利地刻下那部《养猪经》。他曾告诉摩根斯坦利和高盛的董事总经理们,如果他的《养猪经》顺利出版,那么他将能够在中国的文化创意产业中大展拳脚,并且通过 VC、PE、LP 等方式,参与到大型出版集团的上市当中。

"《养猪经》不是一本书,而是一本经书。"他说,"我记得有一次去吃火锅,点了盘猪血。正常的猪血应呈暗红色,但服务员倒进锅中的那盘猪血却是亮晶晶的。中国有那么多人在吃猪血,如果有一本经书指导他们如何吃猪血,十三亿人,你们会算的。"

黑石的一个人问他:"你为什么不关注猪小肠,你看李锂和李钽,人家弄弄猪小肠,就发了大财。"

他"切"了一声，笑道："几百个亿就叫大财？等我的养猪场成了气候，他能不能吃上饭还得看我的脸色。要是我不高兴了，我把猪小肠全做成肥料。要是我高兴了，倒还可以考虑参它海普瑞个股。最重要的是《养猪经》，这是一次探索，不是纯粹的商业行为。"

黑石的人反问道："我还是更喜欢纯粹的商业行为，你不是说过，部分猪种仅在养殖环节的毛利率就超过50%吗？我喜欢这样的数字。我希望看到你成为中国的三汇公司，干掉双汇、雨润、金锣，千秋万代、一统江湖、东方不败。"

他说："劁猪是个技术活儿。"

最终对其进行投资的是来自维京群岛的白石和开曼群岛的清水两家对冲基金，他们分别投了1000万美元。他拿到投资的时候说："2000万美元，这也好意思叫投资？顶多算个天使了。"

马丁·路德·银偷偷告诉《21世纪经济观察报》记者，他的老板给白石和清水公司的人起了个绰号，"飞翔的胖猪天使"。

《养猪经》项目的顺利推进让马丁·路德·银和他的老板对未来充满了期许。有一次他们乘坐列车到温州去，他们在那里看到了一片农田。他们在一个叫永嘉的小站下了车。那是一个像黄昏一样荒凉的早晨，茫茫的雾霭笼罩整个小城，那种哀婉和凄美，比北京的雾霾还要可怖。

他指着远方对马丁·路德·银说："我们要在那里建立一个养猪基地，引进日本狼儿岛出产的绿毛猪，口感好，利润高，一刀切下去还有花岗岩的纹路。"

马丁·路德·银顺着他手指的方向望去，说："大理石。"

"圈 1200 亩地,养 10000 头吧,"他说,"你去跟永嘉政府谈谈。对外别说是 1200 亩,就说是 80 顷。"

马丁·路德·银沉默了。他需要花很长时间来思考,如何把 1200 亩换算成 80 顷。

老板这时候又发话了:"我们要探索一个高科技养猪新模式,这将构成我《养猪经》的核心内容与竞争力。我们要打造一个养猪产业的航母。"

他站在那里,脑袋里迅速流转的电波转化为想象:在风光秀丽的江南小城中,他的养猪场有着豪华的猪舍,每间猪舍都是全封闭的,还安装有中央空调。通风管道从地下经过,利用地底恒温的特点,夏天降温,冬季保暖。外墙全用保温材料,屋顶铺着太阳能板,用来发电和照明。每头猪有两平方米的"猪均面积"。要训练猪上厕所。猪厕所要装气体传感器,氨气、硫化氢、一氧化碳或甲烷浓度一达到设定标准,水龙头就自动打开,把粪便冲走,进行封闭处理,形成有机肥料……

"你看过安妮·普鲁的《老谋深算》吗?"他问马丁·路德·银,"那真是长条地的一个伟大梦想。"

回到上海后,他给双汇的万隆写了一封信:"我们将乘一列火车到温州或永嘉去,在那里我们将终老一生,死后与日月同辉。瘦肉精作证。"

他放下笔,开始打坐,并且做出了一个手势。马丁·路德·银说,那是他惯用的"虎鹤双形"。老板后来告诉中央电视台《自说自话》栏目,其实那叫"双龙环抱"。

老板的故事

> 他身上总有一种厚颜无耻的自信，
> 可以使你不由自主地接受他所有的解释和承诺。

我的朋友齐人物给我讲过一位老板的故事。"这只是一个故事，我对其真实性并不负有司法及道德上的责任。"——

老板姓葛，行三，江湖人称葛三爷。也有些宵小忌惮老板威名，又不敢公然挑战，就只好背地里叫他"葛天霸"，诬称他欺男霸女、低俗下流、无恶不作、十恶不赦。老板公司的全体员工曾为此发表过一封公开信，针对这些不实指控进行反驳。

传说中的老板，是一位作家、画家、鼓手、乐队主唱、演员、导演、炫富和物质主义分子以及奢侈品疯狂崇拜者。当然，他最容易被人忽略的一个身份是，商人，精明、贪婪和远见卓识的企业家。在我们所从事的"文化创意产业"里，老板即或不是头面人物，也可谓是数一数二、泰山北斗。

葛三爷是一位杰出的作家。有人曾说三爷是中国的司各特·菲茨杰拉德。我记得海明威在《流动的圣洁》中对菲茨杰拉德的描述是："他的才能像一只粉蝶翅膀上的粉末构成的图案那样的自然。有一个时期，他对此并不比粉蝶所知更多,他也不知道这图案是什么时候给擦掉或损坏的。后来他才意识到翅膀受了损伤,并了解它们的构造,于是学会了思索,他再也不会飞了,因为对飞翔的爱好已经消失,他只能回忆往昔毫不费力的飞翔的日子。"

我还记得菲茨杰拉德出身世家,从小被以美国贵族的养成方式培养,大学读的是普林斯顿,与三爷的"青春史"和"英雄史"有着天壤的差别。菲茨杰拉德唯一的不幸是爱上了一个女人并娶她为妻。这个女人讲究排场,挥霍无度,后来又精神失常,将他彻底毁灭。然而人们依旧记得他是"迷惘的一代",依旧记得《了不起的盖茨比》和《夜色温柔》。

既然有人质疑三爷与菲茨杰拉德的"不匹配",于是就有一位作家说三爷是中国的杜鲁门·卡波特,也就是美国那位写了《冷血》的著名作家。"同样有着小男孩儿的身材,娇嫩的嗓音,热衷名利场生活,结交明星、模特、奥运冠军、房地产老板……"卡波特的经历倒确与三爷匹配,因为他自幼父母离异,17岁便高中辍学,受雇于《纽约客》开始写作生涯。可是关于作家葛三爷,人们所记得的只是一个名字——《幸福顺流成坨》,以及一位著名评论家的褒奖——"后现代、黑色幽默和零度写作,在自嘲和反讽中充满了对人类的悲悯"。然而三爷从未拥有《冷血》《了不起的盖茨比》,也没拥有《宠儿》和《没有人给他写信的上校》。主流文学界的那些大爷们,出于对三爷的羡慕嫉妒恨,对他和他的《幸福顺流成坨》津津乐道,却又不明所以。

只有我知道三爷的艰辛和苦衷。三爷出身草根,幼年因体弱多病、身材矮小,屡屡遭到强梁羞辱。他心中怒火万丈,却无处释放,唯有下定决心,要做人上之人。多年之后三爷发迹,依旧勤奋得近乎残忍。

一位访问者对此不解,他便对其讲了一个故事,说是杜月笙曾对一个人讲:"你原来是一条鲤鱼,修行了五百年跳了龙门变成龙了。而我呢,原来是条泥鳅,先修炼了一千年变成了鲤鱼,然后再修炼五百年才跳了龙门。倘若我们俩一起失败,那你还是一条鲤鱼,而我可就变成泥鳅了,你说我做事情怎么能不谨慎呢?"

三爷说:"这就是杜月笙,他从一个小瘪三混进十里洋场,成为上海最大的黑帮帮主;他出身贫民窟,却又成为涉足娱乐、文化、教育、金融、新闻各业的财富大亨。他是20世纪上半叶上海滩上最富有传奇性的一个人物。有杜月笙在前头警醒,我怎敢不勤奋努力?"

三爷一直说他生活在一个残酷的人的世界,他所拥有的一切都是一寸寸地抢回来的。事实上,三爷并非杜月笙一样强取豪夺的强人,更非什么梁山好汉。他的原始积累,都来自他辛辛苦苦地码字,一字一句地写成了《幸福顺流成坨》,几乎达到"字字看来皆是血,十年辛苦不寻常"的境界。《幸福顺流成坨》出版后,洛阳纸贵,三爷形成了自己最大的爱好——每天去银行查存款余额,看看自己当天又有了多少进账。

我所知道的三爷喜欢极致。他热爱名牌、华服、筵宴和美酒。他喜欢Kenzo沙发、爱马仕的水晶玻璃杯、百达翡丽手表。他说:"我疯狂地买各种奢侈品,带着一种快意的恨在买。"他住超过一千平方米、总价逾亿的豪宅。那座豪宅里只住着他一人,所以每天晚上他都要打开所有的灯,以抵抗会突然呈现的恐惧和孤独。有一次,我问他:"如果你放弃现在所有,你最想干的事情是什么?"他突然反问:"我为什么要放弃现在所有?即使放弃了,我难道还会去做回一位普通老百姓吗？我会快乐吗？"

我不知道该怎么回答。我听过三爷的一个故事，说是三爷的母亲从乡下老家到上海探望他的时候，他们去坐地铁。他母亲不会刷卡过旋杆，他进去以后干着急。一位工作人员帮助了她。三爷刚想说声谢谢，对方却嘟囔了一句"册那，憨死特了（他妈的，笨死了）"。她一直点头感谢，他却在那里呆若木鸡。他攥紧了拳头，对着空气使劲挥舞。他想起了童年往事，想起了自己所遭到的各色强梁。他发誓要成为一位有伤害能力的人，一位可以羞辱他人而非被他人羞辱的人。

敏感使三爷格外注重细节和程序。他洗脸有十二道程序，喝咖啡有八大禁忌。有一次他的助理打破了他喝咖啡的禁忌，结果当场就被解雇了。奇怪的是，第二天他又打电话邀请对方来继续他的工作，却不幸地遭到了拒绝。这件事深深地伤害了他，以至于他咬着被角痛哭了整整一晚。

他的作品很诡异地都带个"最"字，《最爱》《最恨》《最哭》《最笑》，唯一的"非最"是《幸福顺流成坨》，因为那是他的处女作，尚未来得及形成"最"的风格。他最近拍摄的那部电影，一举打破了华语电影的票房纪录，名字叫作《最时代》。他在接受采访的时候说："以前你们把黄渤叫作二十亿帝，现在得把我叫作三十亿爷了。"此后果真有娱记叫他"三十亿爷"，然而他身边的人，却依旧叫他三爷，或是亲昵地叫他"小三"。

"小三"不久前出了桩大事。他参加一次访谈节目，出门前他为了使自己表现得更为自如，就喝了点儿烧酒。访谈的时候，他聊音乐、女人，不时地冒出一两句看得起主持人才骂的脏话。主持人很随和，不停地拍他的肩膀,他觉得主持人似乎为他的脏话受宠若惊。后来他们聊起了另外一位作家。他仿佛看透了主持人的心思,就不停地攻讦起对方来,并且为自己的攻讦感到快活。

突然之间,门被踢开了。一位健壮的男子冲到了三爷面前,挥舞着沙包大的拳头。他正是三爷攻讦的对象,在隔壁的棚中做节目。他们吵闹谩骂、相互威胁、彼此揭露混杂在一起,使那期的访谈节目拥有了史上最高的收视率。电视观众看到他们一会儿冲向对方,一会儿又被分开;一会儿身体贴着身体,一会儿又屁股对准屁股。他们彼此视若仇雠,赌咒发誓要置对方于死地。

他们很快成了笑料,并且在接下来的生活中为人们提供了放大的谈资。他们和解了,就像吵架的情侣一样,原谅了彼此的冲动;或是像共同出轨的男女一样,在深思熟虑之后,决心维持婚姻的基本形态。他们握手言和,把酒言欢。"那是一场炒作。"一位知情者透露,但齐人物坚信这一切都源自偶然,骰子一掷谁也改变不了偶然。

我曾问起三爷当时的真实反应,得到的答案是:"我肯定恼羞得满脸通红,像是中了电视台的圈套。可是我转念一想,如果这是一场表演,我为什么不呈现出自己最好的演技?正所谓'夜色很美,但美景为谁而设'[1]?我假装自己与他们撕破脸皮,吵骂和扭打,但事实上一切都在我的掌控之中。我后来再也没见到那位主持人。一想起他的无能,我就浑身直冒火,恨不得再拿自己出一次气。"

很多人喜欢三爷,也有很多人讨厌他。然而谁都无法忽略一个事实:在这个商业世界上,三爷已经成为实实在在的富豪,他坐拥数以

---

[1] 出自博尔赫斯第一部短篇小说集《恶棍列传·玫瑰角的汉子》。

亿计的财富，可以指挥明星名模为他拍电影、攒饭局，也可以指挥那些上市的传媒公司依照他的意图改变"产品结构""经营思路"。他已不再是当初的那个乡村少年，而俨然变成了"人上人"。

有一次，"天河传媒"的总经理为了与他合作组建基于数字阅读和移动互联的新公司时，为了获得他的"接见"，在他豪宅外的台阶上坐了整整一晚，因为怕打扰三爷的写作和休息。

三爷为他的诚意所打动，在获得了天价薪酬、获赠近半股权之后，他成了那家上市公司的合作者。公告还未发布，三爷就动用所有现金买进"天河传媒"；公告一发布，三爷就开始出货，狂赚了一大笔。没有人知道那是三爷所为，只有我能够看透幕后的阴翳。他知道那一定是葛三爷钻了资本市场的空子，却得不到任何惩罚。

"那么，你能告诉我，老板葛三爷到底是一位怎样的人物？"我问我的朋友。

"葛二蛋是你的什么人？有一次，我开玩笑地问三爷。"齐人物说，他希望得到三爷充满戏仿和反讽的答复。

"三爷不假思索，非常严肃地告诉我：'我二哥。'我点点头说：'我第一次听到这个名字的时候，就觉得像是您的家人。'"

我的朋友笑了笑。

"我确信他并没有一位叫葛二蛋的兄长，也没有看过《民兵葛二蛋》。然而他身上总有一种厚颜无耻的自信，可以使你不由自主地接受他所有的解释和承诺。对于文化创意产业来说，还有比这更重要的吗？"

刘项

刘项——刘项原来不读书

竹帛烟消帝业虚,关河空锁祖龙居。

坑灰未冷山东乱,刘项原来不读书。

——《焚书坑》章碣

"第九卦"董事局主席兼首席执行官刘项不敢休息,他不知道敌人的下一波攻击什么时候到来。他要时刻准备还击。他不能以不变应万变,尽管这是他一直信奉的经营理念。他觉得一切理念都是虚伪的,只是用来在"赢在中国"中陈述的,而不是他真正的行为准则。

刘项知道人们经常指责他举止傲慢、充满偏见,还有人恶意揣测他孤僻、抑郁或是精神错乱;当然也不乏关于他私生活的指摘,说是他与妻子长期冷战,多年不曾行房,全部身心都花在红颜知己身上,甚至冷落了自己的亲生女儿。

对于所有这些指责和揣测,刘项通常都不予置评。一方面这是他的习惯,因为他对媒体充满了敌意,而媒体也以相同的态度对他;另一方面,有些指摘他确实无法回答。

不少媒体说他贪财好色,纵欲无度,记者调查的翔实程度令人无从置疑。一位可靠的信息源说,他可能有严重的酗酒倾向。事实上他也的确有一位情人,正是他的创业伙伴,被称为红颜知己的那个。他私底下还将之描述为自己的"事业发妻",并且在一次宿醉后对《东方企业家》杂志的专栏作家齐人物背了一句诗,"结发为夫妻,恩爱两不疑。"

他曾把这句诗奉献给了自己的"事业发妻",并发誓永不相负。他不知道这两句诗的出处。齐人物曾告诉他,它来自《古诗十九首》。他从此记成了白居易的《长恨歌》,并且养成了与白居易相同的狎妓恶习。"我是个读书人,"他说,"没点儿不良嗜好,人家会觉得我没文化、不读书。"

在整个传媒行业中,刘项唯一可信任的,唯有齐人物。刘项与齐人物是大学同班同学。大学毕业之后,齐人物变成了作家和职业传媒人,而刘项则成为职业商人。在经过艰难的创业之后,刘项的公司成功地在香港联合交易所上市,虽未拥有宗庆后、梁稳根和李彦宏那样的傲人财富,但却拥有了相同的财务自由,行业"首富"的名头,以及奢靡的生活,还有浙江嘉兴南湖中一条四处游弋的豪华游艇。

刘项拥有一所面朝南湖、春暖花开的房子。齐人物曾形容说,刘家的房子门多得数不清,简直可与牛头怪阿斯特利昂的迷宫相媲美。"这幢房屋是世界上绝无仅有的,"齐人物说,"博尔赫斯也曾如此形容过阿斯特利昂的家。"

在那幢绝无仅有的房子里,刘项拥有一个庞大而奢华的书房,里面的藏书数量达到惊人的50万册。这是刘项最惹齐人物嫉妒之处,因为后者仅有的几万册藏书已耗尽了所有的积蓄。鉴于同窗之情,齐人物获许自由出入刘项的书房;同时作为回报,齐人物承诺不向任何媒体描述刘项的真实生活——

最真实的是，当齐人物在刘项的书房中查阅资料的时候，刘项正在他同样奢华的卧室中高声吟诵并实践着"龙翻、虎步、猿搏、蝉附、龟腾、凤翔、兔吮毫、鱼接鳞、鹤交颈"。

对于刘项的创业经历，齐人物的所知是苍白的。他仅知道刘项创立了一个叫作"第九卦"的网站，口号是"比八卦多一卦"。他服膺刘项的这个伟大创意，相信他能够在一个缺乏消遣的时代里，为人们提供最有价值的消遣。多年以后，齐人物惊讶地发现，《纽约时报》甚至也做了一个类似的网站，以提供互动的八卦内容来获取读者的忠诚。《纽约时报》诚然是一个象征和纪念碑，但它毕竟是晚了。"它错过了时间，自然也就错过了一切。"他哀婉地叹息道。

齐人物目睹刘项花了差不多五年的时间才将第九卦变成一家能够持续盈利的公司，在这五年中，早期的风险投资商差不多都已经身心俱疲，无奈之下贱卖了自己的投资。当中至少一位风险投资商后来在"第九卦"的招股说明书中发现，他们贱卖出的股权，最终又流回至刘项手中。他怀疑刘项刻意隐瞒公司业绩，假手第三方压低价格回购股权。他计划起诉刘项，却始终未见真实行动。齐人物确信，他与刘项之间，一定达成了某种谅解，并且签署了备忘录。"据我对刘项的了解，所有问题，如果能用现金解决的，他一定不会做第二种选择。"

"第九卦"在金融危机之前上市，次贷危机和金融海啸到来的时候，它也受到波及。但是投资者很快发现，越是经济不景气的年代，人们对娱乐和消遣的需求就越旺盛。所以"第九卦"不但成功度过了金融海啸的撞击，还以其特殊的概念与价值，独树一帜，成为整个行业的新领袖。

"值得一提的是,通过'第九卦'的招股说明书我们可以发现,刘项的妻子与公司某位副总裁持有相同数量和比例的股权,一股不差。"齐人物曾对一位访问者说,"我想表达什么,你懂的。"

据齐人物透露,刘项有一项特殊的本领,他随时随地都可以安然入睡,鼾声如雷。这项特殊技能为他带来了健硕的身体,也带来一些麻烦。他曾经参加一个组织极为严密的企业家俱乐部,类似于"泰山会"或是中国企业家版的"骷髅会"。所有发起者约定要遵守一切俱乐部章程与制度,甚至命令不准迟到、早退,更遑论开会时打呼噜了。

在被俱乐部开除之后,因其第一发起人是一位媒体大佬,又因为这位充满理想主义、喜欢思考人类、命运、上帝和达沃斯的大佬在博客中公开谴责了刘项,刘项从此对媒体和媒体人怀恨在心。"他们羞辱我,还一笑而过,"他对齐人物抱怨说,"我要反击。我要突出重围。我要像刀锋战士一样,把一切深喉割喉,把一切卧底起底。我要用我的方式,把他们轻轻地抹掉。"

在"第九卦"网站上,在一个名为"上帝死了"(刘项藉此讽刺那些喜欢"扮演上帝"的传媒大佬)的栏目中,我们会经常看到那些被"现形"的"业内人士""消息人士""可靠消息源""不愿具名者"。这是"第九卦"提供的新消遣,由于这些新消遣,很多线索提供者、爆料者断绝或疏远了与媒体的关系。他们的"深喉"生涯算是完了。

更令媒体痛恨的是,"第九卦"还提供媒体从业者收取"红包""车马费"名录及金额,并且进行月度、季度和年度总额统计。每次统计更新,刘项就要求网站编辑以最醒目的方式挂在首页上。已经有不少媒体从业者被税务部门约谈了，还有几个因为数额巨大，涉嫌受贿，而被检察院立了案。三两个倒霉蛋被判了刑，他们倒是活该，因为他们都进行过对企业的敲诈勒索；多数人被认定有罪但"免予起诉"，带着污点和阴影，灰溜溜地离开了这个行当。

一开始媒体也进行一些反击，指控刘项私生活糜烂、偷税漏税、涉嫌财务造假，要求他供认"原罪"，诸如此类。刘项也进行反冲锋，发律师函、诉讼、曝光更多"深喉"，加快统计数据更新，甚至建立了媒体高管数据库。

你来我往。你攻我守。这样的拉锯战来回拉了几个回合后，大家都累了，都知道什么叫"两败俱伤"了，都伤不起了，于是就达成了某种危险的默契，各自挂起免战牌，从此井水不犯河水，各自过各自的安静日子去了。以前有不少人扬言要找黑社会把刘项做了、办了的，也都各自噤声，不再乱发毒誓、乱吹牛×了。

于是刘项消停了下来，又回到他绝无仅有的大房子中，回到他奢华的卧室里，回到那张号称"亚洲第一"的大床上，回到充满了腐烂气息和爱液味道的生活里。他继续着自己隐秘和糜烂的生活，继续发出摄人心魄的咆哮，继续制造"刘项式"第九卦，虽然仅止在"亚洲第一"的床上。

然而这样的生活并未持续很长时间。不久前刘项告诉齐人物，他和媒体之间的战火再起。"这一次挑起战端的是一家小报，他们做了个世界读书日专题，主要是谈企业家读书。有个叫章碣的破记者竟然写首古体诗来骂我。这帮人闲得蛋疼，都什么年代了，还写古诗！"

齐人物查到了那首绝句。那是章碣的《焚书坑》："竹帛烟消帝业虚，关河空锁祖龙居。坑灰未冷山东乱,刘项原来不读书。"他没告诉刘项,章碣是一位晚唐诗人。他希望看到刘项和媒体之间频仍的战乱。只要战事不息、烽烟不灭,齐人物就可以继续独自享用刘项那间独一无二的书房,并且无须忍受刘项咄咄逼人的金元气焰,以及他实践《素女经》时所发出的阿斯特利昂一般的吼叫。

当然他也并未坦诚以待、直言相告,他就是"刘项原来不读书"专题的策划者。"我无意制造任何事端,"齐人物说,"我只是喜欢他们勇敢的无知。这将构成我的谈资,以及我进行虚构写作的灵感之源。"

———

刘项——天蝎座

他仅知道,与马化腾和周鸿祎
以及那些振聋发聩的名字一样,刘项也属于天蝎座。

多年前的一个夜晚,齐人物在写一篇关于"3Q大战"的专栏时发现了一个秘密:腾讯的马化腾和360的周鸿祎都是天蝎座的。他接着在百度上搜索,最终惊悚地看到了:"天蝎腾讯马化腾,天蝎360周鸿祎,天蝎百度李彦宏,天蝎搜狐张朝阳,天蝎网易丁磊,天蝎雅虎杨致远,天蝎微软比尔·盖茨……最近他们都在过生日。"

当他后来在生日宴上把这个秘密告诉"第九卦"网站的CEO刘项时,刘项愕然地尖叫了一声。"长期积怨的历史及其悲惨的结局如今在我记忆里已和蓝桉树的药香和鸟叫混在一起。"齐人物说,"像极了博尔赫斯笔下曼努埃尔·卡多索与卡曼·西尔韦拉之间谁也看不到胜利的决斗。"

刘项一直认为，马化腾和周鸿祎都是他的好朋友。这是个讳莫如深的谜团，即或是齐人物都无法洞悉其真实性。作为刘项最亲密的同窗，齐人物甚至清楚刘项所有的私生活，像记录帝王起居注一样记录过它们。可是对于刘项与马化腾和周鸿祎的交情，他却一无所知。他仅知道，与马化腾和周鸿祎以及那些振聋发聩的名字一样，刘项也属于天蝎座。

作为一名标准的天蝎男，刘项像是星座专家们所描述的那样，对一切的新奇事物充满了好奇，这也构成了他创办"第九卦"的原始冲动和第一动力。他为"第九卦"起的口号是"比八卦还多一卦"。他相信，一切的男女，无论是高居庙堂的"肉食者"还是贩夫走卒、引车卖浆者，都愿意关注那隐秘的八卦，都喜欢那暧昧不清的谈资。"遗忘和记忆都富于创造性，"他说，"在黑暗中运行的历史不会在黑暗中结束。"

刘项相信朱利安·阿桑奇的那个判断："某个组织越是隐秘，越是对事件采取讳莫如深的态度，信息的泄露就越能引致组织内部、小圈子的惊惶与无端的恐惧……因为，不公平的系统的产物一定是众多的异议人士。与异议者相比之下，组织的操控者还常常占寡数和劣势。这种情况下将系统的大量秘密信息泄露，会使这一不公正的系统，在其他更加开放的系统面前，显得更加脆弱与不稳定。"

刘项不会成为阿桑奇，但他知道，对于隐秘组织和隐秘信息的关注会创造商业价值。"内容为王。对于媒体来说，内容是真正的商业。"他无意去摧毁某个不公平的系统，但是他愿意为人们提供隐秘的碎片，以批发和零售的方式赢取利润。"我希望成为IT业的宗庆后，"他说，"娃哈哈卖的是水，而我卖的是秘密。"

事实上，刘项和他的"第九卦"从未卖出过真正的秘密。他告诉人们，开发商Y有一位私生子，而这是人尽皆知的事实，只是谁都不愿说出来而已。但是"第九卦"为人们提供了细节，说是Y妻有一次出访印度，回来后就怀孕生了一个女儿，孩子诞下之后，Y越看越觉得这女儿像是未来的宝莱坞童星，连气带恼，一怒之下，他就在外面偷生了个儿子。Y妻知道后不动声色，约了那姑娘进行谈判，现场开出一张五百万的支票，买断了Y子的抚养权。回到家中，她以让Y子认祖归宗为筹码，将Y所持公司股权过户到自己名下。一家试图揭开面纱却又不愿得罪这位广告大户的媒体含糊其词地说："Y犯下的这个错误，直接导致了这家房地产公司历史上最大的人事危机。"倒是Y的那位朋友，同为开发商的大嘴Z，时不时地拿Y开涮，三天两头地对Y念叨两声"私生子"。Y无可奈何，只好经常回以"宝莱坞"自嘲。

这种"猛料"固然吸引眼球，但柳传志在家爱看烂电视剧，宗庆后偏爱《亮剑》之类的抗战题材，鲁冠球正在为安排哪个儿子接班头疼，冯仑的老婆有一次打电话投诉万通的房子漏水，王功权有一次接受一位女记者采访完毕买单时发现所有信用卡都被冻结……这样的"小炒"，也颇能构成一部"舌尖上的中国"，触动人们的味蕾，引发他们对大佬们隐秘生活的追逐和狩猎。

然而出售秘密毕竟是一件与人结仇的事，朱利安·阿桑奇就是被这么整惨，从一位IT大佬成为悲催领袖的。刘项也不能幸免。有一次他被一位张姓IT大佬盯上了，因为"第九卦"宣称其组织的EMBA

同学会包了一艘游轮，在长江上漂了一个星期。他们约定，所有同学都不许带老婆，只能带女朋友。至于他们是否在游轮上交换了女朋友，时过境迁，已经成为无法考证之谜。

那位张姓 IT 大佬看罢怒不可遏，又兼老婆"刑讯逼供"，无奈之下对刘项及"第九卦"提起了诉讼。像人们预料的那样，这桩诉讼最终不了了之，"第九卦"也因之暴得大名，但刘项与那位张姓 IT 大佬之间的冤仇却越结越深，不但老死不相往来，还时不时地在媒体上面口角一番，相互进行激烈的攻讦和恶毒的诅咒。

刘项在与那位张姓 IT 大佬进行攻守时的状态令齐人物颇感惊诧。他无法理解，为什么一个温文尔雅的人会在此时变得富于攻击性而近似癫狂；他似乎并不在意成败，而是在享受过程；他所表现出的兴奋、多巴胺瞬间所达到的峰值，都让人不可思议。"他觉得自己就是一个理想主义的战士，而我却看到一个嗜血的杀手，像《太极旗飘扬》中的张东健。"齐人物说。

刘项与那位张姓 IT 大佬之间也进行过数轮公开或私下的谈判。有一场谈判还是齐人物做局进行的斡旋。那场谈判没有想象中的针锋相对和相互指责，而是充满了惺惺相惜和彼此包容；没有讨价还价和锱铢必较，而是相互接纳和觥筹交错。

可是假象终究会被打破，表象早晚会被揭开。天蝎座的战争既已开幕，不死不休，唯有一方彻底俯首称臣才会结局。烽火连三月，哥舒夜带刀。战争或许会短暂停火，却不会戛然而止。

也只有在此时此刻，齐人物才会感受到那些国际斡旋者们的无奈。他们为了和平匆忙奔走，可是他们却一无所有，一无所获，只在匆匆中耗过了时光。"岁月宛如指间沙,伸开手,岁月就像沙漏一样结束了;岁月不能改变我们的本质,如果我们有本质的话。"他后来说。

他又想起了马化腾和周鸿祎的"3Q 大战"。他深深地理解了这场战争的本质,如果它真的有本质的话。它或许只是一场回忆,与预知未来具有相同的神奇;又或许只是一场虚荣的角斗,给予任何一方都不得不血战到底的藉口。他们都不愿意成为那个停战求和的人,唯恐自己失去对未来的激动和控制。

"这就是天蝎座为什么会成为 IT 业主导星座的原因。"刘项说。可是在对刘项进行了十几年的观察之后,齐人物还是坚持相信,天蝎座人在 IT 行业并无什么过人之处,是性格决定了他们的未来。他们性格特征鲜明,好嫉妒,占有欲强,不论情感还是事业,也不论男女,一旦确定了目标,他们就会全力以赴去争取,不达目的誓不罢休。

"在事业上,这个星座的人容易获得成功。"齐人物后来写道,"天蝎很记仇,一旦被伤害,会不顾一切地打击对手。所以,当马化腾遇到周鸿祎的时候,他们都翘起了尾巴上的毒刺,准备给对方致命的一蜇。他们使我想起了弗朗西斯·培根在《随笔》中的一段话,所罗门说:普天之下并无新事。正如柏拉图阐述一切知识均为回忆,所罗门也有一句名言:一切新奇事物只是忘却。"

齐人物请他的朋友巫昂为刘项进行了笔迹鉴定。巫昂是一位专栏作家,也是一位笔迹分析师。巫昂说:"你看他很有行动力,能冒险又能够考虑周详,各个环节都逐步想到,所谓控制,并非去控制他人思想,也有可能是控制一件事,让一件事从头到尾的进程,尽在掌握当中。如果有人看过英剧《飞天大道》,里面那个 team 的黑哥们儿头头,就是一个典型能够控制大局的家伙，他总是会备份好的跟不好的结果，总是有第二套方案，总是知道做事如何收尾才更完美。"

她的结论是："且不论天蝎男总是爱恨到极致，这个笔迹的主人，心里头有许多爱的渴望，不能够找到匹配的对象。"说完她自己笑了起来，"天下人，哪个不是这样？"她说。

齐人物紧紧地握着手中笔。他另外一只手在藤椅的背后使劲地抠着。他没有告诉巫昂，他也属于这个叫作天蝎的星座。他想起IT业的那些大佬，想起他们的账户，想起那些美元、人民币和随意填写的支票，就充满了嫉妒。他记得自己有一次曾含混地在专栏中写过："有时候，我也仇富。"

——

刘项——加班

首富的特质是"精力过剩"。

"他曾有过一个伟大的承诺。那是一道划破晦暗的、几乎密不透风的沉闷天空的光亮，带给人们希望和对未来的期许。这个承诺本身无关紧要，它并不比那些伟大人物的历史承诺更重要和更高尚。但是像所有被背叛的承诺一样，承诺者的变节使其成了虚伪的悲剧人物。他们的眼神变得冷冰冰不再充满热情，他们的动作僵硬做作不再富有激情与活力，他们的话语冠冕堂皇废话连篇不再具备煽动性。最重要的是，除了偶尔能够获得真诚外，他们几乎得不到片刻的内心安宁。"

齐人物每次想起往事，都会唏嘘不已。他记得大学刚毕业那会儿，他到一家杂志社工作，采访和写作，悠闲自在；刘项到了学校边上一家电脑公司，每天忙着装系统、拆硬盘、卸内存条，从来没有正常下过班、吃过饭。

好几次齐人物陪伴加完班的刘项回家。他们穿过幽暗的校园，路灯发出昏暗惨淡的光，模糊而时长时短的影子拖曳在地上，和林木投在地上的暗影重叠。那时候他们年轻充满活力，对未来充满希望。他们会谈谈文学、人生、理想，以及爱情。他们会在校园门口的烧烤摊上吃烤肉串、喝啤酒，顺道诅咒无良的老板逼迫他们加班。

"如果我是老板，我绝对不会让我的员工加班，"刘项说，"我要让他们在工作中感到愉悦和幸福。"齐人物为他鼓掌，高喊："刘老板，且浮一大白！"然后他们在路人的侧目当中旁若无人地往肚子里猛灌啤酒。

十年过去了，齐人物每次去"第九卦"公司找刘项的时候，都会看到公司里灯火通明，熙熙攘攘的人流，如同菜市场一般。有的人脸上挂满疲倦，齐人物走到他面前的时候都麻木到了不愿抬头，即或抬头看一眼，也是呆滞的目光。有的人则亢奋不已，上蹿下跳，生怕别人不知道他在积极加班一样。

齐人物问刘项："你还记得你当初不让员工加班的承诺吗？"刘项诡异地笑了一下："你知道如果我不让他们加班了，他们会怎么想吗？他们会认为我要裁员。"

齐人物想起了宗庆后，想起了王健林，想起了梁稳根。这些人，都曾被叫作"首富"，或是当下的首富，或是下一站首富。他们精力充沛，精神亢奋,身体素质过人。他们天天加班,他们的下属也只好跟他一起天天加班。王健林的一位副总裁曾对齐人物说:"老板天天早上八点钟上班,晚上很晚才下班,我们怎么办?我们只能陪老板一起加班。"

齐人物后来写了篇文章,叫作"首富的特质"。他没有说首富的特质是加班,而说是"精力过人"。他们以其超乎常人的精力,裹胁着公司、供应商、服务商,整个产业链中的所有人跟他一起加班。他们购买了那些人的工作和服务,还几乎占用了他们的全部。

对于加班,齐人物是深恶痛绝。他此前供职的一家杂志社,老板是个加班狂,每天都搞到半夜才回家。老板有个副手,半老徐娘,风韵犹存,天天陪老板加班,有事的时候陪老板做事,没事的时候陪老板谈心;老板想解闷的时候她会讲笑话给他,想喝水的时候她会给他沏工夫茶。单位里的所有人都觉得老板跟她有一腿,就连老板娘也三番五次地跑到单位暗访,却始终没有拿到确切的证据,最后只能不了了之。

老板娘出身不好,没什么文化,原来在一家酒店当服务员,老板有一次去喝酒,见她年轻貌美、姿色出众,当晚就把她娶回家养了起来。随着时光的流逝、年华的老去,老板娘知道自己正在丧失核心竞争力,就愈发地紧张和焦虑。她怀疑老板身边的一切年轻女子,更怀疑那个无时无刻不黏糊在老板身边的半老徐娘。

老板娘曾找过齐人物,要他暗中盯紧老板的行动。她承诺一旦捏住把柄,就会逼迫老板将半老徐娘赶走,让齐人物登上老板副手的位置。齐人物既没拒绝,也没应承,只是脸上堆笑地敷衍着。这事后来也就不了了之了。

一年后齐人物离开了那家杂志社。他辞职的导火索是老板在一次会议上含沙射影、指桑骂槐,说是有些人缺乏责任心和主动意识,每天正点上班、正点下班,把工作仅仅当成一份工作,而不是当成一份事业。齐人物当场就站起来说:"老大,我就是你说的那种人。我认为自己不适合在这样一家单位工作。我今天就办离职手续。"老板当时瞠目结舌,脸都绿了。他没想到齐人物的反应会这么大。他只是想敲打敲打他而已。齐人物是他从外面挖过来的一位"高手",是他的"形象工程",代表了他市场化的行动和改革的决心。他已经把这些冠冕堂皇的话说给了同行和主管单位,现在他骑虎难下、自食其果了。

齐人物,就像他说的那样:"我悄悄地走了,正如我悄悄地来,挥一挥衣袖,不带走一片云彩。"他唯一留下的东西是写了一条微博,对加班进行挞伐,作为他对这一年荒诞生活的总结:

"加班恶习常由以下几种人造成:贪婪悭吝不自重的领导者、恐惧战栗被裹挟的追随者、无能而无法正常完成本职的员工、拥有无节制嗜好的人、没有时间概念的人、躲避家庭责任的人以及办公室恋奸。加班最易造成的恶果是,使一份可能成为事业的工作因无法提供愉悦而变成一种负担。过正常人的生活是工作的前提。"

所以,当齐人物看到刘项的公司充斥着加班的味道之后,他愤怒了。他觉得刘项背弃了当初的伟大承诺,背离了作为一名创业企业家的光荣与梦想。他说:"这是个牢笼。"在他后来的好几篇专栏当中,他都以谷歌宗教一般的文化和自由的工作氛围为例,对照"第九卦"的现状,对刘项进行了极为严苛的谴责。刘项看到后却也不以为忤,仅止当作一个文人对公司运营空洞的指责而已。

他曾与齐人物进行过一场关于加班的对话。"加班是什么？"他说，"加班的确是一种恶习，但是加班不仅是占用了别人的工作时间。加班最重要的是老板和员工双方都获得了安全感。"

"可是如果员工只是想做一份正常的工，过普通人庸常的生活呢？"

"他们可以选择在工作时间内完成自己的工作，可是如果有人通过加班获得了能力上的提升，得到了升迁的机会，他们又会心理失衡。每个人都希望得到更多，而付出的只是一丁点儿而已。老板是这样，员工也是这样。"

"至少你应该对自己的承诺负责。"

"承诺，有时候只是一个泡影。我们曾经承诺过很多，他们也曾对我们承诺过很多，可是都在时间面前崩塌了。时间是检验承诺的唯一工具，谁也斗不过时间。在时间的框架当中，我们都只是碎屑，都只是手中的沙子，摊开手掌，就会从指缝中悄无声息地滑落，不留一丝痕迹。"

齐人物知道自己失败了。他知道刘项称得上是一个好老板，员工们爱他和尊重他。在"第九卦"最艰难的时候，刘项也没有想过退出。他一直把员工当作自己的家人，他庇护他们、帮助他们、利用他们、裹胁他们，然后被他们簇拥着、裹胁着，一步步走到今天。"这真是一桩悲剧，"齐人物说，"在这个牢笼里，谁也不知道自己身处哪个房间。"

齐人物想起了马克思·韦伯，想起了他在《新教伦理与资本主义精神》的结尾处所进行的陈述："没人知道将来会是谁在这铁笼里生活；

没人知道在这惊人的大发展的终点会不会又有全新的先知出现；没人知道会不会有一个老观念和旧理想的伟大再生；如果不会，那么会不会在某种骤发的妄自尊大情绪的掩饰下产生一种机械的麻木僵化呢？也没人知道。因为完全可以，而且是不无道理地这样来评说这个文化的发展的最后阶段：'专家没有灵魂，纵欲者没有心肝；这个废物幻想着它自己已达到了前所未有的文明程度。'"

"你知道我在他们来公司前是怎么说的吗？"刘项说，"我告诉他们'第九卦'是一家不用加班的公司。他们高兴地对我说，他们喜欢加班，可以随时加班，甚至可以不要加班费。"

齐人物期待他说下去，可是半晌没有下文。刘项指着办公室外面如同蚂蚁一般的人群，喃喃自语："你难道不知道吗？我不是一个变节者。背叛承诺的不是我，而是他们。我爱他们，恨他们，怕他们，但我离不开他们。你现在可以蔑视我了。"

齐人物拍了拍他的肩膀，发出了一声叹息。"在你加班结束后，我们可以到学校边上的烧烤摊喝酒吃肉串，如果它们还在那里的话。"他说。他知道，它们早已不在那里了。市政府下了一个"限烤令"，让它们统统回到屋内。可是它们再也回不去了，那种象征残酷岁月和伟大承诺的记忆，就像他们一样。

间谍

一

缺乏道德底线的人,终将为自己的失德埋单。

他要求隐去他的名字,勿要提到他的体貌特征。他要求不能提到他所描述的所有企业、企业家和参与者的真实称谓,否则他将矢口否认一切,并以诉讼相威胁。他说:"这是我内心的刀疤,刻着许多丑陋的真相。"齐人物接受了他所有的条件,他开始了讲述——

我只是一家连锁公司的普通员工,因为景仰和热爱那位企业家而投身到这里。我读的是中国最好的大学和最热门的专业,但是在连锁公司里并不能发挥我的特长。但我不在乎这些,每天陪伴在偶像身边,对我来说比什么都重要。

我的偶像是一位四十来岁的中年人,个子不高,但充满了力量。他精力充沛,气场强大,浑身充满首富的特质。他每天都工作十几个小时,在他的裹挟下,我们不得不每天都加班到很晚。我痛恨加班,但喜欢在他身边。

我的老板是一个草根崛起的偶像。他没读过什么书,据说靠走私一些小家电起的家。起家之后,他决定上岸漂白自己,干一番事业出来。他的道德底线帮助了他。

他比他的竞争对手更恶劣、更无耻，也更可怖，于是他就赢了。

他交游广泛，与很多人都拜了把子，当中有巨商、高官、罪犯，还有黑社会。他们都崇敬他，爱他，也利用他，压榨他。有一次，一位高官在酒桌上伸手摸了一下他老婆，他竟也不以为忤。

他爱喝酒，除了呼朋引伴之外，他还喜欢在家中独自饮酒。他有一个小小的酒窖，常常在里面喝得烂醉如泥。说是常常并不准确，每个月只有那么三五次。他醒来的时候，会脸色苍白、浑身颤栗、双手颤抖，但情绪却很好，愈发显得威严庄重，如果不是满身酒气出卖了他的话。

我在那家连锁公司一直这么默默地工作，默默无闻。我是公司"战略规划部"最普通的一名职员，直到有一天，老板的司机说："他想见你。"

在他的酒窖中，我见到了他。他赤裸着上身，用你们想象不到的那种大瓷碗喝酒，各种各样的酒，红酒、白酒、黄酒，还有他自酿的苞谷酒。他是海量的，或者就想麻醉自己。我们肆无忌惮地暴饮，从中午喝到半夜，然后深深地昏厥过去。

醒来已是午后。我几乎是被他拖到了他的花园当中。他拍着我的肩膀说："我有个事情想交给你办。这个事情太重要，而你是我唯一信任的人。"我感觉自己瞪大了惊恐的眼睛。我什么也没说，但我知道自己接受了他的指令。

"我们最近要收购一家公司，谈判的过程并不顺利，他的要价太高。关键是，另外一家公司也掺和进来了，出价比我们高很多。这都是道听途说的消息，也许是对方放出来的风。我想让你应聘到那家公司，帮我了解真相，向我提供他们的一切信息。我已安排好了，只要你去应聘，肯定能获得一个重要的职位。我知道这是一桩冒险，但我们的人生不就是一桩冒险吗？等我们完成了并购，你将因为自己的冒险获得最大的收益。"

我几乎没有任何犹豫地接受了他的指令。能够获得他的信任，为他赴汤蹈火我都愿意。他是我的偶像，也是无数年轻人的偶像。在他的身上，我们看到了希望和力量，看到了自己依稀的、模糊的未来，如果我们有未来的话。

我到了那家我们计划收购的公司，名字叫"大国"。我去应聘的时候，他们负责人力资源的一位副总裁冲我微笑着眨了几次眼睛。我被安排在总裁办，因为我的教育背景，以及我刻意的准备，成了副主任，负责总裁的日常事务。

我的新老板是一位接近六十岁的小老头儿，友爱和善，没有那种富豪的气势。据说他从不苛责下属，也不强迫员工加班。他经历过"文革"，因之觉得每个生命都值得尊重和珍惜。他的生活简单而充满诗意，从不应酬，每天都回家喝老婆煲的靓汤，然后与老婆携手在河边散步。

我的偶像喜欢乔布斯，他说："活着就是为了改变世界，难道还有其他原因吗？"我的新老板喜欢荷尔德林与海德格尔，办公室里挂着一幅字："人诗意地栖居在这片大地上。"

他们是性格完全不同的两个人，甚至截然相反。我的偶像"重则威"，是庄重则威严；我的新老板"重则威"，是自重则威信。我不得不羞耻地说，我在见到新老板的时候，有点儿喜欢上他了。我为自己的背叛感到羞愧。我使劲掐灭了这种念头。

偶像的秘密指令不时地传到我的耳中，有时是电话，有时是口信，有时是电子邮件，也有时候是在他的酒窖里。新老板的宽厚为我提供了充足的空间，因为不用加班，我甚至可以在每天下班之后向偶像做出"每日工作小结"。

并购的事一直不紧不慢地往前推进着，然而对偶像来说，却并非总是好消息。事实确如偶像所料，我们的竞争对手，一家行业排名第二的公司，也偷偷地进行竞购，出价几乎是我们的两倍。我的新老板已无任何的犹疑，双方已开始了实质性谈判。一旦他们"结了婚"，我的偶像就会从行业第一变成老二，这对他来说是无法忍受的，对于我们这些拥趸也会构成小小的致命打击。

我所泄露的这个秘密，使偶像陷入了癫狂。他约了我的新老板密谈，不断地提高报价，直到我新老板面露满意之色。他们谈判的时候，我就在现场。他们并不如外界想象的那般讨价还价，而是一边喝茶闲聊，一边随口说出一些数字，安排一些"后事"。

我的新老板只有两个条件：一是要保留品牌；另一个是做好人员安置，尤其那些追随了他多年的老兄弟。他手朝我指了指说："这个小伙子不错，可以重用。"偶像看了我一眼，点了点头。

当我偶像计划为业界抛下一颗"重磅炸弹"的时候，我也开始准备起了我的未来。在我的想象当中，我将获得一个机会，成为工商界冉冉升起的一颗新星，拥有自己的一片开阔地。我将追随在老板的身边，成为他的臂膀，成为镁光灯的宠儿。我尊敬和爱我的老板。在经历过无数个黑暗的天色之后，我的天要放晴了。

可是就在他们即将签约的时候，发生了一桩丑闻。我的新老板为此暴怒不已，准备召开新闻发布会，向全世界公布秘密的真相。这个真相由一段监控视频构成，视频当中，老板下班之后，我偷偷地潜回办公室，打开他的电脑，从中下载他机密的商业文件。我显得那么猥琐，在偷窃的时候竟然不自觉地把电脑搬到了桌子底下。我不知道自己为什么要那么做，但我确实做了。

新老板没有报警，这是他的宽厚之处，但他的安保人员已将我牢牢控制。面对视频，我不得不讲出了我所知道的所有秘密，包括偶像的指令、酒窖中的狂欢，以及往来的短信、纸条、口令、电子邮件和公司里的"内鬼"。

新老板的新闻发布会最终没有召开。偶像听到这个消息之后，再次约他密谈。这一次，我没在现场。我只是后来听说，他们一边喝茶一边闲聊，在偶像把收购金额再次翻倍之后，他们把手言欢。

"间谍门"的第二天，他们召开了新的发布会。他们面对闪光灯、数字技术和无线电波，频频握手，满面笑意。他们在并购协议上签了字，并且宣布结为兄弟，荣辱与共，生死相依。

这个美丽的神话过后，偶像给了我"封口费"，让我彻底告别公司。我在黯然当中离开，身上带着偶像酒窖中残余的酒香。

偶像后来因为关联交易和内幕交易，以及与黑社会勾结，在香港被廉政公署抓捕。他的被判入狱，成为当时最大的财经新闻。媒体在狂欢中挖掘他的秘密，甚至找到了他的酒窖、情妇和结拜的黑社会兄弟。一位高官也因他的被捕而受到牵连，在极度无奈中，带着对这个世界美好的留恋，从办公楼上跳了下去。官方的说法是：此人常年患有抑郁症，因工作压力太大，不堪重负，跳楼自杀。

偶像的公司在失去偶像之后陷入破产边缘，一些蟊贼纷纷盯上了它，试图将其据为己有。一些人开出低价，打算恶意收购。也有人从二级市场上悄悄地买进股票，准备来个出其不意的"举牌"。

偶像知道自己所面临的困境，就托人找到他的结拜兄弟，也就是我的另一位老板。他们在监狱里进行了长达四个钟头的谈话，还签署了一些文件。偶像委托他的兄弟出任公司的董事局主席，并且赠予他巨额股份。他说："在这个世界上，我只信你一人。你有人望，熟悉这个行当，还有很多旧部，只有你能保证这个公司活下去。"兄弟握紧他的手："我等你回来。"

我的第二位"旧主"携带着那些委托书和各种文件回到北京，出任公司的董事局主席。人们都褒奖他的忠诚，大肆宣扬他的不计前嫌、急公好义。他成了新的偶像，成为一位完美企业家的典范。

那天晚上，我和新偶像在他家附近的河边见面。我们握手，然后散步。"我不能让你重新回到公司，我只能给你一大笔钱。"他说，"年轻人，做自己的事业去吧。你已经了解了这个商业世界的所有秘密。"

我把这个故事完整地讲给你，不论情节多么丢人，多么不光彩，我都如实讲来，不打折扣。我是一个商业间谍，并且是一位"双面间谍"。我出卖了我的偶像，但我从来没为自己的行为感到羞愧。我的新偶像喜欢通过细节窥测人，他早就意识到，他的兄弟迟早会锒铛入狱，只是没想到会来得这么快。"缺乏道德底线的人，终将为自己的失德埋单。"他说。

每个人都喜欢追问真相，但是在商业世界里没有真相，所有的行动都是交易。我把真相告诉了你,而你必须遵守我们的交易规则。你可以蔑视我,也可以侮辱我,但你不能轻忽我。这是我的酒窖,尽管它曾经属于我的偶像。我喜欢大碗喝酒的感觉。

银行家

———
市恩不如报德之为厚；
要誉不如逃名之为适；
矫情不如直节之为真。

在中国工商界的领袖当中，齐人物最喜欢的一个人是石宇。在齐人物看来，此人无疑是一个从失败中崛起的典范，身上充满了热烈的激动，久违的坚硬、狡诈和传奇，以及对于女色毫无顾忌的享乐。

他曾在一篇文章中写道：

"在中国工商界里，很长一段时间，石宇是作为一个丑角和反面典型存在的。很多成功的企业家以他的沉浮作为警醒，铭示万不可自我膨胀，落到身败名裂、身无长物之境地。12年后，子丑寅卯转了一圈，昔日落魄江湖载酒行的石宇重新站立为工商界的巨人，他这一次又'抢在局势的前头'，这个天生的媒体宠儿如今再次变成了一个象征——一个人在被打倒后如何重新站立的象征。很多人因为他的财富而相信了这个象征，其中也包括他自己。"

齐人物对第一次见石宇的印象十分清晰。

那是2009年3月或2月的一个傍晚，齐人物依约去一家宾馆对石宇进行采访。他在石宇房间的门口等了许久,也不见石宇的影子。他忍无可忍地按下了门铃。门开了。

一位貌美肤白胸大高挑的女子,似乎是一位模特,开了门。她抱歉地一笑说,石总在睡觉,麻烦您稍等,然后就关上了门。

几分钟后,电梯里突然走出一个女模特一般的姑娘,直奔石宇的房间。

齐人物又耐心地等了半小时左右。此时一位美女走出石宇的房间,齐人物瞠目结舌地发现,她竟然不是前两个之一。

第三个对齐人物说:"石总太累了,需要休息。"

齐人物那天并没有见到石宇。他带着愤怒和无奈离开了。他和石宇都没有再提这件事情。他只是在微博上偶尔写写石宇的"第九卦",譬如:"著名的石总赞助那个模特大赛,获奖者大都进了他的公司,参与到了他人生的征途当中。他有个著名理论:女人执行力比较强,比男人忠诚。石总丑是丑了点儿,口碑也不咋的,但他有钱,像个巨人。

"中国工商界的几个悲情人物,褚时健、陈久霖、管金生,或许还有一部分胡志标、石宇,现在都过着自己一直渴望的生活。这玩意儿,不是看序幕,也不是看高潮,而是看结局。往往高潮迭起的,结局最冷清。粉墨登场登得好,不如鸣锣下课下得从容。"

突然有一天,他接到了石宇的电话,约他一叙,并对上次的爽约表示歉意。

"你知道我这个人,没什么大的坏毛病,但小毛病不断。你得原谅我。"

齐人物说:"没关系。"

他后来很惊讶地发现,石宇事实上根本不需要他的原谅,而他也

根本不需要回答石宇一个"没关系"。他陷进了石宇的语境当中，不由自主地往前进行逻辑推进。他自此判定，石宇是位心理学大师。

他们依旧约在了傍晚，那时已是夏末。齐人物刚从"第九卦"CEO刘项的豪宅中"度假"归来。他想象自己骑着马，唱着歌，心情舒畅。更令他高兴的是，闷热了一天，天空突然乌云密布，南风又推波助澜，树枝乱舞，旷野中很快就倾盆大雨。

齐人物喜欢这种傍晚乃至夜半的大雨。他喜欢"小窗夜半听雨声"的意境。此时如果有一个人披头散发地在大雨中狭窄破败的街头奔跑，他一定会兴奋地为那人鼓掌。

他们在南锣鼓巷一家颇为私密的小咖啡馆中见的面，那里离中国戏剧学院很近，是片美女出没的区域。石宇或许是刚刚"狩猎"归来，略显疲惫。他们各自点了一杯咖啡，齐人物要了杯浓烈的哈拉尔，石宇则要了杯稍微清淡的耶加雪菲。

"你为什么对我紧追不放？"石宇说，"除了上次的爽约，我并不记得什么地方得罪过你。"

"你并没有开罪于我。"齐人物道，"我只是对你感到好奇，想听你的故事而已。我对一切超越常理的人和故事都感到好奇。"

石宇当时心不在焉，或者他正在做思想的争斗，决定是否对一位陌生人讲述自己的故事。

这毫无疑问是一场赌博。他这一生，都是在争斗和赌博中度过的。不幸的是，他在年轻时最大的一场孤注一掷中输了，负债累累，还进了监狱；幸运的是，他出狱之后又在一场更大的孤注一掷中赌赢了，于是就成为今天重新崛起的偶像。

齐人物后来写道："石宇的故事是一个中国版的财富英雄故事。那些一夜之间在中国横行无忌的财富故事，有时候像一个个童话，更多时候像一个个鬼话。在这里没有朋友与敌人，就像生意场上惯常的那样；在这里也没有优雅与智慧，人们都习惯于被自己欺骗；当然，在这里也毫无道德与尊严可言，生存变成了最大的道德，生意本身甚至变成了最高的、终极道德。"

然而此时的石宇，就像一个不舒适的魔幻印象：他一动不动，闭着眼睛，出神地瞅着窗外的大雨，内心做激烈的争斗。

终于，他开了口。"我先讲一个彼得·德鲁克的故事吧，这个故事来自他的《旁观者》。它是我出狱后所信奉的商业信条，也是我所有财富的来源。"

有一回，彼得·德鲁克向弗里德伯格提交了一份详尽的计划书，建议买下一家营运不善的公司的大部分股权，并进行重整。弗里德伯格看了之后说："很好，我们把路易斯找来测试一下，看看他觉得你的计划怎么样。"

德鲁克说："但是，弗里德伯格先生，路易斯是我们公司年纪最轻的记账员，而且正如你在几天前观察的心得，这个人简直是个笨蛋。"

"没错，"弗里德伯格答道，"如果连他都可以了解你的计划，我们就进行吧。假使他不能明白，这个计划恐怕太困难，无法运作。我们在做每一件事情的时候，都得考虑到傻瓜——因为事情到最后总是要经由一些傻瓜来完成。"

石宇说自己出生于安徽南部一个贫穷的山村，父亲早逝，母亲是一位孱弱而坚忍的农妇。他自小立志要出人头地，为改变母亲也为改变自己凄惨的命运。所以大学毕业后他寻了一个机会，冒险创业，一夜暴富。他拼命地挣扎着往上爬、往前奔跑。

突然之间，一切戛然而止。因为涉嫌"非法集资"，因为资金链断裂，他的事业崩塌了，一切都变成了零，变成了负数，而他自己也变成了囚犯。

这些都是耳熟能详的故事，但齐人物还是保持了一个倾听者的良好姿态，这会使石宇感到放松。

在石宇出狱之后不久，有一天他从一间酒吧回家，发现地上有一封信，是从中关村一家非常大的公司寄来的。他立刻就想到，这是有人向他讨债来了。

写信者是一位工商大佬。他约石宇喝一个下午茶，时间可以由他来决定。石宇忐忑不安，然而还是决定赴约。

"我们喝了整整一个下午，我见他光洗手间就去了三趟。"他说，"他希望我帮他去打理公司，作为回报，他将帮助我偿还入狱前所欠下的所有债务。更为重要的是，在入狱前，他以个人身份买下了我在一家银行中的股份，如今这家银行上市了，他愿意把这些股份原价卖回给我，并且不用支付现金，只需以我为其公司服务的薪酬抵账即可。我又变成了有钱人。"

齐人物笑了笑。石宇的这段历史，虽然知道的人不多，但他却是了然于胸。

"那么，你们最终是因何分手的呢？"因为石宇后来与那位大佬分道扬镳，所以齐人物才有此一问。

"分手？我们从来就没有分手。"石宇说，"我们只是从一种状态挺进到了另一种状态。你可能知道很多细节,但你并不知道在我们之间存在着一种神秘的关联,因为这种关联,在遇到困难的时候,一定会有人帮助你渡过难关。"

"你说的是南山会?"

"你怎么会知道南山会?"石宇大感诧异。对于他来说,"南山会"是他内心的一个隐秘,是一种如同"圣殿骑士"一般必须保持的秘密。

齐人物说:"我恰好拥有一批你们组织南山会的原始资料。你们不是不慎遗失了,就是有人故意泄露于我。我对南山会没多大兴趣,那不过是中国民营企业家的一个'骷髅会'而已。我感兴趣的只是你个人。我想知道,你到底是如何成为一位顶级银行家的。"

"我并不是生来就愿意成为银行家。我只是在出狱后幸运地拥有了一大笔财富。人拥有了财富之后就会喜欢交易,喜欢进行资产的买卖。我这方面的习惯与弗里德伯格类似,任何资产,比方说债券、股票,或者是房地产都不可能放在我手里超过几天。我一定要进行交易。有好几次,我都因为没有在规定时间内买卖股票,而遭到了证监会的谴责和罚款呢!"

"我记得弗里德伯格说过:'任何一个主管若是保证在某一段时间内,可以同时提高销售量和获利率,不是偷鸡摸狗,就是愚蠢,通常两者皆是。'这是你所遵循的准则吗?"

石宇笑了笑:"当然不是,那是弗里德伯格时代的准则,而非我的律令。我所遵循的准则是以最快的速度赚到最多的钱。财富本身对我并没有特别的意义,但是数字却使我感到兴奋。弗里德伯格曾经也说过,不要相信任何一个政府会做荣誉和体面的事。政府不就是个专门诈骗人民的机构？他们唯一会遵守的，就是根本无从破坏的规定。我唯一会遵守的，就是根本无从破坏的规定。"

齐人物瞪大了眼睛。他最初的反应是胃部难受，两腿发软；随后有一种模糊的虚脱和不真实感；他身上发凉，心里发怵；接着的想法是希望大雨赶紧停下，傍晚赶快过去。

可是他知道这种想法是没有用的，因为石宇的隐秘是他唯一关心的大事。他希望了解更多的秘密，尽管他对这些秘密充满了失望和恐惧。

"你不要感到失望，这正是你所需要的真实。要知道，赚钱比其他的事情要单纯得多。"

"我再告诉你一个秘密。我们这些南山会兄弟，有一个秘密的情人，就像是德鲁克在《旁观者》中所描述的'银行家的女人'马丽恩一样。她不属于任何一个人，而是属于南山会；就像马丽恩不属于罗伯特一样，她是弗里德伯格公司的女人……"

"我告诉你最后一个秘密：荒侯市人病不能为人……"

齐人物感到彻底的晕眩。"不能为人"，就是没有行房能力。石宇的陈述，使齐人物所耳闻、目睹和侦缉到的所有关于石宇猎艳的材料都变成了虚妄。"石宇及其女人"的故事，变成了一个"罗生门"的故事。

"石总很累。"

可是，石总为什么很累呢？

半年后，石宇病故，病因不明。

那位给齐人物开过石宇房门的貌美肤白胸大高挑的女子给齐人物送来了邀请函，希望他参加石宇的葬礼。齐人物婉拒了。

"市恩不如报德之为厚；要誉不如逃名之为适；矫情不如直节之为真。"[1]

齐人物在挽联上把这三句话送给了石宇，作为他人生最后一程的见证。

---

[1] 出自《小窗幽记》。

改变孙文武的,不是他的前老板,

也不是宏观调控,而是他脸上那道刺字一般的伤疤。

齐人物第一次遇到孙文武是在广州的一家茶馆中,那时候他已经东山再起,筹备自己的公司上市。他正与他的前老板谈判,试图获取对方的谅解和同情,以期修改自己的判刑经历,获取"无罪"的结论。他的公司要在香港上市,如果他带着案底和污点,那么他将无法出任自己公司的董事局主席。值得一提的是,他的公司名字就叫"自己",他说当他从监狱里走出的那一刻,他就已经知道,这个世界上只有"自己"。

26岁那年,孙文武辞去那一眼就看到死的公职,到一家电脑公司上班。他意气风发,飞扬跋扈。老板欣赏他,同时嫉妒他、恨他。下属崇拜他。他志得意满,雄心万丈。他觉得自己即将赢得未来,成为行业中最耀眼的明星。老板要栽培他,多次提点和警醒他,要他"与人为善",他都不以为然。终于有一天,他出事了,被揪住了小辫子,跟老板一起创业的老臣子们群起逼宫,迫使老板将他送进了监狱。老板的心狠手辣使他绝望,他记得老板最后跟他说:"你是一个不住楼上楼就到楼下搬砖头的人。"他还记得，老板动用整个公司的力量，将他塑造成了一个叛逆者和一个犯罪分子。然而在他入狱之后不到一年时间里，老板逐步清理了所有的老臣子，将他培植多年的年轻的"羽林卫"推上了前台。

孙文武在监狱里回想往事，就忍不住地想复仇。监狱里两个犯人打架，谁都劝不动，孙文武鼓励他们把对方"弄死"，这俩人都厌了。所有人都佩服孙文武，他在监狱里成了老大。他的老板听说此事后，就寻了个机会，让管教带着他出来，在北京最高的酒店顶楼吃饭。老板问他："你就不想报仇？"他说："想啊。可是我如果拎把刀把你砍了，我这一生也就毁了。仇恨对我没有意义。"老板说："你出来后找我，我借钱给你。"多年后，老板对齐人物说："那些人的确都很听他的话。我听说后来在监狱里，别的犯人也都很尊敬他；到了他后来办公司，据说很多女员工都暗恋他……"

孙文武离开监狱的时候，他狠命地呼吸自由世界的空气。他的老部下请他去喝酒，一边砸酒瓶子表忠心一边问他："你跟那老头儿是不是使的缓兵之计？"他说："不是。"他们不相信。他说："如果真使缓兵之计，磨刀以后再怎么着的话，那么你就永远没戏了……如果想不开，我出来以后拎着把刀子就把他给宰了，但是你拎着刀子，谁也不敢跟你打交道了，你这一辈子就永远没戏了。但如果你把这件事划得开的话，有什么事还能划不开呢？所以你必须划得开。"可是有件事情他却永远无法划开。他看到那间高档酒吧里灯红酒绿，看到漂亮的保加利亚女招待。他不适应。

在前老板的赞助下，孙文武回到老家开了"自己"公司，从房产中介干起，一直干到那座城市最大的开发商。在他的公司要上市的关键节点,他要将自己洗白。他的前老板帮助了他,以他那能量非凡的公司名义给法院发出"情况说明",并且私底下求情和运作,终于使孙文武"无罪"。孙文武感谢老板,老板说:"这是欠你的。"

齐人物第一次见到孙文武的时候,孙文武不是一个飞扬跋扈的年轻人,尽管他依旧年轻。他温文尔雅,低调而从容。他所有的讲述都安静平和,慢条斯理。"我在监狱里形成了自己的哲学。监狱生活改变的不止是我的三观,而是我的五观,人生观、价值观、世界观、爱情观、哲学观。"齐人物抬头看他的脸,发现他的脸上有一道伤疤。齐人物想起博尔赫斯。"他脸上有一条险恶的伤疤:一道灰白色的、几乎不间断的弧线,从一侧太阳穴横贯到另一侧的颧骨。"

齐人物将他的故事写成文章,后来他接到了孙文武的电话,指责他将其"坐牢经历"公之于世并因此而收到香港联交所调查。齐人物充满歉意,他说:"算了。已经发生的,我们永远无法改变。只有我们不曾拥有,就不会有失去。"这事不了了之。"自己"后来在香港联交所上市,似乎并未受到"坐牢经历"的影响。

齐人物第二次见到孙文武,是在他开发的一个楼盘中。那时候齐人物已经通过报纸获知孙文武成了"地王"。他们这次见面,齐人物似乎又看到了那个意气风发、飞扬跋扈的孙文武。他是业界最闪亮的明星,所有人都期待他能够推翻"万科王朝"。然而他对齐人物是客气的。他们坐在售楼处的咖啡间里喝茶,外面下着雷阵雨,天空时而放晴,时而乌云密布,又间杂着闪电,酝酿着一场更大的暴风雨。他们一开始聊得很畅快,聊往事也聊国家大事。慢慢地,他们开始默不作声,闷头喝了好长时间的茶。

临别的时候，齐人物问他伤疤的来历，他说他在监狱里修房顶，从楼上失足摔了下来，额头磕破，留下了印痕。"有时候我照镜子，发现它那么像林冲的刺字。你知道吗？《水浒传》第七回里说：'林冲怎敢恶了高太尉？轻则刺配了他，重则害了他性命。'"

在那之后，齐人物出版了一本书，关于当初那段纷杂的历史，以及孙文武坐牢的往事，他描述为"文化的冲突"及"权力的媾和"。在他的笔下，孙文武成了悲剧英雄，成了一个闪耀人性光辉的牺牲者。他甚至确信，如果没有当初的"逼宫"，孙文武将成为老板那些"羽林卫"的首领，成为行业内最闪耀的明星，尽管他如今依旧是镁光灯下的明星。孙文武打电话给他，一边抽泣一边说："看完了你的书之后，我才明白，历史并不完全是胜利者的历史。"齐人物没说话。他不是历史的亲历者。他不相信历史。

这是齐人物与孙文武的最后一次联系，在那之后发生了很多事，宏观调控、次贷危机、北京奥运会、金融海啸、新一轮宏观调控……孙文武的身影在这些故事中浮现，或深或浅。他因为快速扩张，试图挑战行业老大，改变老大制定的游戏规则，而被老大挤垮，这就是当年著名的"地王之死"。坊间的各种传闻中，有阴谋论，也有市场说，齐人物相信，是判断不同造就了"地王之死"。

"地王"孙文武卖掉了自己的公司，回到家中。他闭关思考，熟悉他的人说他在学习"毛选"和《资本论》。他出关后宣称又获得了一套改变"五观"的哲学。他相信自己已经新生，媒体则揶揄他"胆大，赌性强，不服输，屡败屡战，屡战屡败"。

2007年，孙文武回到北京。他再次找到当年的老板，想说服他再拿出一笔钱帮助他东山再起。老板问他为什么还要瞎折腾,他说他所做的一切努力,包括孤注一掷的尝试,都是为了向他们展示实力。这一次,老板拒绝了他。

孙文武从资本市场上获得了创业资本。他熟悉股市,也曾多次在二级市场上坐庄。他剽悍的手法如同他剽悍的人生一样引人瞩目。他卖掉了自己的房子,卖掉了车子,卖掉了自己能卖掉的一切。那一年夏天,他通过炒作招行认沽权证"580997"的"末日行情"迅速积累了资本。他成立了"新自己"公司,这一次他没有打算再成为开发商,而是准备成为开发商的"老板"。他从二级市场上大量购入万科、招商、保利、金地等公司的股票。他相信中国的"城市化",相信中国股市。他又迅速成了行业焦点。

那一年秋天,齐人物采访一位私募大佬的时候,那位大佬对他讲述了孙文武的辉煌故事。"这是一个典型的中国故事,一个人,无数次跌倒又无数次爬起,依靠自己的勤奋、努力和远见卓识而获得成功。""可是他为什么这么频繁地跌倒呢?"大佬顾左右而言他,说:"我相信股市会到一万点。"

中国股市果然到了一万点,不过是"深成指",上证指数后来跌破了1700点。无数人倾家荡产,多人半生积蓄毁于一旦。那位对齐人物信誓旦旦的大佬,后来仓惶回到美国,去伤痕累累的华尔街讲述他的"中国故事"去了。孙文武卖掉了所有股票,带着一身伤痛,再次回到起点。

后来孙文武又多次创业,屡败屡战,屡战屡败,至今仍旧在房地产江湖中厮杀。对于那位"教父"般的前老板,他充满了钦敬。他说他告别了自己的一生,也改变了这个世界。"活着就是为了改变世界,难道还有其他原因吗?"

齐人物后来在电视上又见到了侃侃而谈的孙文武。他想起他第一次见到孙文武时眼前那位忧伤的年轻人——

"老的那种领导人像丘吉尔、罗斯福,年轻的网络经济先锋像杨致远这些人,其实都是某一个机会促成了他们的成功,一下子,偶然的一下子……其实对于我来说也是这样,偶然一下子,就变成了今天这样子。每个人都有一个关键事件、一个关键时刻让他成长,那个事件对我来说是非常关键的事件……"

一个男人节奏舒缓、语气柔和地说。这是个其貌不扬的男人,个子不高,微胖但不影响给人的干练印象,面容倒也和蔼,只是总显得很忧郁。

他经历过难堪和痛苦的生活,如今已放弃了愤怒、压抑和自怨自艾,坦然地接受了命运的安排,然后平静地近乎冷漠地讲述着往事。

有时候,如果心情不坏,而他又愿意陷入回忆,他似乎又看到了自己在监狱中的孤独、绝望和正在进行的漫长一生,前面是清晰的、混乱的道路,后面则漆黑一片。我们可以略微想象一下,一个习惯于演讲的鼓动者突然失去了听众,他到底会是孑然屹立的英勇形象,还是寂寞无助的一个可怜虫?

"一天一天,在里面度日如年,但是又度年如日。你每一天都完全一样,你往回看的话,一年过去和一天一样,但是过一天也跟过一年一样。我觉得度日如年,度年如日,高度统一了……那两年,我每天,每天画日子,一天一天地画……"

往事已经如同指间沙，滑落成一地的尘土。齐人物相信，改变孙文武的，不是他的前老板，也不是宏观调控，而是他脸上那道刺字一般的伤疤，那才是一个真正的"中国故事"。

刺字，又叫墨刑，汉代称黥刑。秦末的英布，年轻时获了黥刑，所以就连《史记》中都叫他黥布。"黥布者，……秦时为布衣。少年，有客相之曰：'当刑而王。'及壮，坐法黥。布欣然笑曰：'人相我当刑而王，几是乎？'（刘邦）与布相望见，遥谓布曰：'何苦而反？'布曰：'欲为帝耳。'"

忠诚

一

与幸福、自由和尊严相比，

它是本世纪最虚伪的一个名词。

齐人物最后一次见到杨约翰，是在上海的一个星期天。寥廓天幕的衬托下，杨约翰并不高大的身影现出了伟岸的假象。齐人物想象那是一个性命交关的时刻，他与杨约翰要进行一场智力角斗，以确定最终的胜利者。

多年之后齐人物告诉"第九卦"的刘项："杨约翰是个好人，仅此而已。"齐人物敬重杨约翰的修养、品行与德操，敬重他的温文尔雅，敬重他的学养和谈吐，甚至敬重他衣着与言行上的讲究。唯一无法使其对杨约翰心生敬重的，是他的"企业家"或"投资家"身份。

据说杨约翰毕业于西点军校，那是美国历史上培养CEO最多的一间学校，当然它也培养了美国最多的将军。杨约翰是孙立人将军之后唯一从西点军校毕业的华人。西点军校边上的哈德逊河谷对杨约翰影响至深，他每次看到滚滚流水，就会想起自己不幸的童年和无谓流逝的光阴。

杨约翰离开西点之后投身华尔街，在一家投行卖南美垃圾债券。经由人脉的积累、艰苦的辗转挣扎，成为一名投资家,专注于天使投资和风险投资。大约十年前,杨约翰受到"纳斯达克股崩"和"9·11"的双重惊吓,决定回到他出生的上海发展。他的经验、学识和阅历帮助了他,使他迅速成为顶尖的投资家,更成为中国资本界"空手套白狼"的典范。

很多人计划把公司弄到纽交所或纳斯达克上市的时候,都会花很大一笔美元请他提建议和进行美化。也有一些企业家或投资家,包括沈北鸟、季敏、于民黑在内,因为对他的好感与信任,以及长时间的利益媾和,计划跟他一起成立一支专注于IPO的基金。他们的基金计划持续了大约三年时间,至今仍然处于募集阶段。杨约翰觉得,只有经过缜密的分析和谨慎的筹备之后,这支基金才会拥有持久的生命力和向心力。在他们进行缜密分析和谨慎筹备的时候,中国A股市场的"IPO神话"差不多走向了穷途末路。

经由北大国际MBA学院美方院长杨壮的举荐,齐人物曾投身杨约翰的公司担任过一年的首席内容官,他同时兼任杨约翰投资的所有媒体项目的主编。杨约翰有一次对他宣称:"我们要打造中国传媒业的新航母,超越邵忠和现代传播,成为最强的强者。"齐人物满足于杨约翰为他提供的幻觉,沉溺于对杨约翰人格的追捧当中,尽管他至为反感的两个词汇都从杨约翰嘴里出现了,"打造"和"航母"。

投资家杨约翰的事业"像野蛮人的体验滑轮那样混乱残忍而杂乱无章"。他在上海拥有多家工业园区的经营权,还投资了包括餐饮、健康、新农业、光电技术、光伏技术、风能等产业的几十家小公司。他拥有无数个董事长和董事的头衔,也拥有无数个成就斐然的企业家朋友。有一次他在上海搞活动,出席的两岸三地有头有脸的人物多达上百位。

杨约翰对每一个朋友都很忠诚，如果被他当作朋友的话。他可以为他们挥拳头、动刀子。他带着西点军校训练出的剽悍体格，时常能够在打斗中胜出。他身上留着三条刀疤，都是在醉后的群殴中得来的。他时常向朋友们炫耀他打斗场上的丰功伟绩，并且不分场合地把上衣脱下来供人们检验。在投资家的圈子里，人们怕他、恨他，也爱他。

他也喜欢收罗媒体行当中的精英分子为其服务，许以高薪和职位，然而等他们到岗之后，第一次发薪就会发现被打了七折。很多人感到被侮辱和被损害，来了又走了，所以坊间流传一句谚语："铁打的老杨，流水的主编。"

杨约翰对这句谚语颇感不快，他曾让齐人物传话给散播谚语的人，毋再进行此类暗示，以免对交情产生不利的影响，以致最终只能以老拳和决斗作为最终的裁判。齐人物替杨约翰捎过几次话，但他每次捎话的时候心中都会不停地骂自己瞎了狗眼，遇人不淑，竟然自甘堕落，给老杨做"七折主编"。

齐人物的"七折主编"干了差不多一年的时候，突然发现自己竟然无法维持本来的生活水准了。他调阅自己一年来的账目，发现自己竟然陷入入不敷出的窘境当中。他找到杨约翰谈判，杨约翰承诺为其解决生活中的麻烦，却坚决不承诺偿还其被克扣的三成薪水。

反复谈判了几次之后，齐人物终于决定跟老杨摊牌，以辞职和诉讼作为最终的筹码，试图逼迫老杨就范。老杨果然就范了。他接受了齐人物的辞呈，并且语重心长地对齐人物谈起了交情、未来以及对"忠诚"的认知。

他还说起了那本叫"忠诚"的书,作者据说叫作阿尔伯特·哈伯德,讲的是一个类似于"把信送给加西亚"的故事。"你知道吗?忠诚和敬业很重要,一盎司的忠诚相当于一磅重的智慧,"他说,"企业成功和个人发展需要双赢。"

他还对齐人物唱起了汪峰的《忠诚》:"一转眼已看到天色清晰／一切都情愿是无尽的承受／一次次执着就不需要理由／也许会忘忘却从不会停留／注视我给我最深的勇气／它这样燃烧从今天到永久／那一刻付出就无所谓拥有／纵然是风雨心在一起守候／不停不息不倦一生去完成／不怨不悔不变一切是忠诚……"

齐人物静静地看着他。他此起彼伏的胸腔、快速切换的神情、抑扬顿挫的语调、举手投足的细微,都让齐人物极为着迷。"你真是个好演员,"他说,"杨总,你没去宝莱坞演电影,实在太可惜了。"

杨约翰的表演戛然而止。从此之后,他们再没见过一面,也没说过一句话,甚至不同时参加任何一场聚会。他们之间没有仇恨,但充满了怨怼,至少齐人物是这样的。

据投资家沈北鸟透露,齐人物的辞职在杨约翰的公司中引发了连锁反应。"老杨培养的一个女CEO没多久也辞职了,另一个跟了老杨十五年的女人,从少妇跟成了老妪的,忠心耿耿,居然在外面开了间公司,侵吞老杨的资产。"他说,"老杨很伤心,他认为这就是蝴蝶效应。"

在与杨约翰进行分手谈判之后,齐人物对刘项说起了项羽。"他让我想起了西楚霸王,"他说,"韩信对项羽的评价是:项王喑恶叱咤,千人皆废,然不能任属贤将,此特匹夫之勇耳。项王见人恭敬慈爱,言语呕呕,人有疾病,涕泣分食饮,至使人有功当封爵者,印刓敝,忍不能予，此所谓妇人之仁也。"

当一场金融危机和一场延续了五年的熊市接踵而来的时候，扑朔迷离的资本市场吞噬了无数人的假面，叫人搞不清楚到底是谁在光着屁股游泳。齐人物继续摆弄着他的文字，为一些杂志写专栏文章维持生计；杨约翰继续他的投资家生涯，据说干得算不上好却也始终保持着光鲜的外在，保持着人人都怕他、恨他和爱他的伟岸形象。他的生命依旧展示出比任何人都辽阔的景象，色彩炫目，闻名遐迩。

他依旧在其投资帝国中保持了数十个董事长和董事的头衔，尽管大部分公司都处于亏损状态。他有时候一个人顶替两个人的位置，常常把自己不满意的 CEO 赶走，自己兼任起某家公司所有的最高职位。他也依旧会出现在各种会议和论坛中，讲着不着边际的话，谈项目和趋势，也谈男女关系和养生秘籍。

齐人物时常会想起那个上海星期天，想起那张阴霾密布的寥廓天幕。他对刘项说："每个人都是一个演员，每个人都在经营一座自己的剧场。项羽把自己经营成了力拔山兮气盖世的妇人之仁，吴起把自己塑造成了一个与士卒同甘共苦的吸脓者，老杨把自己经营成了虚伪的忠诚守护神。"

他在自己的专栏中写道："很多企业家谈论忠诚的时候，首先已经对员工构成了不忠。他们克扣薪酬、违背契约，以自己的背信弃义和凶残顽暴，达成自己的私欲，完成对自我精英化的认知，把自己当成新时代的地主恶霸，用虚伪和假象构筑自己的不忠。所以，我们的企业家莫谈忠诚，对得起良知，遵守信义，才是正道。不是跳忠字舞的才是忠诚的。人人都爱忠诚，我的忠诚不带入二十二世纪。"

刘项曾盘问他到底想传递什么信号？"二十二世纪"有何所指？他回答说："通过观察那些隐秘的细节、捉摸不透的天真，以及人们在卑微中所展示出的生命力与活力，我终于明白，与幸福、自由和尊严相比，忠诚是本世纪最虚伪的一个名词。它只是一个幻影，不值一提。"

齐人物与刘项的对话挂在"第九卦"的首页上，至今还在那里。据说万科、万通和万达这些房地产公司进行内部培训的时候，经常会引用当中的内容，进行反驳和批判。

Chapter 2
联盟

———

懦夫在刀光剑影中露出真正面目；
慈悲怜悯的人则在监狱和他人的痛苦中得到考验。

一

天山任老丘——马天之死

知识分子创业只有一种可能：
他永远达不到自己的目标，因为他始终背负着宿命。

53岁那年，学者型企业家马天酒后猝死。对于他的死亡，齐人物充满了疑惑。在他的印象中，马天充满激情、焦虑、内心若隐若现的原罪和负疚，以及各种不甘。他的突然死亡，为人们，也为工商界设计了一个哑谜。

齐人物决心破解这个哑谜。他追访马天的所有祖籍，依照"采访必回家乡，回家乡必问爹娘"的逻辑，一步步抵达了哑谜的核心。

马天祖籍西安，毕业于北京一所著名大学，并在那里获得了硕士研究生学历。1988年海南建省，供职于北京某中央机关的马天调任海南。为了筹集科研经费，他在海口组建了一个倒腾批文的草台班子，并结识了后来一同创业的几位兄弟。他们决定一起做点儿小生意，改善自己的生活。

不幸的事情发生了。在倒腾彩电批文的时候，有一次出了状况，批文没有兑现，他们被当作骗子抓了起来。审讯的时候，马天呈现了其作为一名知识分子的懦弱，没有主动站出来承担责任，反而将责任推到了他者身上，从而变成了"背叛者",致使他的好友、兄长萧远山含冤入狱,他自己也因此失去了工作。

对于自己的背叛,马天始终充满了原罪的愧疚,他每天都生活在煎熬当中,为自己的懦弱与背叛忏悔。在煎熬中挺过了两年之后,1991年,萧远山出狱。那时候海南出现了房地产热潮,十万大军下海南。天南海北来到这里的青年,随身携带的是像"大革命"一般的创业激情。中央也给予了海南岛超乎想象的优惠政策。这些政策激发出的淘金狂潮,把海南岛变成了热土。马天形容说:"已经热得一塌糊涂了。"

为了补偿萧远山,也为了获得内心的安宁,马天与当初那批一起倒腾彩电批文的兄弟们决定拥戴萧远山一同创业。由背叛而演绎出自责和内疚,由原罪而形成的压抑情绪,此时构成了马天创业时巨大的动力,也为其后来的多次背叛设计好了路径——在人生的关键时刻,他往往会选择再次背叛,这已成了他的习惯,更构筑了他生命中阴暗的一面。

起初的时候他们开办了一家印刷厂,印人们需要的各种材料。后来马天主导的"通达印刷厂"很快就入不敷出,濒近破产。而此时的萧远山作为"大哥",并未展示出"大哥"的能量和气度。马天对萧远山颇感失望,但是"原罪"促使他选择与萧远山捆绑在一起,一步步地走下去。

为了迅速地完成创业理想,也为了获得内心的安宁,马天他们决定炒房。那时候海南的房地产泡沫刚刚起来,炒房是一种最快的致富途径。他们继续沿用了"通达"的名称。马天厚着脸皮借了几万块钱,开始了他们的"二次创业"。

在决定炒房之前，马天和他倒腾批文的兄弟们进行了密会。他们彼此坦陈了当年各自的背叛，发誓以共同的努力帮助萧远山成为真正的"老大"。就在这次密会当中，马天不自觉地完成了自己"宋江"的角色，并且获得了众人的认同。

基于对萧远山的期望，基于获得内心安宁的苛求，以及对众人共同未来的关心，马天竭尽其能地来经营通达公司。他将自己的得力干将、也是自己的表弟任天石招到公司做财务经理。因为任天石是马天的"自己人"，萧远山对此非常不满。他时常对马天他们阴阳怪气、指桑骂槐，偶尔也会买醉撒泼。马天理解"老大"的苦闷，忍气吞声，唯唯诺诺。

马天的顺从与退让带来了和平，而任天石的到来则带来了平衡。通达公司就变成了五份，萧远山两份，马天一份，杨廷芳一份，石头一份。大家相约"就我们四个"，共奉萧远山为大哥。

马天他们炒房之初，遇到了很多障碍，连续半年发不下工资来。就在马天快要绝望的时候，他得到了一笔高达500万的借款。马天用这笔钱在海口买了一批别墅，转手卖出去后赚了整整1000万。钱来得太快，直接带来了他们观念和行为上的巨变。

在巨大的内心压力之下，马天开始在抑郁、膨胀、上升、堕落、光明、阴暗之间游走。在生意场上，他挥斥方遒；在酒桌上，他谈笑风生；在公司中，他指挥若定。可是当他独处的时候，他只有呆若木鸡，不停地抽烟、喝酒、流泪和自怨自艾。

公司渐有起色之后，马天与萧远山发生了一场巨大的冲突。萧远山对于现代企业经营没有概念，更缺乏足够的理解，他所有的判断都来自"毛选"和"水浒"。他认为自己既是大哥，又是大股东，就应一言九鼎，独断专行。由于他擅自批出了一笔公款，始终说不清楚去向，马天与他进行了激烈的争吵。争吵的结果是马天选择了让步，但是萧远山在团队中权威丧尽。

海南房地产泡沫很快破灭了，因为马天长期研究时局，熟稔体制改革中的秘密，所以他及早布局，果断派任天石离开海南回北京发展，通达公司没有受到任何损失。

离开海南之前，马天请几个在生意场上认识的朋友吃饭，劝他们也及早抽身，遭到了大家的戏弄。这几个人，统统在海南破了产，后来一位成了汽车大王，一位成了软件大王，一位选择成为演员。马天印象最深刻的是这位叫李老武的演员说过一句话："在那里，我演尽了所有的戏。现在，我只是回到真实的生活当中而已。"

回到北京的马天因其才华横溢以及熟络的人脉，事业上突飞猛进。他建议在复兴门建金融大厦。他觉得中国金融业会有爆发性增长，通达应该正式进军商业地产。他与萧远山分歧越来越大。与此同时，整个团队对萧远山的不满也越来越强烈。大家都希望有一个人站出来造了萧远山的反，但因自己先前的"背叛"，他们又缺乏足够的勇气。

任天石恰如其分地扮演了"林教头"的角色。在马天的授意下，在一位华尔街女银行家的技术帮助下，任天石成功地稀释了萧远山的股权。这一切都得到了所有人的默许，除了萧远山。萧远山失去了对公司的控制权。他在失落中慨叹兄弟的背弃。在一次撕破脸皮的大吵之后，他与马天彻底决裂，离开公司，远赴美国。马天则因为内心深深的负疚，也决意离开通达公司。他将公司委托给任天石，希望他能够不必背负原罪，为兄弟们开创出一个真实的未来。

那时候中国正在组建一家由民营企业家发起的股份制银行，马天倾其所有，买下了那家银行5%的股份，进入这家银行董事会，并担任了副行长一职。他从此告别了房地产的残酷世界，进入了金融家的行列。"企业家的最高理想就是成为金融家。"有一次他颇为自得地说。

由于马天的特殊身份，他对任天石和其他各位兄弟的帮助越来越大，虽然他身处金融界，但大家还是尊其为大哥。

然而身份的变换并未使马天获得内心的自由与安宁。他的抑郁症时常不约而来，对其身心进行残酷折磨。他每天晚上都会从噩梦中惊醒，噩梦当中，他面临着审判，警察问他：是不是萧远山？他努力地想喊：不是！但是在睡梦中，他发现自己总是选择了点头。

萧远山愤而出走美国后，以风险投资家的身份回国。在2000年他志得意满，投资的所有项目都红红火火。马天看到了其中的风险，决定找他长谈一番。萧远山虽然愿意与马天坐下来谈谈，但是对马天的判断不以为然。2001年，互联网泡沫传导到中国，萧远山血本无归。这时候，马天讲述了自己当年的背叛与原罪，说服任天石向萧远山伸出援手，救了他一命。

身处金融圈中的马天依旧保持着其敏锐的判断。在每次宏观调控即将到来的时候，他都会找到他的兄弟们，对他们进行分析。但是任天石因被快速膨胀迷了眼，正雄心勃勃地准备大干一场。在2004年的时候，他举债拿地，与孙宏斌一同成为名噪一时的"地王"。

没过多久，新华社开始批评上海的高房价。"地王之死"成为当时的重磅新闻。任天石终于濒临资金链断裂，几近崩盘。为了帮助任天石，马天虚拟抵押，违规为其放贷。几年后东窗事发，虽然任天石及时还贷，马天并未对银行造成巨大损失，但他还是因为自己的违规被逐出董事会，仅保留了股东身份。在原罪与失意的双重压迫下，马天的人生之路慢慢走向了终点。

2007年的冬天，马天意识到最大的一场危机即将到来。他邀请了所有的兄弟们一同聚会，向他们解释何为次贷危机，什么是金融海啸。他警告他们，一切都将重新开始，该终结的迟早会终结。大家有些不明所以，却只能点头称是。

那一晚马天兴奋异常。他时而举杯豪饮，时而痛哭流涕。他向萧远山致歉，告诉他自己当年的背叛。在获得了萧远山的原谅后，他们抱头痛哭。

在那天晚上，马天没有从噩梦中惊醒。他安详地睡了过去。任天石整理了他的遗作，为其作序，出版，叫作"大时代的小访客"。任天石还投资了一部小电影，讲述马天的故事，而饰演马天的人，正是他们一同在海南经历往事的演员李老武。所有人都称颂李老武的表演，觉得他演出了一个活生生的马天，比马天还像马天的马天。

"就是这么一个乏善可陈的故事，"齐人物说，"但它道破了一个天机：知识分子创业只有一种可能：他永远达不到自己的目标，因为他始终背负着宿命。如果这是一个'中国故事'，那么我宁愿它是一个大时代的缩影。"

马天就是传说中的"马爷"，在他活着的时候，以及他猝死之后好多年，人们依旧这么称呼他。马爷最经典的话是："幸福是什么？幸福就是当你睡着之后不再醒来。"在马爷猝死之后，人们才深刻地理解了马爷的这句话。

"因为每个人都睡在噩梦当中,会被噩梦惊醒。"齐人物写道。

——

天山任老丘——演员李老武

在那里,我演尽了所有的戏。
现在,我只是回到真实的生活当中而已。

河北唐山人李老武是一位著名的演员,他演过很多令人印象深刻的角色,警察、城管、土匪、白痴以及精神病患者。然而他演得最好的一个角色,却是小成本电影《大时代的小访客》中的开发商"马天"。这一切,盖因李老武是马天的挚友。

熟悉马天的人都知道,李老武曾无数次出入于马天的生意当中,也曾无数次出入于马天的生活当中。与涌金系掌门人魏东一样,著名开发商马天患有不为人知的抑郁症,他几乎每天晚上都会做同一个"密室审判"的噩梦,每次又都会从噩梦当中惊醒。他几乎每天晚上都会将自己关在密室当中泣不成声,不停地抽烟、喝酒、流泪和自怨自艾。在他短暂而辉煌的一生当中,李老武是他唯一可倾诉的人。

马天与李老武结识于1991年,在此之前,马天一直在海南倒腾彩电批文,而李老武则是在1990年怀揣发财梦到海南淘金。热爱表演的李老武在海南混得并不体面,他很快沦落为给各色人等做"托儿",收取表演费过活。他有一个专门用来化妆和换装的大箱子,里面装满了他的面具、道具和化妆用具。他演过官员、老板、黑社会和海外华侨，也演过保镖、民工和警察。他靠表演为生，表演则使他欢乐。在他表演当中，他曾被辱骂殴打，也曾以自己的气势统治场面，有一次他在KTV中被黑社会拿枪顶着脑门儿谈判，而他展现出的风范，使包括对手在内的所有人折服。

马天与李老武是在一场谈判中结缘的。那时候马天他们借到了500万炒房，他们准备去收购一批别墅。谈判的时候，马天发现对方老板很有气势，光保镖就有两个。一见面他就对马天说："我们以前说的那个价儿现在不行了，翻一倍才行。"马天他们很生气，就跟他们吵了起来。

马天的老大叫萧远山，坐过牢，在监狱里当过老大，就用监狱里那一套来跟他对抗，气势很凶。出人意料的是，对方似乎根本不吃那一套。那两个保镖都掏出枪来了，却被他们的老板给阻止了。老板说："这地方是谈判的地方，不要随便动刀动枪，没素质。"他问边上一个保镖："你们觉得，我给他们加五成，他们会领情吗？"保镖谄媚地笑答："不领情就崩了他们。"

最终马天他们多花了五成的价钱拿下了第一批房子，分手的时候他们还对那位老板千恩万谢。人家倒是大度，说都在江湖上混，以后多合作之类的话。他们还褒奖萧远山有大佬风范，直冲他竖大拇指。

马天他们后来在另一次谈判的时候又发现了这位老板，这次他变成了一位政府官员。谈判的时候，马天觉得这人颇为面善，就特别地留意。谈判结束的时候，马天悄悄地走到他身边，一把揪掉了他的假发和胡子。那人以为马天和任天石要打他，顿时惊慌失措，捂着脸大叫：

"别打别打，其实，我是个演员！"于是，他们就成了朋友，李老武还专门打开了自己的"百宝箱"，向马天介绍各种道具的用途和使用方法。后来李老武又成为马天他们公司的小股东，专门在谈判的时候扮演各种角色，屡试不爽，从未失手。

在萧远山和马天的通达公司，李老武是一位能够使所有人感到欢乐的人，他能用自己的方式解决所有严肃的问题。他会模仿他们当中任何一个人说话的腔调，甚至签名的笔迹；他表演他们各自的动作与表情；他也会在开会的时候朗诵毛主席的《湖南农民运动考察报告》："目前农民运动的兴起是一个极大的问题。很短的时间内，将有几万万农民从中国中部、南部和北部各省起来，其势如暴风骤雨，迅猛异常，无论什么大的力量都将压抑不住。他们将冲决一切束缚他们的罗网，朝着解放的路上迅跑。一切帝国主义、军阀、贪官污吏、土豪劣绅，都将被他们葬入坟墓。一切革命的党派、革命的同志，都将在他们面前受他们的检验而决定弃取。站在他们的前头领导他们呢？还是站在他们的后头指手画脚地批评他们呢？还是站在他们的对面反对他们呢？每个中国人对于这三项都有选择的自由，不过时局将强迫你迅速地选择罢了。"

对于自己的表演天赋，李老武一直颇为自得。他后来说："我有点儿像天才雷普利，不是吗？"马天对他的评价则是引用泰戈尔的一句诗："你已经使我永生，这样做是你的欢乐。"

然而李老武最终没有变成一个商业天才。通达公司在海南靠炒房赚了很多钱，李老武有机会过上很戏剧化的生活。李老武能够靠戏剧解决所有问题，然而他解决不了泡沫问题。这是对他最戏剧的。海南房地产泡沫破灭前夕,马天在开会的时候建议及早收手,抽身而退,但李老武坚持认为海南的故事才刚刚开始,他应该成为弄潮儿中的佼佼者。他喜欢海南的生活。马天记得他曾说过:"在那里,我演尽了所有的戏。现在,我只是回到真实的生活当中而已。"

马天他们回到了北京,那里是任天石为他们开创的一片新天地。李老武留在了海南继续弄潮,等待他的是一场海啸引起的怒潮。海南房地产泡沫破灭的时候,李老武输掉了最后一条裤衩。他欠下了一屁股债,有家乡父老的,也有兄弟朋友的。他请海南的所有债主吃饭,——给他们写下欠条。他对他们说:"我已经破产了,把命抵上也还不了你们的钱。现在你们放我走,我无论是去偷去抢也要把钱给你们还上。"

李老武仓惶逃回北京后,干过很多营生,开过面的,当过民工,也给人干过保镖,甚至还在新发地当过菜贩子,也开过小公司搞婚庆和演出,都不成功。他不知道自己未来的路该在何方。那时候马天他们的事业已然非常成功,李老武不愿意去凑他们的热闹,他只想找到自己的戏剧人生。他后来告诉马天:"我有我的戏剧,你有你的抑郁。"

李老武人生的转折来自一场偶然。有一次,李老武在街上溜达,看到一群人在围观,就凑了过去。原来是一个剧组在拍戏。他对表演最为上心,就赖在那里指手画脚,说三道四,人家赶他走他都不走,烦人得很。正巧赶上一个群众演员晕倒了,导演见这个人赖在那里,戏瘾很大,就临时拉他上去凑了人头。他的表演很出色,从此就入了职业演员这行。

跑了不知凡几的龙套,演了不知凡几的小配角后,李老武终于有机会演一些重要的角色,当中最重要的,莫过于演一个精神病,那个角色有点儿类似于电影《大腕》中的李诚儒,不停地狂喊着:"你要是感兴趣投个八百万到一千万,多了我不敢说,保你一年挣一个亿。我说的可是美金啊!一定得选最好的黄金地段,雇法国设计师,建就得建最高档次的公寓。电梯直接入户,户型最小也得四百平米。什么宽带啊、光缆啊、卫星啊,能接的都给他接上,楼顶花儿,楼里有游泳池,门口再站一英国管家,戴假发,特绅士那种,业主一进门,甭管有事儿没事儿都得跟人家说:May I help you, sir?一口地道的英国伦敦腔,倍儿有面子!社区里再建一所贵族学校,教材用哈佛的,一年光学费就得几万美金。再建一所美国诊所,二十四小时候诊,就一个字儿:贵,看感冒就得花个万八千的。周围的邻居不是开宝马就是开奔驰,你要是开一日本车,你都不好意思跟人家打招呼!你说这样的公寓,一平米得卖多少钱?(我觉得怎么着也得两千美金吧。)两千美金?那是成本,四千美金起,你还别嫌贵,还不打折!你得研究业主的购物心理,愿意掏两千美金买房的业主根本不在乎再多掏两千,什么叫成功人士?成功人士就是买什么东西都买贵的,不买最好的。所以,我们做房地产的口号就是:不求最好,但求最贵!"

李老武花了好几年时间才挣够了还债的钱,这样的举动使他赢得了普遍的尊敬。当着所有债主的面,他烧掉了所有欠条,也烧掉了自己的过去。跳动的小小火焰中,人们看到他虔诚的脸,就如使徒保罗一般。

在还掉了所有债务后,他偶然与马天相遇了。有一次,李老武他们受邀到一家房地产公司年会上演出,去了之后他才知道那就是他生命中烙下火痕的通达公司。在那里他遇到了马天。马天跟他进行了彻夜的长谈,邀请他回到通达公司。李老武拒绝了。他相信自己找到了真实的人生,那人生就在戏剧当中。

他信奉真实的生活比戏剧更充满戏剧性。他说:"你们的人生如同戏剧,而我的戏剧却是人生。"他毫无疑问再次成为马天的挚友,每当马天抑郁的时候,唯一可信赖的人就是他。他尽一切努力让马天笑起来。他总会让马天笑起来,直到马天再也笑不起来。

在 2008 年的一次聚会之后,噩梦没有打扰马天,他猝死了。他创业的兄弟们都很伤心。马天的表弟,同为房地产大佬的任天石投资了那部叫"大时代的小访客"的电影,讲述马天短暂而辉煌的一生。任天石邀请李老武出演马天,李老武答应了。

那是一部极为成功的小成本电影,跟《疯狂的石头》一样,融合了创业史与黑帮片的因素,充满了黑色幽默,总成本只有 300 万,却换来了 3000 万的票房,成为小成本电影的一个小小奇迹。任天石他们都称颂李老武的表演,觉得他演出了一个活生生的马天,比马天还像马天的马天。

李老武现在是一线男演员,他现在每次出场排场都很大,左右各一个保镖,后面还跟着俩助理。他同时也是任天石所执掌的通达公司的小股东,如果你够仔细,在最新的"福布斯中国名人富豪排行榜"上,能够在不十分靠前的位置上找到他的名字。据齐人物调查,李老武实际的资产,至少应该排在前三位。最新的说法是,李老武就是"中国的鸟叔",但齐人物坚持认为,鸟叔应该是"韩国的李老武"。

天山任老丘——关于丘芊

当一切都到了闭幕,从结局到序幕,只隔一条路。

"丘芊,48岁,北京人,任天石妻子,华尔街银行家出身,职业女性。"在齐人物的笔记本上,在"丘芊"的条目下,只有这短暂的文字。对于计划以写"讣闻"来当作自己写作最高目标的齐人物来说,这样的描述显然无法提供足够的信息和线索,除非关于丘芊的一切,都埋葬在他的记忆中。

对于齐人物来说,丘芊就如同一首"刀丛里的诗"[1],而任天石则如同刽猪匠手中的刀。事实上,就齐人物来说,关于丘芊,关于中国最著名的开发商任天石的妻子丘芊,她的一切,的确埋葬在他的记忆中。"这就如同花曾经开过,又曾经凋谢,"齐人物说,"但是开和谢都是一种结束,一种束缚;就如同爱和恨只要一次冲突,一次马虎。当一切都到了闭幕,从结局到序幕,只隔一条路。"

丘芊少年时是一位小太妹,因为家庭出身好,人又聪明,她做任何事情都无所顾忌、我行我素。她的这种性格,能够结交很多朋友,也给她带来了很不好的名声——当然,对于男女关系,她也的确如此。她的父母担心她长此以往,腐化堕落,无法在社会上立足,就将她从那所著名学府中提溜出来,送到国外求学。

在美国读书的丘芊一改往日习性,奋发上进,成为第一个在华尔

---
[1] 取自温润安《刀丛里的诗》。

街投行谋得高级职位的华人女性。她因为销售拉美垃圾债券业绩出色，年纪轻轻而被委以高级副总裁的职位，派往香港开拓中国市场。她的这段往事，在当日被描述为一个职业女性的"奇迹"，曾被《亚洲华尔街日报》和《福布斯》大肆报道。

在香港，丘芊干得风生水起。突然有一天，她看到了一份报纸，上面有篇文章，是通达公司几位年轻人以"新年献词"的形式进行的宣言。他们宣称要"打破旧世界，建造一个美丽新世界"。她觉得这家公司虽小，但有雄心壮志，高瞻远瞩，未来不可限量；这几个年轻人非常出色，有梦想也有实干精神，就找上门去，非要跟人家"认识认识"。

起初她对马天一见倾心，但马天有家有室，这构成了她些许的烦恼。可是当她遇到任天石并且遭到任天石的疯狂追求之后，她决心辞去令人羡慕的职位，抛却"女银行家"的光环，与任天石一起大干一番事业。她同时发现任天石是只"潜力股"，具备可塑性及可控性。她决心帮助他实现梦想，并且愿意与他共同生活。

毫无疑问，他们展开了中国商业史上最著名的一段"战略婚姻"，无论他们自己承认与否。齐人物相信，丘芊给任天石带来了一个全新的世界。她所代表的文化和价值观让这位刽猪匠出身的年轻人充满了好奇；他们之间的默契越来越多，他从她的身上看到的吸引和权力就越来越多。丘芊选择任天石，则因为任天石身上没有背负沉重负担，更有机会成为纯正的商业企业家。她想改造他。

他们的爱情就像一个"美丽新世界"，充满了幻想、斗争、阴谋和血腥。在一次火并当中，丘芊帮助任天石设局清洗了老大萧远山，完全控制了通达公司，并逼迫萧远山出走美国，到华尔街学习"复仇技巧"。后来萧远山回国投资互联网遭受重创的时候，马天曾劝任天石援助萧远山，任天石因为兄弟情分而心慈手软，却遭到了丘芊的极力反对。她以华尔街银行家的逻辑与任天石的逻辑对抗，最终她屈服了，然而这也构成了他们之间的隔膜。她发现，自己改造任天石的一切努力都是徒劳的，他终究无法成长为一位美国式的企业家。

2004年，中国政府进行宏观调控时，马天找到他们，建议他们收缩战线，任天石犹豫不决。丘芊对他进行了分析，认为政府的调控不过是走走过场，从美国和全球的房地产发展来看，大市才刚刚开始。他们决心举债拿地，成了"地王"，然而这一次他们却遭遇了生死危机。关键时刻，幸得马天以身犯险，违规放贷，他们才得以死里逃生，但是马天却因此成为金融圈里的"丑角"，人们都唯恐避之不及。

马天的遭遇使任天石深感愧疚，他不可避免地将怨气撒到了丘芊身上，认为若非丘芊当年的"分析"，马大哥不会有如此遭遇，而他自己也不会面临生死存亡的危机。他要求丘芊退出董事会，而丘芊则以银行家的思维将任天石架空，自己直接掌控了通达公司。

他们的家庭也出现了问题。她与任天石的婚姻，起初的时候更像是商业联姻，缺乏稳固的情感基础。在通达一切顺利的时候，危机被潜藏了下来。当危机出现的时候，婚姻危机也跟随着出现了。任天石出轨，有了私生子。丘芊对此十分愤怒。

她在通达公司推行的"现代企业制度"和管理模式也遭到了整体的反对，很多老员工辞职，很多高管出走，业绩一再下滑。丘芊快要崩溃了。她意识到，通达公司是一家中国公司，永远无法成为一家美国公司；任天石是一位"土鳖企业家"，永远无法成为美式企业家。一向坚忍的她开始向佛教寻求解脱。她决定彻底与通达和任天石切割，甚至动了离婚的念头。

在任天石再次遭遇危机的时候，他们完成了和解。危机来自于国土资源部一位关系的被调查。这位关系曾帮助任天石多次拿地，虽然他们之间并无利益瓜葛，但是坊间传言任天石对其进行了高尔夫贿赂和性贿赂，任天石将被警方拘捕。这些传言直接导致了通达公司香港上市计划的延宕。关键时刻，丘芊站了出来，她动用其投行界的资源，逐一进行解释说服，帮助任天石渡过了难关，也为自己重新赢得了家庭。

经此一劫，任天石获得了新生，他意识到，成功固然重要，做成一番事业证明自己固然重要，但获得真实的人生更重要。而对于丘芊来说，她也从"食洋不化"中走了出来，开始理解"中国式管理"，理解任天石这一代中国企业家创业的不易。他们所依靠的不是理论和制度，而是对未来的信心，自我崛起的欲望，以及愈挫愈勇的信念。因为理解，就产生了爱。

丘芊接受了任天石的私生子并视若己出，她决定不再去改变任天石，而是扮演好自己的角色，帮助他经营好公司，也经营好自己的家庭。他们夫妻渐渐成为业界的龙头。他们也一改往日低调，高调参与到社会活动当中。他们从一对丑闻夫妻，变成了这个行业的模范夫妻。

2007年底，任天石做局，召集马天等一众兄弟饮酒。马天大醉，大家集体向萧远山道歉，获得了旧主的谅解。当天马天死亡，诊断书判定为酒后猝死。任天石极度伤心，觉得自己失去了一位好兄长，也失去了一位好老师。他为马天整理遗作,并以他的故事拍了一部电影,邀请马天的一位演员朋友来饰演马天。在整理马天遗作的时候,任天石发现了马天患有重度抑郁的秘密。

通过马天的猝死,丘芊真正理解了这一代人的野蛮生长。他们为了在这个国家求得尊严,付出了很多。他们委曲求全、顽强生长,代表了这个国家的希望,也代表了一个"中国梦"的成形。此前她只是觉得马天是一位可信赖的兄长,如今她才觉得马天和任天石都是杰出的企业家。

金融海啸发生了。萧远山遭受重创。任天石决定援助萧远山,他以为丘芊会像上次一样反对,但丘芊却全力支持他的举动。她告诉任天石,无论未来如何,她都会陪他一起走完。他们帮助萧远山度过了危机,却使自己陷入了对赌危机当中,几乎失去了对通达的控制权。

关键时刻,丘芊再次挺身而出。她又逐一游说那些国际投行,向他们讲述中国的未来,讲述任天石这一代企业家的与众不同,他们所代表的希望,他们所承载的使命,他们巨大的付出和牺牲。很多人被打动了,任天石转危为安。

在一切重归宁静之后,任天石夫妇与萧远山夫妇结伴重游海南。他们各自讲述彼此梦想。任天石想起他在榆林放羊时数星星、劁猪时的满心喜悦,萧远山想起他一直想用沙盘堆出的《山海图》。丘芊没有说话,但一切她都记在心上。那天晚上,任天石与萧远山一同扑向大海,萧远山溺水身亡。第二天的报纸报道,《通达公司创始人萧远山昨日溺水身亡》。没有人为此哭泣。

在经历了这一切变故之后,丘芊说服任天石将公司交付给职业经理人团队，他们一起回到了榆林，回到了他曾经劁猪、放牧和数星星的地方。他们在那里建起了一所学校，任天石发现，在那里教孩子英语，教他们唱歌的丘芊是最美的。他曾在微博上描述他的幸福，也回忆说当时他们从认识到结婚只花了一个礼拜的时间。"然而这一切过往与当下的幸福比起来，是那么微不足道。"他说，"幸福感来自内心的安宁，而非不停地索取与疯狂地追求。"

一切看起来都很美，美好的人、美好的事物、美丽的梦想以及动人的心灵回归的故事。可是齐人物却始终心存疑惑，他不确信这世界上有一种完美无缺的美，即使它的确存在，他也不确信自己能够见证。

关于丘芊，他确信一定遗漏了什么。也许是她在美丽形态下的一次出轨，在印度邂逅了一个练瑜伽的男子，并且生下一个融合了两种伟大文明的混血儿？也许是她充满了谎言，一直在掩盖自己残酷而阴暗的商业阴谋？也许她曾经偷了宿舍室友的零花钱并且形成了"偷盗癖"？也许……如果没有也许，如此美好的生命该缺乏多少戏剧？

直到几天前齐人物听到一段旧事的时候，他知道他所期待的"戏剧感"终于出现了——在齐人物读大学的那一年，隔壁大学发生了一起铊中毒事件，一位女生被人多次投毒濒死，反复换血之后致残，至今生活不能自理，美貌早已不复，美丽的梦想不再，美好的神话也被彻底打碎。

齐人物想起，那位被怀疑投毒的人，名叫"丘凤舞"，据说家族颇有势力。他曾在一次投资家聚会中偶然听到，当年丘凤舞在被确定投毒"证据不足"之后，匆匆离校，到了美国。她后来音讯全无。有人说曾在华尔街街角的一家小咖啡馆见到过她，也有人说曾在伊朗与她邂逅；然而没有人能提供确凿的信息，证明这世界上曾经有过一个叫"丘凤舞"的姑娘。

"我不确定丘芊即是丘凤舞，"齐人物说，"但我知道，一切皆有可能；尤其当时间、地点和若干细节都如此相似之后。"他相信有一天，他会为任天石写下极为戏剧化的讣闻，他甚至已经预想好了任天石的死因，并且开始搜集一切关于"铊"的信息。"铊是多么意味深长的一个字啊，没有性别，只有金钱，然而却如此致命。"

——

天山任老丘——私奔报告

他就像是那棵树皮斑驳的梧桐，

充满了传奇、悬疑、惊悚和艳丽的庸俗。

多年以来，齐人物一直在寻找一个访问萧远山的机会，却始终未得。幸运的是，不久前的一个夜半，齐人物接到了萧远山的电话，后者希望在第二天早上九点的钟声还未敲响的时候，能够一起喝个咖啡，顺便聊聊理想、人生、价值观、基本问题，以及文学。"如果你感兴趣的话，我们也可以聊聊情感，还有私奔这个话题。"萧远山说。

在我们生活的这个国家，萧远山是一个响当当的人物。作为著名的开发商，他建造的楼盘、制造的概念，都曾使整个业界为之迷失和癫狂。他就像是那棵树皮斑驳的梧桐，充满了传奇、悬疑、惊悚和艳丽的庸俗。

他们在建外 SOHO 的星巴克见面，那是潘石屹开发的著名楼盘，又因为潘石屹盘踞在那里与物业公司斗智斗勇而闻名。潘石屹是中国开发商中的传奇人物，被誉为"开发商中最好的演员和演员中最好的开发商"。他制造的奇形怪状的建筑同样是业界的谈资，而他提供的"一潘"是整个中国乃至大半个世界的谈资。

萧远山选在此地见面，是因为他多年前曾仰慕过"万通六兄弟"。他看得上眼的人儿没几个，潘石屹算是其中之一。

当他们握手寒暄之后，齐人物开始惊诧于"六人定律"的力量。所谓的六人定律，就是说任何两个人之间的关系带，基本确定在六个人左右。两个陌生人之间，可以通过六个人来建立联系。

齐人物仅仅通过了一个人，就与萧远山建立了联系。就在头一天晚上，齐人物还不得其门而入，可是现在，活生生的萧远山就坐在他面前，像一尊雕塑。"我和刘项是邻居，也是好兄弟，"萧远山说，"他为你背书，说你是可信任的人。"

齐人物的确是"第九卦"CEO 刘项可信任的人，甚至可称得上他唯一可信任的人。他们有着同窗之谊，以及相互接纳、彼此包容的默契。刘项曾多次告诉齐人物，他家对面住着一位传奇人物，而齐人物却从未想到那个人就是萧远山，更未意识到刘项与萧远山及萧嫂素有往来，甚至深度参与到了他们生活当中。

与萧远山的对话轻松而愉悦，除了他偶尔神情恍惚之外。齐人物相信，疲倦和恍惚是职业诗人的通病，也是构成他们职业生涯的重要特征。

萧远山年轻的时候是一位校园诗人，从商之后，就成为"开发商当中最杰出的诗人"。他相信诗歌可以改变整个地产界的形态，使人们被想象力、意象以及象征所征服。他以黄怒波、聂造、单小海等人为例，试图向人们证明诗歌对地产的影响力。"戏仿和反讽是一种力量，"他说，"自嘲却是一种勇气。"

除了诗歌之外，萧远山的确拥有自嘲的勇气。他喜欢写诗。他毕业的普克大学百年校庆的时候还出了一本《普大诗选》，里面就选了萧远山的《献给海伦》（外二首）。那三首诗写得阴郁而晦涩，充满自虐的激情，以及自恋和自怨自艾。他的一位同学，挺有名的一位诗歌评论家后来写道："萧远山的诗歌弥漫着死亡意识，在力比多冲动当中，散发出多巴胺的味道，折射出了人性的光芒。"

这都是萧远山为他们大学捐款成立诗歌研究院之后的事情了。为了彰显他对诗歌和诗人们的热爱，他赞助那些喜欢写诗的同学每人都出版了一本诗集，当然其中也有一本是他的。他那位诗评家同学还专门写了一首两万行的长诗，叫作"美丽心灵"，在一本文学杂志上做了个增刊专号。萧远山对此坦然地笑纳了，他甚至笑纳了中文传媒文学大奖所颁发的"年度杰出诗人奖"。本来组委会想给他颁个"杰出贡献奖"的，他威胁要终止所有的赞助，组委会迫于金钱的压力，只好让他成为"年度杰出诗人"。一位评委后来只说了两个字："诗？屎！"

十点的钟声响起的时候，齐人物感觉萧远山的状态明显放松了下来。他谈话的尺度也越来越大，甚至谈到了刘项和萧嫂的风流韵事，而这是齐人物始料不及的。他相信刘项一定会干出这样的事来，却无法想象萧远山居然像一个旁观者那样侃侃而谈、津津乐道、娓娓道来。

做了一段时间的邻居之后，萧远山一家和刘项渐渐熟络起来。因为熟悉了，说起话来就没那么多忌讳。有一天刘项开门见到萧嫂，张口就说："我今天上了下微博，怎么又有人说萧远山跑了？"萧嫂笑道："还用他们说，这已经是几天前的事儿了。"他道："你就这么看得开？"萧嫂道："各人有各人的欲念，各人有各人的造化。"

刘项素来感慨萧嫂的坚忍，此刻更是钦服她的豁达。为了表达自己的崇敬，他当天还邀请萧嫂共进晚餐，顺便给萧远山戴了顶绿帽子。

萧远山说，刘项是个愚蠢的好人、善良的恶棍。"他们的生活缺乏意境。当我出奔之后，我渴望的是自由；当他们媾合在一起之后，他们得到的是枷锁。这是私奔和私通的差别，是灵与肉的不同。"萧远山说，"马尔克斯在《霍乱时期的爱情》中写过，心灵的爱情在腰部以上，肉体的爱情在腰部以下。"

齐人物对私奔和私通毫无兴趣。他所好奇的是萧远山混乱的人生，以及他深入骨髓的错乱、分裂。他知道，萧远山那个圈子，私生活那叫一个乱。包二奶、养情人、私生子……一切与混乱和荒淫靠上边儿的词汇，放在他们身上准没错。

可是萧远山是个性情中人。他也混乱，但绝对不荒淫。萧远山曾经告诉一位女记者，当年他们在海南混的时候，他的两个合作伙伴一边在歌舞厅里跟小姐乱搞，一边在剧烈喘息中谈着公司的文化、战略，以及他们的伟大梦想。萧远山实在看不下去了，扭头就走。走的时候还不忘发个牢骚："真没劲，还不如回办公室跟我秘书聊天儿！"

从此之后萧远山就迷上了跟秘书聊天儿。聊着聊着就跟秘书上了床，把人家的肚子搞大了。一位不愿具名的开发商说，他与萧远山合作的时候，发生了很奇怪的一件事。有一天萧远山把财务叫了过去，要其特批一笔钱，让萧远山的秘书去大学深造，萧远山的两个合作伙伴听说后都很恼火。"据说他们大吵了一架，海南泡沫破了之后，他们就分道扬镳了。后来我才知道，老萧原来干的是这么桩大事。"

像王功权一样，萧远山后来离了婚，跟他的前秘书走到了一起；也像王功权一样，因为来之不易的婚姻，他的现妻对他进行了商学院式的管理，经常还上些技术手段；同样像王功权一样，萧远山忍受不住这种生活，时不时地准备像列夫·托尔斯泰一样离家出走。

尽管充满了无穷的相似，萧远山最看不上眼的人却是王功权，后者的微博私奔事件曾闹得沸沸扬扬。其实萧远山跟王功权是老相识，在海南做生意的时候，他们阴错阳差，好几次差点儿就合作成功了。萧远山的那位诗评家同学在萧远山亡故后写的一篇回忆文章形容萧远山对王功权的反感为"自我排斥"。

萧远山曾私底下对刘项抱怨过："这都什么世道啊！这样的事情都轮到王功权来做了。你说他是个商人吧，除了做创投，他也没什么了不起的。你说他是个诗人吧，除了会填几首现代体古词，啥也不会。就连他的《私奔之歌》，那也不过是他以前《风险投资人之歌》的改头换面。他没什么创造力，除了会跑之外。"

因为对王功权羡慕嫉妒恨，萧远山终于熬不住了，有一天他也跟一个姑娘跑了。他也大张旗鼓地"微博私奔"，可是在"王功权事件"之后，人们似乎审美疲劳了，"萧远山夜奔"终于成为一个冷清的孤案，而没成为一个热烈的事件。

十一点的钟声敲响。

采访结束之后，萧远山送给齐人物一首诗。"我希望以这首诗作

为你文章的结尾。"那首诗叫"我躺在暗地里,让岁月把我忘记":

> 我躺在暗地里,让岁月把我忘记
> 就像忘记砖头、水泥和瓦砾
> 就像忘记某座废墟
> 一个人,一粒沙子的回忆
> 我躺在暗地里,让岁月把我忘记
> 银行、贷款、利息和账期
> 股票、楼花、拍卖和意义
> 我能挽回什么,当时间老去
> 复兴门凌晨四点半的气息
> 我躺在暗地里,让岁月把我忘记
> 我曾拥有的整个往事
> 我曾碎片化的所有呼吸
> 我的罪与罚、灵与肉
> 我只是希望,躺在暗地里,让岁月把我忘记

齐人物果然用这首诗作为那篇著名访谈的结尾。那篇访谈叫作"小径分岔的心灵",题目源于博尔赫斯《小径分岔的花园》。

在那篇文章发表之后不久,中国地产界发生了几件标志性大事:王石、冯仑、任志强淡出一线,或退休,或外出求学;昔日"万通六君子"之一的王功权在私奔事件之后,也去美国读书了;被称作"诗人开发商"的萧远山,在海南度假时,不慎溺水而亡。刘项闻讯唏嘘不已。

大小鬼

———

那些激动人心的名字，

其实都像懒羊羊头顶上的那坨东西。

没有人确定他们之间的仇恨何时以及如何形成。他们相互视为仇雠。这桩仇恨，其前生如谜，后世若局。人们只记得他们的彼此攻讦、恶毒诅咒以及沈京引经据典的毒誓："他与我同壤而世为仇雠。"

"这句话出自《左传·哀公元年》。当日伍子胥以吴王夫差对越王勾践刻骨铭心的仇恨作为规劝，希望夫差对勾践斩尽杀绝，吴王弗听。"齐人物说，"沈京与樊剑之间的仇恨，经由文学刻画，业已变成了一种浪漫主义的抒情，简直堪比《基度山恩仇记》。"

在分道扬镳之前，沈京和樊剑曾供职于同一家互联网公司。晃荡了两三年之后，他们一个混成了负责市场的副总裁，另一个混成了分管研究院和产品开发的副总裁。在他们之间，除了工作，本不会再横亘些什么，既无友情也无怨恚，顶多是办公室政治中常有的推三阻四、指桑骂槐而已。可是谁也没有想到，他们居然成了朋友，而且还成为生死之交。

那是多年前的一个夏夜，他们公司在北京小汤山的九华山庄开会。到了晚上，一堆人喝酒和唱歌，有的还借机拉女同事的小手儿表白爱情。沈京和樊剑住一个房间。他们无所事事，就回去睡觉。可是他们又睡不着，沈京就发了神经般地要给樊剑讲电影，还要讲《基度山恩仇记》。

一位财经作家曾描述说，樊剑一直无法忘记，那天晚上，熄了灯，大家躺在床上，沈京给他讲《基度山恩仇记》电影。樊剑读过大仲马的这部名著，对故事情节了然于胸，本不会对电影故事有什么兴趣。但他不曾料想，沈京竟将整部电影讲得绘声绘色。将近两个钟头里，樊剑听得津津有味，从此对沈京的文学功底和表达能力佩服不已。

沈京则钦佩樊剑的谦逊、聪明和业务能力。"老樊业务能力很不错，人也谦和，我们跟他讨论技术问题，他都站起来跟我们说话。"沈京说，"有一段时间我学习英语口语，经常练习英语对话，老樊口语不错，也愿意跟我们一起聊聊。"

在不停地"聊聊"后，他们变成了朋友；又经过不停地"聊聊"，他们由朋友变成了兄弟。沈京是个仪式感很强的人，他还拉着樊剑一起焚香叩头，完成了真实的义结金兰。不幸的是，那天沈京没找到适合结拜的栈香，最终以蚊香作为替代，草草了事。多年后回忆往事，樊剑相信，那段长期积怨的历史以及那桩悲惨结局的友情，其实因为蚊香袅袅而起的烟雾，早已注定了变质的下场。美好的幻想、残酷的现状，混合在一起的时候，就像是蚊蚋最后的哀鸣。

大约十年前，第一轮互联网泡沫破灭，沈京和樊剑被裁了员。公司对他们也算厚道，各自给了一笔不菲的遣散费。这对难兄难弟一开始还打算找个公司继续做"黄金搭档"，可是在一个纳斯达克股崩和

"9·11"接踵而来的年代里,互联网公司裁员的速度还赶不上倒闭的速度。一家公司的人力资源部门通知他们下月去报到,可等他们兴致盎然地前去上班、准备大干一场的时候,突然发现公司已经不存在了。如此诡异的事接连发生了好几次,搞得沈京还以为他们被谁下了蛊,天天遇到灵异事件。

樊剑这人比较乐天知命,他对沈京说,既然老天不让他们给别人打工,那他们就干脆自己创业算了;反正每个人手里还有几百万,够糟蹋一阵子了。于是他们一起做了个网站,叫"第九卦",专搞网络测字算命。

后来一个叫刘项的人也掺和了进来,对外宣称是"三位联合创始人"。齐人物有一次开玩笑说他们就是"三教九流",三位"东方不败",九分下流。他们三个竟然如梦方醒似的,说是齐人物一语点醒梦中人,为"第九卦"找到了盈利模式。从那之后,"第九卦"变成了一家专门搜集八卦故事、下流段子的网站,口号是"比八卦还多一卦"。

自从齐人物为"第九卦"定了位,沈京他们就干得风生水起。又赶上互联网的势头慢慢好了起来,风险投资商们的钱也再次好骗了,三位"东方不败"的好日子就来了。他们后来在纳斯达克上了市,从公司创立到上市总共才花了三十二个月。

当媒体将他们当作神话和神话人物看待的时候,他们却再次制造了新闻。我们今天所知道的是,沈京和樊剑翻了脸,《21世纪经济观察报》的一位记者煞有介事地说他们相约在朝阳公园南门决斗,沈京被打掉了两颗门牙,樊剑右脸颊上多了道竖条儿的长疤。在刘项的斡旋下,为了对投资人及"第九卦"负责,他们将股权一股脑儿地转让给了刘项，从此投资界多了一个镶着两颗大金牙的皮特沈和一个绰号"疤脸"的老樊。

对于《21世纪经济观察报》来说，这是一场具有象征意义、里程碑符号和分水岭价值的标志性事件。从那之后，这两位勇敢的投资人经常性地为其制造独家新闻。他们会时不时地相互指责、彼此谩骂；他们的拥趸，也曾在双方的博客和微博上剑拔弩张、水火不容。

媒体喜欢他们，创业企业也喜欢他们。作为成功的投资人，他们都拥有傲人的战绩，都可进入国产十大投资人的行列。然而那些创业公司最喜欢的，不是他们成功，而是看他们如何失败。当他们中的一个决定投资一家公司的时候，一定会有风声传到另一个人耳中，接踵而至的就是激动人心的价格大比拼。通常情况下，经过惨烈的角逐，一定会有一方灰溜溜地败下阵来，而赢的一方，也带着遍体鳞伤开始了艰难的退出之路。

然而他们的声望毕竟是起来了，斗士的形象也被塑造了出来。媒体和公众爱他们，创业企业也爱他们。虽然投资收益率比沈南鹏、熊晓鸽他们低了许多，还被一些圈内人形容为"犯贱的神经病"，但他们还是以傲人的最终收益笑傲风险投资界，成为傲然挺立的双峰。

他们之间的仇恨是怎么形成的，原因何在？他们之间是否存在隐秘的故事？这是多年来齐人物最为焦心的事儿，无论作为当事者的朋友，还是以媒体的观察员身份。

作为朋友，齐人物曾向双方询问其势若水火的原因，结果沈京和樊剑却惊人一致地保持缄默。齐人物也曾向老同学刘项打听当中的奥妙，刘项每次的回答都是："不足为外人道也。"有一次刘项被逼急了，扔下一句模棱两可的话："没有永恒的朋友，只有永恒的利益。"

齐人物绝对不相信沈京和樊剑会因为利益而分道扬镳，他曾综合过各家媒体的报道，当中没有发现丝毫的利益纠葛。一些记者曾向他提供各种小道消息，甚至拍胸脯承诺其真实性，但齐人物知道，遗忘和记忆都富有创造性，更遑论酒后的真言。

他曾以数独游戏和九宫格的方式罗列了沈京与樊剑交恶的可能性，当中包括金钱、女人、背叛、出卖、嫉妒、性取向、价值观、私人爱好、攀比等等。他逐一分析其数值，最后得出结论：沈京和樊剑极为可能因一个女人而变成仇家。他相信，因女人而引发的决斗符合浪漫主义情怀，也适合作为古典文学爱好者的沈京和作为欧美文学爱好者的樊剑的审美。与刘项不同，他们本质上具有诗人气质，而刘项却是一位注重实效的功利主义者。

齐人物曾经在一篇虚构文章中猜测，"第九卦"有一位漂亮的女员工叫小梅，因为梅的异体字是"槑"，所以她在公司就被称为"呆头呆脑的小梅"。然而小梅并不呆头呆脑，而是机智敏捷，有着随波逐流、见风使舵和水性杨花的禀赋。她知道自己处于沈京和樊剑的双重爱慕当中，也有能力在两位老板之间保持二元对立的统一，从容不迫、游刃有余。唯一使她惊惧的，是刘项那似笑非笑的眼神儿；他似乎看破了一切，却始终不曾提供过丝毫的建议。

小梅并不真心实意地爱着沈京和樊剑。她喜欢这种感觉，以及被称作"暧昧"的意境。有一次公司开年会，刘项让小梅做动作，让沈京和樊剑猜的时候，龃龉产生了。刘项提供的那个词是"暧昧"，沈京在小梅的比画中猜出了结果，而樊剑却只想到了过程。他们彼此心有灵犀地意识到，因为一个女人，他们成了对手。他们都在享用彼此的残羹冷炙。

他们相约在朝阳公园南门决斗。一道疤痕和两颗门牙为证，他们开始相互为敌。他们在"第九卦"的气数已尽。刘项成为最终的"日月神教教主"。他们都以为自己赢了对方，赢得了小梅，却始终不知道小梅一直是刘项的女人。

当齐人物把自己的猜测告诉刘项的时候，刘项淡然一笑："从来就没有什么小梅。小梅只是一个幻象。我只是告诉他们，为公司长久计，我支持他们成为'大鬼'，让另一个人成为'小鬼'。我会把股权卖给他们，使他们成为控股股东，一股独大。当然我是分别告诉他们的。他们没有买我的股权，而是把股权卖给了我，然后塑造出了仇人的形象。你可以写出来，但我不会承认。我提供的解释只是一种可能性，而不是全部。"

齐人物想起了一句话："英雄是用来失败的，朋友是用来出卖的。"他并不鄙视刘项。他开始相信，无论比尔·盖茨还是史蒂夫·乔布斯，无论扎克伯格还是拉里·佩奇，那些激动人心的名字，其实都像懒羊羊头顶上的那坨东西。

爱情

我的那位朋友，我曾经的爱人，
如今正与我们的新总裁享受着甜蜜和幸福。

    他一直没出现在旁听席。在他出现之前，我将缄口不语。我觉得自己没有任何需要申辩的。已经发生的事实，陈列在阳光下面；没有发生的事实，申辩将使自己显得懦弱。我只希望在我的命运破产前见到他，问一问他那些骇人听闻的传言是否属实。我知道结果微不足道，他甚至不会作答。但我知道，当一个人被命运彻底摧毁的时候，需要有人为他付出惨痛代价的象征进行背书。

    我叫马杨，出生在河南南阳内乡县小马家庄。我的家境不好，贫穷和苦难代表着我的过往，但却没有阻止我长出1.83米的身材和英俊帅气的相貌。读书的时候他们叫我"学霸"，清华大学"学霸"，工作的时候他们称我为"屌丝"，"拥有天生精英气质的屌丝"。他们说我代表了"屌丝逆袭"——一路靠奖学金和助学贷款支撑在清华大学完成本硕连读的穷小子，成为中国最炙手可热的基金经理。

    有些人叫我"凤凰男"。"凤凰男"作为一种标签，是指集全家之力于一身，发愤读书十余年，终于成为"山窝里飞出的金凤凰",从而为一个家族蜕变带来希望的男性。他们进城市后,娶了城市里的"孔雀女",过上了城市生活,但由于原先的农村身份打下的烙印,使得他们可能与"孔雀女"的爱情、婚姻和家庭,产生种种问题。

我的确遇到了"孔雀女",但是我们却没遇到"种种问题"。我的妻子温柔而贤惠,她陪我住在租住的房子里而毫无怨言。她为我生了一对龙凤胎,这使她年纪轻轻就略显苍老。我曾答应她,不久之后我将会在北京顺义给她和孩子买一套别墅。我看出她很兴奋,但她依旧摆出无动于衷的表情。我就喜欢她的这种表情。

现在,他们在台下坐着。他们在旁听对我的审判。

从一开始我就承认自己有罪。我的确有罪。我一开始就承诺,我接受对我的一切指控。我相信审理过程公正合理。我想起我的父母,我苦难沉重的村庄,我旁听席上的妻儿。我想起我这一生,刚刚开始,就已结束。

我突然有流泪的冲动。我开始不停地流泪。我大声说我"想念孩子""最对不住的人是妻子"。法庭阻止了我的喊话,但默许我不作声地流泪。

最终对我确定的犯罪事实是:交易持续近26个月,涉嫌交易股票76只,交易金额10亿余元,盈利1800余万元⋯⋯是迄今为止持续时间最长、交易股票数量最多、交易金额最大、违法所得最多的基金"老鼠仓"案件。我创造了很多个纪录,很多年内将无法被打破。

我大学毕业之后到这家公募基金工作。我工作很努力,从普通研究员做起,慢慢做到研究组主管、投资部投资经理。由于表现优秀,我29岁时成为公司精选基金经理,开始掌管上百亿资金。我和我所掌握的基金一起实现了"屌丝逆袭",当我成为明星时,它只用一年时间就从排名垫底攀升到了前三。

我有一位同事。他老是开我玩笑。有一次公司开会,他还说我天天熬夜研究股票,年纪轻轻就患上高血压和腰椎间盘突出,"如果一直不出事儿,可以作为基金界的焦裕禄来宣传"。他说这话的时候,对我眨了眨眼睛。

他是我的好朋友。我平时没什么爱好,下班之后,偶尔会在楼下的超市门口喝两瓶啤酒,每次都是他在那里陪我。我老婆有时候会抱怨说:"不知道内情的人还以为你们俩是一对儿。"

我们俩的确是一对儿。在公司里,我们可谓"最佳拍档"。我们对于同一事物的判断,有着惊人的一致;对于市场的走势,我们也最容易达成共识。有一次,我的分析与总裁产生了巨大分歧,就在我犹豫着是否要退缩的时候,他站了出来,拿出他的分析数据,力证我分析得准确。最终,市场的走向就像被我指引一般,完全按照我画出的K线行走。总裁给我加了薪,发了奖金。他是一个专业和大度的人,在我们这个行当德高望重。

我结婚的时候,他是我的伴郎。我的妻子对他印象很好,觉得他优雅而温柔,待人接物从容得体,除了有小小的洁癖外,几乎没任何缺点。

在他们眼中,我是完美的人,我是父母和家族的骄傲。我有健康阳光的妻儿,有多年来始终恩爱如初的婚姻。我没有二奶,没有小三。我十七年的寒窗苦读和几年的辛苦工作,将使我最终赢得属于自己的一切——这家公司未来的主人、中国基金业的"光芒之王",以及不可限量的前途。有时候想起这一切,我都会幸福地想笑。

迄今为止,我只有两种爱好——读书和喝酒。我喜欢一切图书,投资、哲学、小说、传记、历史、神学。我将读书中获得的体会植入到我的研究中,往往会得到出人意料的收获。

对于基金经理来说,接受访问是一件痛苦的事情,因为我们说出的只是行话,行内人不喜欢听,行外人听不明白或是觉得无趣;但我总会引经据典,对那些半吊子记者谈叔本华、莎士比亚、勃朗宁、弗罗斯特、庞德和罗素。

我会对他们谈起梵·高和塞尚,谈起梵·高写给弟弟提奥的信:"我们将乘一列火车到塔拉斯孔或鲁昂去,在那里我们将终老一生,死后与星月同辉。"我喜欢看到他们仰望的面孔和崇敬的眼神。它们使我心灵震撼,让我感到那是我三十年人生的意义所在,也是我神性的托付。

在我三十岁那年,我卷入了一场内部的权力斗争。我们的一位副总裁觊觎总裁的权力,试图取而代之。我对总裁充满仰慕,但副总裁却是我的恩师。我没办法置身事外。权力斗争是残酷的,对于我这样从未经历过龌龊的人来说尤其如此。最终,他们两败俱伤。总裁离任了,副总裁依旧是副总裁。董事会选拔了新的总裁。

我不想谈我接受斗争锻炼的年月。那些年月对我来说比许多人要艰难得多,因为我虽然不乏勇气,但我缺少斗争的天赋。尽管这样,我明白我们处于一个丛林的边缘,这一丛林,远比野兽的丛林严酷。我试图说服自己,要成为高尚的人,必须先使自己变得冷酷。我们要献身崇高的目标,为了这个目标,我们必须牺牲自己身上的某些特征。

周末的时候,我会坐在超市门口发呆。超市里养了两只小狗,一只叫豆豆,一只叫戴维。我喜欢看它们在那里争斗厮咬,抢夺各自无意义的机遇和命运。那或许正是我的象征。我时常想。

在我被捕之后,新总裁告诉记者:"如果不是涉嫌老鼠仓事件,我的规模可能多增加200亿元,马杨的事情一直压在我心底,老鼠仓让我痛心疾首,我百思不得其解如何防患。我们在投研部门安装安检设备,这个可行吗?所有投研人员一律不准带电子产品入内,我现在是恨不得自己有一百双眼睛,盯着每个人。"

我想说的是,我并不是"老鼠"。我并没有偷食不属于我的东西。我的确建立了"老鼠仓",但我从未穷奢极欲、挥金如土。我的年薪超过两百万,我的"老鼠仓"获利超过1800万,可是我没有房产、没有豪车、没有奢侈品、没有二奶和小三。在我租住的蜗居中,我所拥有的只是对数字的快感,以及排列组合背后的神性。

我喜欢我的工作。我克尽厥责,从不懈怠。我相信"懦夫在刀光剑影中露出真正面目;慈悲怜悯的人则在监狱和他人的痛苦中得到考验。"[1] 基金公司就是我的监狱,在那里我看到了人性中最卑微、卑劣的部分,贪婪和恐惧。基金操作的本质是道德,是利用人性的弱点掠夺弱者的财富。我承认,我犯下了规则允许我犯的所有罪行。

我不知道人们是否理解,我究竟为了什么而建立了"老鼠仓"。当我们身边日日夜夜都在开展丛林竞争的时候,我不可能不表现出悲悯。我看到我身边的人赢得了财神,然后又两手空空。2012年,我妻

---

[1] 出自博尔赫斯短篇小说集《阿莱夫·德意志安魂曲》。

子的舅舅哭泣着告诉我，在连续七个跌停之后，他重仓的股票已所剩无几。可悲的是，他挪用了公款炒股。他希望我告诉他点儿"内幕消息"，让他东山再起，弥补亏空。"如果我补不上亏空，我就只有坐牢了。"他说，"对于我这样的老人，坐牢无疑是死路一条。"

我们不是生活在一个毫不通融的时代。我们不可能对一切无动于衷。对于这位曾经对我帮助良多的老人，我没办法拒绝。我答应帮助他操作股票，而不答应为他提供"内幕消息"。我知道，无论给他什么样的消息，他都会因为人性的弱点重蹈覆辙。我接手的时候，他的账户上的资金还剩下 300 万，账户被冻结的时候，账户余额 3800 万。

我不确定自己到底因何而坠落到了食物链的末端，成为弱肉强食的受害者。新总裁曾经对记者说："我们没收到对马杨涉嫌老鼠仓事件的核查结果。但 2012 年 4 月出现了一封匿名举报信，出于审慎经营、对投资者负责的原则，我们及时采取措施，对马杨相关权限进行限制、强制休假等。2012 年 7 月底，马杨离任；当年 8 月初，马杨完成离职手续，离开公司。"

事实上，当公司开始对我进行截击的时候，我就意识到，新的"丛林竞争"开始了。那时候我开始赋闲在家。我还是习惯性地坐在超市门口喝酒，看豆豆和戴维在那里纠缠。我的那位朋友，已经不再来陪我。我们差不多变成了陌生人，偶尔通个电话，也只是例行的寒暄。

那时候我看到一条微博："继前女友、二奶、小三之后，GAY 也立功了，收到爆料，深圳基金经理搞老鼠仓，疑因男同搞掉同事捅出。"关于那条微博，评论和转发中还"爆料"称，与我有关的一切，不仅是内讧，更有"基情"———一位基金经理是 GAY，私下被我和研究总监知悉。他便以为大患,利用内斗,成功斗倒一人,赶走一人。他们据此判断,我的翻船,可谓"城门失火,殃及池鱼"。

那位基金经理,就是我的"最佳拍档",就是曾经在超市门口陪我喝酒的"一对儿",就是曾经对我眨眼睛的兄弟。他后来对一位记者说:"马杨算是我们的老员工了,在内部纷争中,他表现得比较过火,被举报违规操作。然后才被大数据排查出可疑的,只不过举报和查处相隔有段时间,所以监管层通报的时候说是被大数据监测到的。"他当时的身份是"一位知情人士",但我一眼就能看出他的身形。

在他的描述中,我的故事情节如同电影《窃听风云》。他说我警惕性很强,反侦查水平很高,先后购买了十几张电话卡,通过电话下单,然后每隔几个月时间就把电话卡丢弃。

"马杨生活一向简朴,甚至几乎很少从涉案账户中提取资金,究其原因,是因为涉案账户收益率过高,不舍得花其中的钱。"他说,"他很抠门。"

在我被从公司踢出局后一年,我被检察院批准逮捕。我事先接到了消息。现在我可以告诉你们,通知我逃亡的人正是我的那位朋友。

我乘坐一架航班逃到了美国。刚下飞机,我就接到了电话。我的妻子在电话那端痛哭。我听到了儿女的叫声,他们在欢笑。他们并不了解生活的残酷。检察官循循善诱。他们建议我回国,并且承诺我将被确定为"自首"。我接受了他们的建议,仅在美国逗留16小时后就完成了自首。

剩下的事情,你们通过庭审和报道都已经知道了。你们所不知道的是,我现在的狱友都是曾经的足协高官。网络上传言:"谢亚龙在牢里告诉狱友自己是上市公司老总，年薪上百万；到了牢里，主动帮狱友们按摩。狱友们普遍反映，他的按摩真的很舒服。南勇则在狱中每日静坐悔过，晚上打扑克娱乐。杨一民自称将在狱中苦读，刑满想教书。张建强则在狱中为中国女足写发展规划。"

　　我无法确切地告诉你们传言的真假。我只想告诉你们，所有传言都是空穴来风——如果你们对这个成语没有产生误读的话。我还想告诉你们一个传言，我的那位朋友，我曾经的爱人，如今正与我们的新总裁享受着甜蜜和幸福。

赌局

最深一个水坑出现的时候，我拉着他的手踩了下去。

"这座城市里有很多东西不为人知。"他说，"一大群蚂蚁在我们大楼顶上建了自己的巢穴，两只癞蛤蟆躲在大楼地下停车场的一角。海风穿过一个风洞，在整栋楼里发出呜呜的声响，像是有人在轻声哭泣，夜半的时候特别吓人。还有，我父亲在这座楼里有不少情人，她们年轻漂亮，散落在每一层。"

就在我们见面前几天，他卖掉了公司的股权。他的行动在资本市场上引起了轩然大波，其影响所致，不啻一场小小的地震。

人们开始猜测他行止背后的波诡云谲。一些人说他厌倦了公司的运营，另一些人则指控他在澳门赌博，输掉了一大笔钱，不得已只好卖掉公司还债。也有人披露说，有人作局吞掉了他的公司。

我不知道哪一个传言是真实的。我只知道，我曾告诉这个年轻人，常在河边走，难免不湿鞋。他的回答使我惶恐。他说，周围都是满水的坑，也不知深浅，处处是陷阱。

我们谈了很长时间，谈公司、谈政治、谈局势，也谈了少年时的理想、跌宕的人生。

我们唏嘘感慨。

那天晚上快十一点了，我们走进了那栋大楼不远处、靠近海边的一家酒吧。没等酒保招呼我们，我们径直走进了一个包间。

"老板，今天喝点什么？"酒保问。

我朝他示意了一下，他没有表情。

我暗示酒保照老规矩来。

我经常来这家酒吧喝酒，确切地说，我是这家酒吧的老板。在这座城市的隐秘当中，人们需要释放。我为他们提供了释放，而他们为我提供了就近观测的机会。

我安顿他坐下后，就去外面巡视了一番。我看到角落里坐着一个老人，模样有些威严，也有些憔悴。我想上前去跟他打个招呼，但当我透过昏暗的光线看清他面孔的时候，我退缩了。

酒保告诉我，他已经在那里坐了很久，喝空了很多杯子。

"我看他有点儿面熟，却想不起他是谁来，"酒保说，"我们这里很少出现老年人。不过，我看他不像是要闹事的人，就没有打发他走。"

"照顾好他，如果他愿意就那么一直坐着，你们也不要去惊扰他。"

酒保应了一声。

我了解这位老人悲惨的命运。他曾是我们这座城市的传奇。他创建了本市最大的一家房地产公司，还上了市。处于事业巅峰之时，他急流勇退，将公司交给了大儿子。他曾经告诉我，他最苦恼的事情不是没有接班人，而是让哪个儿子接班。他最终选择了大儿子，因为老大不但读过大学,还在公司中从最基层的建筑工人一步步坐上总裁的位置。

可是他的帝国,他经营了几十年的公司,竟然在两年之内垮塌了。

接班的决定做出之后,他的小儿子心灰意冷,出走到了美国,在洛杉矶寻找电影艺术的空间,也寻找比弗利山附近那些三流女明星的抚慰。

老大倒不喜欢这些,他喜欢孤注一掷的感觉。他是澳门赌场的豪客,在那里他一掷千金,是人人都爱慕的恩主。他偶尔也会去拉斯维加斯。"没劲。"他总是这么评价。最让他感到快慰的是与同城几位老板的赌局,他们平素的筹码以千万为单位,如果赌高兴了,筹码会提高到以亿为单位。不久前,老大输掉了整个公司,输掉了希望,也输掉了他在这座城市中的体面。

他其实只是一个规矩的手艺人,一个老派的乡下人。稀稀拉拉的胡子已经花白。三十多年前,他穷得实在受不了了,就组织了一支建筑队,四处帮人盖房子。后来规模做大了,他就开始给自己盖房子,变成了开发商。

我走回包间去。宋海波已经独自喝上了。见我进来,他冲我腼腆地笑了笑。"以后喝酒都得你请客了。"他说。

"没问题。喝酒喝不穷我。"

他握住我的手,很感激地说:"谢谢你,兄弟。"

我拍了拍他肩膀。

"我那晚遇到的事有点蹊跷。"他说,"我总觉得哪儿不对劲儿,可我又说不出来。"

"我一直不想继承家族产业,但父亲在我和弟弟中间选择了我。我不知道他为什么要这么做。我弟弟是一个才华横溢的人,他对艺术充满了迷恋。我只是一个平凡的人,对建筑的理解就是砖头、水泥、混凝土。我弟弟会写诗。据我所知,他是所有开发商中写诗最好的一个。你不要小瞧写诗,诗歌可以为房地产提供想象力,很多开发商都是诗人,譬如中坤的黄怒波、万科的单小海,还有一个叫聂造的……"

"写诗的确对写楼书有帮助,"我说,"虚头巴脑的东西会使人产生好奇。"

"父亲宣布他准备把公司交给我的时候,我能看到弟弟脸上的愤怒与绝望。他去了美国,在那里过着堕落的生活。父亲因此与他断绝了往来。他告诉公司里的所有人,他早就看出了老二不成器,所以决定把公司交给我。

"多年来我一直生活在父亲的阴影下。他让我做泥瓦工,我就做泥瓦工;他让我做工头,我就做工头;他要我到售楼处锻炼,我就去售楼处锻炼;他让我与官员们喝酒应酬,我就去与他们觥筹交错。他教会了我做开发商的一切,包括共享一个情人和以赌博的方式行贿。对于他,我没什么尊敬。但他给了我血脉,我能回报他的,只有服从。"

我叹了口气,干掉了一杯酒,继续听他讲述。

"我迷恋上赌博是在出任公司董事长之后。你肯定记得,那次你也在场。有一次我们一起去参加一个饭局,有一位官员、两个银行行长,还有几个开发商。饭后有人说耍两把牌,我明白那是要向官员行贿,就没拒绝。那天我输了很多钱,我记得你站在我后面拍了好几次我肩膀,要我不要再玩了。从那天起,我迷上了赌博。"

我记得那个晚上。我记得他第一次作为商业帝国的主人，豪情万丈地与那些人耍钱。我能体会到他的感受，第一次摆脱父亲的羁绊与束缚，做自己的主人，挥洒属于自己的财富。

"后来我去过澳门几次，对了，每次我都喊你一起去。在那里我输掉了一些钱，但数额并不大，对于一家利润十几亿、市值几百亿的公司来说，根本算不上什么。"

"可是遇上了宏观调控。"

"是啊，美国人可害惨我们了。要不是美国的次贷危机、金融海啸，就不会出现宏观调控，缺钱的时候，我们只要去资本市场搞个增发，一切都回来了。"他愤怒地挥舞起双手。

"其实，对于房地产市场的生生死死，我早已习以为常了。我见过孙宏斌的意气风发，也见过他一败涂地。现如今，他又东山再起了。我喜欢他这样的人，永远踩不倒。"

我知道孙宏斌。很多年前我就知道他。他曾经在联想工作，被柳传志送进了监狱，出狱后创办了顺驰，然后又把顺驰变卖了。后来他东山再起，创办了融创，如今又回到了房地产开发的前台。他总是能成为"地王"，习惯性地跌倒，又习惯性地爬起。

"市场的萧条使我更加迷恋赌博，我希望在赌桌上找到赢的感觉，现在回想起来，我却总是输。你是我最好的兄弟，你眼见着我一步步滑向毁灭。每一次你试图将我拉上岸来，而我总是冷漠地拒绝你的好意。"

我又叹了口气，拍了拍他的肩膀。

我们碰了一下杯，一口干掉杯中酒。

"我与我父亲其实一直互相提防着,"他说,"这么多年来,他从来没有放心过我,也没有信任过我。可是自从我弟弟离家出走之后,他心力交瘁,苍老不堪。他没心思再管我了。他是一位成功的企业家,却是一位失败的丈夫和父亲。他终于承认了他的失败,然后住到了我为他在山下建的那栋别墅中,每天品茶、下棋,间或外出跟他的情人们幽会。我记得那时候你告诉我,让一个人衰老并不是一件困难的事,只要朝着他的软肋捅上一刀子就行了。我没有去捅刀子,他把自己捅了。"

"在这两年中,我们只见过三面,其中有两次是春节,还有一次是几天前,公司股权转让的签字仪式上。我知道让他出席那个仪式是一种折磨,我还劝他不要来了。他说他一定要来,亲手埋葬自己的产业。我知道他一定恨死我了。"

宋海波的父亲其实也算是我的朋友,确切地说,他是我的世叔。他与我的父亲是玩伴。我父亲年轻时结婚早,老宋则忙着创业,到了三十七八才结婚生子,所以宋海波的年纪比我小了十好几岁。

我曾多次去山下的那间别墅看望老宋。他的确如宋海波所说,已经苍老不堪。一位七十多岁的老头儿,满头银发,除了在回忆时能够重现商业帝王的雄风外,我所见到的只是苍老。他似乎不愿提及老二,每次我试图说起这个话题,他总会巧妙地岔开,要么是起身去洗手间,要么是劝我喝茶,要么是觉得时间已经很晚,他打了个哈欠,暗示他需要休息了。

在宋海波要卖掉公司的时候,我再次去看望他。那时候他刚做完心脏手术,精神状态很不好。"不要对外说海波赌博,"他说,"你是海波的朋友,一定要咬死说,海波不会打麻将,之前即便和堂兄弟打牌,输赢几百元几千元都很在意。你还要说他从来没去过澳门。"

我应承了。在这几天接受记者采访时,我一直否认对宋海波的所有指控。可是宋海波却始终给外界留下诡异的线索。别人问他的时候,他说:"我就不说,怎么啦,关你什么事呀?我没有这位父亲。"

我问老宋:"有人说这是作局,你相信吗?"

"作局?鬼扯。"

的确是鬼扯。收购宋海波股权的人是他们家的老朋友,与老宋有三十年的交情,老宋说他讲义气。他虽然也不想卖掉公司,却无可奈何。

"心疼能解决什么事?我自己心已经很疼了。天要下雨,娘要嫁人,哎呀,你说我能怎么办呢?"

老宋两年前让出董事长位置的时候,对外宣称他有心脏病。事实的确如此,他被小儿子气得心脏病发作了。事实上,他对大儿子并不是很放心,觉得他"太年轻了,缺乏经验"。接受访问的时候,他也会说"子承父业的传统很不好",然而他的内心,还是希望宋海波能够继承他的帝国。

然而他再也没能对这个帝国施加影响。他的身体不好,公司的决策他不再参与,财务状况他也从不过问。宋海波曾经减持过好几次股份,他也是在几天前的签字仪式上才知道的。

宋海波慢慢地陷入了沉醉状态。我唤酒保过来,给他披上一条毯子。

"那位老先生走了吗?"

"走了。"酒保说。

我走出酒吧。

喧嚣突然变成了宁静。

我走到几十米外的海边，扶着栏杆。远处的灯塔闪烁着微暗的光，海风吹在脸上，带着潮湿和冰凉。涛声在渐渐平息，偶尔拍打在岸上。

电话突然响起来了。

"哥，事情办妥了吗？"

"妥了。你三个月后回来吧。"

挂断电话，我长长地出了口气，使劲地呼吸起海风。最近几天，我承受了太多压力，已至疲惫不堪。在公司的股东大会上，我告诉他们，我的压力很大，但我有信心把公司做好。

"我从来没有作局，"我说，"我是他们的好朋友。做人要讲感情，讲义气。"

我的确没有作局。我只是将他引入一个充满诱惑的环境，目睹他一步步走向水坑。我告诉他要躲开那些水坑，因为那都是陷阱。最深一个水坑出现的时候，我拉着他的手踩了下去。

老宋或许洞悉了所有的秘密，可是他已无能为力。他老了，心脏不好，时日无多。我答应他会照顾宋海波的生活。当我说出宋海波这三个字的时候，他已经明白了一切。

他必须要出现在签字仪式上，这是他临死之前最重要的事。

仇恨

告密者终将死于告密，背叛者终将遭到背叛。

在那座不小的城市里住着一对仇人，一个叫赵正，一个叫涂佳。他们都是那座城市当中的风云人物，明星企业家。他们明争暗斗，从来不放弃任何一个攻讦、诋毁对方的可能。一旦他们获得落井下石的机会，他们也绝对不会放弃。因为他们的争斗，那座城市的工商界充满了恐惧和乐趣。

关于他们的相互仇视，以及由此发生的争斗，人们可以从报端发现无数的事实、假象和蛛丝马迹。然而关于他们的结仇有很多种传说，却从来没有人洞悉过真相，直到有一天齐人物发现了它。

作为专栏作家的齐人物有一次受邀参加赵正公司组织的"高峰论坛"。在那场"高峰论坛"上，齐人物近距离端详了传说中的赵正：一个平凡的中年男子，庸常的体形、神情和谈吐。唯一使齐人物感到惊讶的是他的胳膊上文着一条邪恶的龙。那是一片暗灰色的、由几乎不间断的弧线构成的文身，从手腕一直盘旋到肩头。每当他握紧拳头的时候，由于肱二头肌的凸起，它就显得非常邪恶，瞪大了双目，似乎要喷出恶毒的火苗。

赵正发觉了齐人物的好奇和惊讶。他冲他笑了笑，齐人物赶紧低头。那是多么诡异的笑容，同那张邪恶的龙脸一样邪恶。

晚饭的时候，赵正似乎有意将齐人物安排到了自己身边。他苍白的脸色以及冷冰冰的眼神让齐人物不寒而栗。他想起了各种传说、电影或是小说中关于吸血鬼与僵尸的描述。他也开始对应传说中那个残忍、冷酷、情绪很坏的工商大佬。据说有一次一位空降的副总裁因为不谙内情，在他面前提到了"涂佳"，他竟然冲上去给了那位副总裁一个耳光，然后用一笔不菲的"遣散费"将其打发走人，依此创造了中国企业高管任期的最短纪录。

"我想你一定听到过很多传说，"赵正突然打断了齐人物的想象，"如果你有兴趣，我们可以在晚饭后一边喝茶，一边聊聊我的故事，以及他的故事。"齐人物点了点头，他因为过于诧异而显得茫然。

以下是赵正对齐人物讲述的故事——

很多年以前，我们是大学同学。我们有着共同的爱好，喜欢蓝波的诗歌、本雅明的评论、卡夫卡的小说、海德格尔的哲学，以及同一个姑娘。我们的理想主义，呈现出来的是虚伪的浪漫和肤浅的深刻。我们身上拥有所有"学院派"的恶习，喜欢用祖国、大地、人类、海洋等大词来装饰自己的浅薄。可是我们那时候年轻，很容易被别人原谅，也很容易原谅自己。

大学毕业后我们到了同一家单位，是一个类似于文联、作协之类的研究院。我们做同样的研究课题。我们用几乎相同的逻辑、语法和结构来进行学术研究。最终，我们也遇到了相同的情感问题——我们所深爱的那个姑娘,去美国了,就像《中国合伙人》里所呈现的那样。

有一次领导交给我们一个课题,要我们到北方的一个省份采风,并且最终形成调研论文。我们在雨季的时候出发,一路走到干旱当中。我们走在尘土飞扬的道路上,就像余华在《活着》中所描述的一模一样:"我头戴宽边草帽,脚上穿着拖鞋,一条毛巾挂在身后的皮带上,让它像尾巴似的拍打着我的屁股。我整日张大嘴巴打着哈欠,散漫地走在田间小道上,我的拖鞋吧嗒吧嗒,把那些小道弄得尘土飞扬,仿佛是车轮滚滚而过时的情景。"

我之所以谈到《活着》,是因为余华的这本小说构成了我们之间关系的象征。余华自己说过:"《活着》讲述了一个人和他的命运之间的友情,这是最为感人的友情,因为他们互相感激,同时也互相仇恨;他们谁也无法抛弃对方,同时谁也没有理由抱怨对方。他们活着时一起走在尘土飞扬的道路上,死去时又一起化作雨水和泥土。"这是我和涂佳共同的命运,只是在当时我们并不知道,并且永远不曾谈起。

我们躺在鸡毛店的硬板床上谈起往事,谈起林林总总的鸡毛蒜皮。我们诅咒命运,嘲笑现实,挖苦单位的文牍主义,嘲讽领导的官僚主义。我们还交流领导的秘密,贪污、受贿、搞破鞋,以及各种出人意料的、被表象所掩盖的真实,"满口仁义道德,一肚子男盗女娼"。

我们跋山涉水,走在尘土飞扬的道路上。当我们回到自己的城市,准备提交采风论文的时候,领导找我谈话,说是由于我财务上出了问题,单位准备开除我的公职。他所谓的财务问题是我们有一次住店没有开发票,就找了一张吃饭的发票充抵。我曾口头向他汇报,他也同意了。然而他的突然发难,以及所展示出的卑劣与残酷,使我深信自已遭到了出卖。

我向他苦苦哀求,他邪恶地微笑着说:"年轻人,背后不要随便乱讲话。"我愤怒地找涂佳理论,可是却始终寻他不着,后来才知道,他已经被派去做一次新的采风了。我后来也多次找他,准备跟他理论一番,干上一架,却始终也没寻着机会。

我离开了那家单位后,为了活命,无可奈何,什么活儿都干过,有一次还被人雇去扮演"黑社会"。我知道我需要活着,需要复仇,需要从出卖者身上找回尊严。后来我创办了自己的公司,并且花了好多年时间将它做成这座城市中规模最大的企业。我现在拥有足够强大的力量,然而我却始终无法实现复仇的愿望。

据我所知,涂佳没多久也离开了单位。这是他的报应。告密者终将死于告密,背叛者终将遭到背叛。他离开单位后也去办了一个公司。这家公司现在是我最大的竞争对手,它的规模、影响力都与我的公司不相伯仲。我们似乎又回到了当初,一起走在尘土飞扬的命运之路上,在相同的行业、相同的规模和相同的规则与潜规则下进行你死我活的争斗。

我们之间的争斗的确可以称得上你死我活。当一个项目出现的时候,我会不惜代价地把它抢过来,他也会不惜代价地狙击我。我们胶结于同一个商业机会,到同一个主管领导面前告对方的状。我们胁迫同一个朋友与对方绝交,威胁同一个合作伙伴与对方终止合作。我们在报纸上刊登广告攻击对方,各自找行业协会、研究机构发出不利于对方的报告。最有趣的是,我们相互派出了间谍,我们都知道对方派出的间谍是谁,然而多年来我们一直不曾将这些间谍挖出来,而是任由他们传递出各种含含糊糊、似是而非的消息。

这么多年来，我们一直生活在这种危险的均衡当中。我们相互怀恨在心，彼此恨毒了对方，都想置对方于死地。说心里话，我曾多次想过要雇几个杀手，直接将他做了，然而最终仅止限于想象。我想他一定有过类似的想法，却也最终没有落实。我们就这么耗着，相互怨恚，彼此对峙。我们"活着时一起走在尘土飞扬的道路上，死去时又一起化作雨水和泥土"。这是我们的宿命。如今我们终于知晓。

几年前的一天，晚饭后，我到外面去看看夕阳。"残阳如血"，这种描述虽然过于庸俗，却实在找不出更好的形容。我在河边漫步，想象自己在河边所犯下的错误。突然间我抬起头来，看到一个熟悉的身影，是那位开除我的老领导。他已经风烛残年，头发花白，目光灰暗呆滞，嘴眼甚至有些歪斜。我上前与他打了个招呼，他显然认出了我，目光中透露出恐惧和哀求。我甚至能听到他心底的抽泣。我朝他笑了笑，就像他当初对我微笑一般。他发出了"呀"的一声惨叫，凄厉地划破黄昏，然后，落荒而逃。

在那之后，我对自己当初是否遭到出卖已经了无兴趣。我所关心的是仇恨本身。我将全部精力放在了涂佳身上。在我们共同生活的这座城市，我必须给他施加足够大的压力。如果他想海外并购，我一定要先于他完成并购，或者是将他的并购搅黄。如果他要将公司香港上市，我也一定要先于他在联交所挂牌。如果他打算将总部迁到北京，我一定要赶在他前头，在北京成立公司的"行政总部"。在这个世界上，没有谁比我更了解他和他的公司，他如何谈判、如何交易、如何变换会计方法虚增利润和做假账。有时候我在想，他就是另一个我，而我则是另外一个涂佳。

"你一定会对我胳膊上的这条龙感兴趣,"他说,"今天下午开会的时候我就已经注意到了。"

齐人物没有作声。他一直在等待赵正讲出自己的完整故事。

"那一年夏天,当我被单位开除公职之后,我找到一个做文身的人。为了文这条龙,我几乎花光了我所有的积蓄。离开他的小店之后,我到一个小酒馆花光了仅剩的钱。"

齐人物依旧没有作声,他知道,他所期待的结局即将到来。

"在那家小酒馆,我看到了我的一位同事,他独自坐在那里喝酒。我上前去打招呼,而他见到我之后扭头就跑。我感到奇怪,因为就在几天前,我们还在这里喝酒庆祝那次采风的成功。那一次我们喝了很多酒,我对他讲起了我和涂佳的经历,讲起了我们的友情、理想、浪漫主义和虚无缥缈,讲起了我们的满腹牢骚,以及单位里的种种传说……"

齐人物期待他继续讲下去,可是半晌没有下文。

一阵子可怕的寂静过后,他突然发出一声呻吟,接下来是"呀"的一声惨叫,凄厉地划破灯光和夜幕,划破公司空旷寂寥的咖啡厅。

"难道是他吗?"赵正喃喃地说,"难道我直到今天才了解真相?他出卖了我,而我将他当作心腹,委以重任,整整相信了十年。我误解了我的兄弟,却误信了一个叛徒。"

齐人物说:"我喜欢你的故事。尽管如此,我相信你们的仇恨会继续下去。我们都有仇恨的毛病。仇恨是一种习惯。虚荣也是一种习惯。我们依靠习惯和虚荣生活。我向您炫耀的是我的辞藻,而您向我炫耀的是您的财富。"

他们心满意足,握手告别。

Chapter 3
败局

我们赌赢了序幕,却没有赢得结局。

一

恶积而不可掩，罪大而不可解。

在一个庸常和不值得回顾的夜晚，齐人物采访了宗庆后。这位"中国首富"留给他深刻的印象。他聪颖而执着，顽固和信命。当天晚上，齐人物抑制不住自己的表达欲望，写下了一条微博：

"采访宗庆后，得出几个结论：1.做生意是需要天赋的。2.勤奋很重要，勤奋的前提是旺盛的体力和精力。3.坚持最重要，一条道走到黑远比四处寻找出路更能找到出路。4.要有超常的忍耐力和承受力。5.最重要的一条，是运气。'有的人天生勇敢，有的人天生机敏，但却都不如天生就幸运的人。'"

最后一句话出自古龙的《七种武器》之《碧玉刀》。而每次想起《碧玉刀》的时候，齐人物就会想起李沉舟。这位空前低调的民营企业家所掌握的财富丝毫不逊于宗庆后，而其所掌握的力量及能量，至今人们依旧无法参详。可是，这位可爱的乃至完美的受访者，如今"噬嗑"了。

齐人物关注李沉舟乃至为他着迷，重要的因素，是这名字与温瑞安《神州奇侠》系列中的那个李沉舟并无二致。那个李沉舟是天下第一大帮权力帮帮主，惊才绝艳，域内独步，人称"君临天下"。他的武功深不可测。他的兵器就是自己的拳头。他的人生信条是："拳就是权。握拳就是握权。出拳有力就是权力。男人不可一日无权。我只相信我的拳。"

现实生活中的李沉舟同样信奉拳头和权力。他自十五岁创业，从一家拖拉机配件厂起步，用了三十来年时间使沉舟集团成为中国乃至全球最大的重型农用机械公司。在这三十来年里，李沉舟要承受各种各样的市场压力、无穷无尽的原罪诘责、若即若离的红黑关系以及时时刻刻的猜疑和背叛。

他的忍耐力和承受力使他成为精英中的精英、翘楚中的翘楚。"可是，一个忍受和承受了三十年阴暗力量的人，他的内心会变成什么颜色呢？"在对其进行了仅有的一次采访后，齐人物在他的专栏中写道。

沉舟集团没有官方网站，李沉舟几乎不接受任何采访。百度百科中"李沉舟"词条，所呈现出的只是那个权力帮帮主。仅有的沉舟集团董事长李沉舟的介绍，来自齐人物的那篇专栏，《占星术士李沉舟》：

"15年前，邙山背部的一个小山村，一位伟大的占星术士诞生了。李沉舟。他穿越了共和国历史上最冰冷刺骨的年岁，在15岁那年开始追求奇迹。那一年是1984年。那一年与他同行的有柳传志、张瑞敏、王石、鲁冠球……这一代人，被称为中国的'1984一代'。他们被定义为'希望'和'奇迹'，因为他们既生逢充满希望和奇迹的时代，也为这个时代制造了希望和奇迹。他们是炼金术士，他们精炼了自己。他们是占星术士。他们沉湎于自己的夜空当中。

"起初的时候，李沉舟是一簇迷雾。自从他闪电交出沉舟集团

CEO之位后，他和沉舟集团就变成了一大团迷雾。人们只是偶尔从媒体上得知他正以董事长的身份改组他的王国，却始终无法清晰其行动。人们更不清晰的是，在浓雾的遮蔽下，他是否还穿着道服在办公室里工作，每晚读书、打卦和推演命理。

"在中国农机界，李沉舟是一个离奇的人物。有不少人认为沉舟集团能够发展至今日，唯一原因是'沉舟老大是李沉舟'，'没有他办不成的事'。'一个大忽悠。'也有人这么评价他。据说李沉舟曾在北京天桥学过说书。他擅长讲故事，也喜欢讲故事。讲故事的天赋使李沉舟创建了沉舟集团，使他获得了沉舟集团的第一单生意，使他获得了三十来年的成功，使他除掉了一路上的各种障碍，也使他成为一个沉湎于自我与内心的人。可是，一个忍受和承受了三十年阴暗力量的人，他的内心会变成什么颜色呢？

"1984年组建沉舟集团前身沉舟拖拉机厂时，地方政府没给他一分钱，他自筹的一万块启动资金，'连半个拖拉机也买不起'，讲故事忽悠钱成了他不得不做的选择。李沉舟找到省农机公司，又送烟又送酒，打躬作揖苦苦哀求，还以县政府的信誉作为担保，终于赊了几台拖拉机回去，卖了之后再结账。关系越做越铁，人情越做越足。如此循环，越来越多的拖拉机和越来越多的钱开到了沉舟拖拉机厂。

"李沉舟回忆说，一开始他就想并购，可是没钱，于是他就去找银行。银行不懂，他就讲故事：从省农机公司买进拖拉机到地方上销售，差不多是100%的利润，中间不过就是个账期，风险不在沉舟拖拉机厂，而在省农机公司。如果还不起钱，就以拖拉机抵债。于是好几家银行动了心。

"然而李沉舟并没用银行的钱去买卖拖拉机,而是开始了自己的并购之旅。差不多十六年时间,他从一家家农机服务站开始收购,然后收购一家家拖拉机厂,终于有一天他再次走进省农机公司。他仅花了一块钱就买下了它,当然也承担了其债务。

"忽悠是李沉舟的性格,也被认为是他的高明之处。他总在用故事来触动那些或贪婪或脆弱的内心,他总在拿别人的钱来玩转乾坤。可是仅靠李沉舟在那个县城里的能量,无论他怎么忽悠都没法儿'麻雀变凤凰'。可是李沉舟找到了约翰·迪尔。2000年李沉舟孤身去美国在华尔街待了三个多月,回来后他宣称沉舟集团已与约翰·迪尔结成'战略合作伙伴'。没人知道约翰·迪尔为什么选中了李沉舟,李沉舟说是自己讲故事的能力打动了他。他甚至还说:'我命好吧。美国人也喜欢跟命好的人合作。'

"约翰·迪尔据说看好中国农机市场,但他们与李沉舟从来没进行过真实的合作。他们只是构成李沉舟的'概念',可以使他将故事讲得更离奇,将野心更膨胀,将别人的钱或从资本市场或者私底下源源不绝地吸到沉舟集团账面上。

"尽管李沉舟不愿承认,但事实上李沉舟选择约翰·迪尔的重要原因是约翰·迪尔这个人。约翰·迪尔不是那家拖拉机公司创始人,而是文艺复兴时的一位大人物。他在数学、天文学和航海等领域皆有建树。但他更大的兴趣在神秘学,尤其是炼金术和占星术,迪尔对它们异常着迷,甚至放弃了其他工作。

"李沉舟倒不迷恋占星术。他迷恋京焦易和邵氏易。他办公室中,满书柜的《周易》细资料,最珍贵的是一套邵康节的《梅花易数》,据说是宋版善本。他的上衣口袋中始终放着三枚'崇宁通宝',凡有行事必然打卦占问。若是求得好,他就兴高采烈地去了;若是求得不顺意,他就干脆一动不动,任他'沉舟侧畔千帆过'。

"事实上,看似元亨的沉舟集团从它诞生的那天起就亨得不太顺利。多年来李沉舟最缺的就是钱。因为没钱他只好讲故事圈钱。钱圈得多了,预期透支过了,负债率就会越来越高。银行都是势利眼,从不干雪中送炭的事,只喜欢锦上添花或是落井下石。经常性的'资金链紧绷',逼着李沉舟只好反反复复跑出去讲他的故事,找人弄钱。可以说,沉舟集团的发展史就是弄钱的历史。有了钱弄规模,规模大了再弄钱。

"不知是为了自嘲四处奔波还是希望四处跑钱顺利,李沉舟在自己办公椅后面的墙上挂了一幅'兑上乾下'的履卦。边上写着两行字:'九二:履道坦坦,幽人贞吉。''上九:视履考祥,其旋元吉。'

"尽管忌讳别人评价自己'跑钱',可是每每提到自己的'融资杰作',李沉舟却总是兴致盎然。有一次他颇为自得地说:'资本运作的高手就是用别人的钱做好自己的事,用自己的钱呼风唤雨。我不懂金融也不懂股票,但是沉舟集团却是最好的资本运作项目。在中国能干得这么漂亮的,一个是海航的陈峰,另一个就是我。'

"陈峰是李沉舟为数不多所服膺的企业家之一。李沉舟曾讲过一个陈峰的故事,说是1993年全国宏观调控,银行查贷款质量,海航是海南企业中按时还本付息的少数几家之一。陈峰当时心里想:'如果那时候还不了钱,我就是最坏的坏蛋,跳过混沌阶段这个关卡,就是英雄。从这儿我悟出一个道理,天下从来就是英雄写历史,任何成功者、任何国家的事业都会有一段时间处于混沌状态,能够跳过这个坎儿,以坚强的信念度过困难,就会别有洞天。'结果陈峰赌赢了,他成了英雄,也信了佛。

"英雄都是赌出来的,他必须得给自己笼罩上一个超大的光环。李沉舟说:'我最羡慕陈峰的不是他的海航,而是他身为南怀瑾的关门弟子。他学佛,我学易。这是个人的爱好。可是他有南师指点,我却只能自学成才。不过我这半辈子都是自学成才的,习惯了。'

"李沉舟相信,英雄到老终信佛。今天他习练梅花易数,是为了看清自己的命运,好承担起自己的'天命'。等到自己老了的那天,他也许就会像陈峰一样成为居士;或者干脆一了百了,出家当和尚去了。

"李沉舟是一个奇迹,属于我们这个时代的奇迹。他曾经代表希望,如今则代表迷惘。他种种离奇的表现使他像是一团浓雾。有人从浓雾中看到一个圈钱高手,有人从浓雾中看到了四伏的危机,还有人从浓雾中看到了一位民营企业家的命运。浓雾还未散去,一切尚不清晰。浓雾一旦散去,那个高喊'好寂寞啊'的人,到底是李沉舟还是萧秋水呢?"

齐人物的专栏刊发两个月后,著名民营企业家、沉舟集团董事长李沉舟被检察院带走"协助调查",事涉非法集资、金融诈骗,至今音讯全无。据说一位检察官执行搜查时在其办公桌上发现了一张纸,上面写着"噬嗑,上九"四个字,角上压着李沉舟的三个"崇宁通宝"。

齐人物查阅《周易》,得到解释:"《噬嗑》,亨。利用狱。""上九:何校灭耳,凶。"《系辞下传》:"恶积而不可掩,罪大而不可解。"

大师

一

他从不操弄土地,

偶尔操弄女人,也都是别人的。

那片土地波澜壮阔又纤细温柔,是一种典型的中原地貌。雄伟的平原"莽苍溟蒙、色彩炫目"[1],到处都点缀着村庄、炊烟、耕牛和农夫。那些农夫白天操弄他们的土地,晚上操弄他们的女人。许多年前,他们就一直这么干。

他是唯一的例外。他从不操弄土地,偶尔操弄女人,也都是别人的。那些被他操弄的女人都叫他"大师",她们说,经由他的调理和开导,她们的肉身脱离了世俗,灵魂得到了净化。她们从污秽的,变成了洁净的。看起来也的确如此,她们每次都忧心忡忡地来到这片土地,离开的时候却都充满了幸福甜蜜,以及少女的青涩羞赧,无论她们是否风华正茂,抑或半老徐娘。

没有人知道大师为她们的身体和灵魂注入了什么,据说这是极为隐秘的事情。一些诲淫诲盗的人声称大师进入了她们的身体,对此她们矢口否认,并且坚持认为即或发生那样的事情也仅止于修行,与淫秽无关。大师

---
[1] 出自博尔赫斯小说集《恶棍列传:杀人不眨眼的比尔·哈里根》。

从来不开口解释，或许他相信一切的语言都是一种符咒，最终只能束缚心灵。他不屑于做这样的事。奇怪的是，大师的男弟子也从不为他发声，事实上他们是最好的佐证，并且他们掌握极强的话语权，因为他们若非是这个国家最成功的企业家，就是最著名的演员，或是二者兼而有之。

齐人物从不相信大师的存在。在他心中只有一个模糊的形象：坐在牛背上纹丝不动的老头儿，手中的鞭子狠命地抽向老牛，惨叫声惊扰着平原和山谷，使炊烟都变得弯弯扭扭。"他只是个又老又坏的狠角色。"他对自己说。他心中闪烁明亮，相信自己得到的判断。

齐人物从未获得大师真实的镜像，最接近的一次，是受中关村一位著名IT大佬邀请，一同去拜会大师。那位大佬希望齐人物能够观测自己接受大师开悟的整个过程，从而形成一个结论，亦即经过后天的不懈努力，以及大师对其潜力的拔擢，他已经成为一个有理想、有道德、有文化、有灵魂，摆脱了低级趣味，可以为整个人类谋福祉的人；他已经告别了"原罪"和渺小，开始在纯洁与伟大的道路上奔跑。他也的确给人造成了这种观感，通过不断地书写、诉说以及与电视观众的互动，形成了全新的形象，一个与"作恶"完全不同，更接近圣雄甘地或者特蕾莎嬷嬷的形象。

然而大佬的计划最终没能实现。在大师的府邸门口，一位身材并不健硕的安保人员拦住了齐人物。他说鉴于齐人物并不持有大师府邸的出入证，他不得入内。然而由于他是大佬的"朋友"或"随行人员"，他愿意陪伴齐人物在大师的领地周围四处转转。

齐人物并未感到屈辱，事实上他担心自己与大师的碰面，最终可能变成一场交锋，使大佬夹在中间，最终破坏了友谊和协议，毁坏了一个正在冉冉上升的伟大形象。"我接受你的邀请，"他说，"其实我正想四处看看。"

大师的府邸被山谷包围，大门面对着一条溪流。"背山面水，真是不错的风水。"齐人物恭维道。那位安保人员说："大师所选定的一切，都自有玄机，我们是看不懂、猜不透的，我听说他选址的时候，用河书洛图、诸葛八卦图、推背图还有李淳风、袁天罡的什么东西测了好几遍。"齐人物点了点头，示意他继续讲下去。

"大师年轻的时候并没有展示出他的禀赋，他的父亲只是本地的一个农夫，母亲是一位不识字的村姑。有一天他父亲在农田干活儿，天空中突然响起惊雷，几乎使整个平原都发生了震动。刹那之间，天昏地暗，大雨倾盆，仿似整个乾坤都要逆转一般。他的父亲便拼命向家中奔跑。当他回到家中，推开房门，却看到一条浑身散发红光的蛟龙正附在妻子的身上翻滚腾挪。蛟龙使他感到恐惧，而妻子欢悦的声音使他憎恶和屈辱。他奋力举起锄头，蛟龙却瞬间消失了。后来，大师就出生了。"

"这个故事让我想起汉高祖刘邦的出生，"齐人物说，"几乎是一个翻版。"

"的确如此，"那个人说，"大师出生之后，父亲一直不喜欢他，放任自流，任由他自由成长。大师学习并不用功，又因为蛟龙的问题，深受同学们的歧视，读完初中后就回到家中。那一年他只有十五岁。他还不是大师。

"他就在这个村庄中长大，混杂在那些散发汗臭、有着强有力的臂膀与生殖能力的农夫中间。他鹤立鸡群，为自己是蛟龙之子而自豪；但他羸弱、文雅、幼小。十五岁那年，他决心改变自己的命运。他创立了自己的理论，就是著名的用肉体拯救灵魂的理论。他说人们只有内心纯净，无论操弄谁的女人，都会获得灵魂的拯救、内心的纯洁。肉体只是一条通道、一种载体，是通往纯洁的路径。人们喜欢他的理论，于是村庄就变得淫荡而欢快，大师也经由人们的肉体奉献，完成了自我纯净。然而有个人不相信他的理论，当他妻子对大师进行奉献的时候，他尾随而至，当头一棒把大师打昏，把扒得精光的大师丢到了大街上。然而此事并未损伤大师的名声，反而使更多人了解了大师，并且自愿投身其门下。二十岁的时候，大师已经小有名气。"

齐人物听得瞠目结舌。他并不清楚大师的"学徒时期"，也从未有人对他提及此事。鉴于大师低调的风格，人们也无法从互联网上获知其少年行动的蛛丝马迹。他相信那个人的描述，也相信大师曾经在乡间拯救了无数纯洁的村妇与村姑，最终完成了自我的净化与提升。

"大师一直隐秘行事，事实上他是一位杰出的企业家。我第一次见到大师的时候，大师开了一个煤矿，我是他的第一个工人。那时候煤矿的工作环境不好，工人们对此很愤怒，有一次酝酿罢工。大师答应了大家的所有要求，并且承诺只要大家努力工作，未来还会获得期权激励。大家都很激动，尽管没有人知道什么叫期权。没过多久，煤矿发生了一起瓦斯爆炸，巨大的气浪将人们的衣服冲到天空中，四处飞舞，就像是无处可去、悠悠荡荡的魂灵。大师为他们祈了福。在那之后，我成了大师的保镖，四处为大师的员工们讲述飞舞的魂灵故事，罢工的事情再未出现。

"大师现在已经完成了从企业家向投资家的转变,他说这是一位企业家的最高境界。他名下没有一家公司,没有一个坑口、一间发廊、一座夜总会,但是大师在很多家大公司中都持有股份。那些前来拜访他,指望得到他开悟的民营企业家,都愿意拿出公司的股份作为对大师的奉献;那些明星演员,有的奉献了肉身,得到了大师的拯救,有的奉献了金银,得到了大师的开悟。也有一些官员和国企老板,他们没法为大师有所奉献,就安排大师四处转转,有时候还到国外去进行度假式开悟。现在,大师一年中差不多有1/3时间是在国外度过的。"

在围着大师的府邸、村庄和领地散了很长时间的步之后,齐人物发现,绿野当中已经升起了炊烟。他突然想起一些往事。"我听说大师可以行很多神迹,你能否为我讲述一二?"

那个人说:"大师可以空手取物,也会天外飞仙。最令人惊奇的是,大师可以赤身躺在蛇堆中,群蛇从容绕其身。我相信这是一个神迹,是一种暗示。大师曾告诉我这只是他的一个小把戏的时候,我都确信这是他对我的欺骗,善意的谎言。"

"或许真的只是一个把戏而已,我看到很多人都可以与蛇共舞。"

"不可能!"他说,"我们修行不够,还无法领悟神迹,但神迹是的确存在的。"

他们的谈话迅速滑向沉默。他们在寂静的黄昏中迈步行走,只听到虫鸣和草叶的沙沙声。齐人物抬头看到了炊烟,弯弯扭扭地盘旋在村庄上空,显露出奇形怪状的狰狞面孔。

互联网大佬正在大师府邸门口等他,他的行程已经结束。他与那个人道别,然后与大佬一起踏上了回程。"大师让我向你致歉,"他说,

"有时候他与大家的隔膜，正是门口的野蛮人造成的。"

齐人物微微一笑，不置可否。他试探性地向大佬询问收获几何。大佬说："今天最大的收获并非来自道的层面，那需要长久的修行和体悟。大师给我传授了一些术，他说这些都是鸡鸣狗盗的路数，不到迫不得已不得使用。"

大佬并不肯透露大师究竟所授何术，齐人物也不再追问。在大佬豪华的座驾当中，齐人物昏昏睡去，直到被一阵电话铃声惊醒。他侧耳倾听，似乎是一位记者的电话访问，要大佬讲讲他们最近的战略失误是否源自决策上的短视，大佬犹豫了片刻说："其实我们这个事情，没信息量，也没故事，没什么意思。我给你透露个消息，腾讯的马化腾、网易的丁磊最近都出事了，他们都惹上了大麻烦，你可以去做做这个选题。我不清楚他们到底出了什么事，是不是与女人或是赌博有关，但我相信你一定会挖出来。对了，这消息你千万别说是我告诉你的。"

齐人物从睡梦中笑醒，他知道了大佬新学之术。大佬问他笑什么，齐人物假意道："我想起了大师的那个保镖，那是一个有趣和博学的人。"大佬说："博学？这个人曾经是中国最好的大学里最有前途的历史学家，因为仰慕大师，投身到大师门下，整理大师的语录，准备给大师做一套类似'起居注'的东西。他同时也是一位成功的商人。"

齐人物"哦"了一声。他努力去回想那些曾经喧嚣过的名字，那些"青年才俊"，直到找到自己所需要的三个字"邹青龙"。

此事不久之后，大师突然名声大噪；然后邹青龙向媒体举报了大师涉嫌强奸、诈骗、盗窃、杀人共十二项罪名。齐人物向那位大佬探听大师讯息,大佬闭口不言。齐人物后来听说大师逃亡香港,销声匿迹。

齐人物曾经以为大师终将成为一个相忘于江湖的故事,人们在经由新的喧嚣后会忘记大师,就像忘记他和自己的斑斑劣迹一样。然而,大师最终还是不甘寂寞地把自己出卖了。

几天前,香港一位漂亮的电视节目主持人闹出绯闻。她的一位追求者不远千里赶来,潜入她的房中,击碎玻璃,深入闺房。在那里,他看到了大师正在救赎一个堕落的灵魂,为其洁净和提升。他和大师扭打到一起。警方随后带走了闯入者。"我已经在她身上花了几千万了,毛都没捞到一根!"闯入者被带走时大喊,"她竟然喜欢一个老骗子!"

警察对记者们说,闯入者叫邹青龙,是内地一位学者型企业家。"他身上有一种失恋者身上都有的可笑而无用的表情。"警察走后,人们很快忘记了邹青龙,又开始兴高采烈地谈论起了大师。

失去魔笛的潘神

一

这个世界失去光亮的时候,我们听到了雷声;
如果这是神明的怒吼,我相信自己遇到了潘神。

很多年前,我认识了一位股神,名字叫潘恩;大家都习惯性地叫他"潘神",因为他不但长得丑,而且还如希腊神话中的那位潘神一样纵情声色,喜欢在女人堆里打滚儿。有趣的是,潘神曾是一位专业的笛子独奏家;那支令他成名的笛子,我们都称之为"潘神的魔笛"。最令我们惊讶的是,在希腊神话当中,潘神是牧神和森林之神;而在我们身边,潘神钟情于所有农林牧渔业股票。

潘神在北京的国子监附近有一座四合院,那是他的迷宫,也是他制造空寂、恐惧、慌乱和放纵的场所。每次下午股市收盘之后,他都喜欢在那里呼朋引伴,施行一场午后的沉欢,并且吹奏使人着迷的"潘神的魔笛"。

说实话,我认识好些个"股神",有动手的,也有动嘴的,有赵丹阳、但斌、王亚伟、林园,也有水皮、皮海洲、刘纪鹏和带头大哥777。这些人当中,我最不喜欢潘神。

所有人都喜欢美好的事物和美好的人,因为它们总是那么脆弱、无常和短暂易逝。丑的东西容易使人内心惊惧胶结,继而引发神经及肠胃的翻江倒海,就如潘神的脸庞所带给我们的反应。

潘神的脸上有一道邪恶的伤疤，从左脸颊一直斜插到嘴角，使他显得嘴角歪斜，又像是一条浓烈的法令纹强势突伸入口。我这个人有点儿迷信，相书上说，腾蛇入口，饿死之相。事实上我并不介意潘神最终成为饿殍，我担心的是他的最终命运所引起的恐惧。他脸上的刀疤，很容易让我想起博尔赫斯笔下的文森特·穆恩，一位拥有"一道灰白色的、几乎不间断的弧线，从一侧太阳穴横贯到另一侧的颧骨"刀疤的叛卖者，一位脸上带着卑鄙印记讲故事的人。

事实上潘神最终没能使我们的神经翻江倒海。他有着优雅温柔的声音，以及吹奏魔笛的魔力。人们说音乐可以疗伤，事实上音乐还可以遮蔽丑陋。除此之外，人们已经为潘神披上了神话套装，使之成为一位"股神"。

我记得有一年夏天，北京下了好大的雨，我们像涸辙中的鱼一般游到了潘神的迷宫。那天他没有为我们演奏，甚至也不抽烟喝酒。他只是向我们展示他的股票池。我记得里面有隆平高科、登海种业、华英农业、大北农、雏鹰农牧、大康牧业、獐子岛、壹桥苗业、唐人神、金健米业等一大堆股票。即使我这种对交易充满无知和倦怠的"股市冷漠症"患者都看得出"农林牧渔"的味道。

潘神表情严肃，他并未向我们炫耀他的业绩，却用数字和鲜艳的红色向我们宣示了实力。

人们起先是沉默，接下来纷纷鼓掌，然后是疯狂般的祝酒与臣服。一位媒体大佬用古希腊游吟诗人的腔调高声宣布："这个世界失去光亮的时候，我们听到了雷声；如果这是神明的怒吼，我相信自己遇到了潘神。"他后来把这段引以为傲的"诗句"放进了自己报纸的专栏当中,名字叫作"潘神的魔笛"。

经由那一夜实力的宣示,以及媒体大佬用文字发出的一道道闪电,潘神终于成了真神,成了那些年人们高山仰止的"股神"。人们频频在电视上、报纸和互联网上看到潘神的身影,听到他的"股海福音"。他侃侃而谈、信口雌黄,有一次甚至大言不惭,说是自己一万块钱入市,浮浮沉沉,如今身家数十亿,堪称"股海大神"。

没有人怀疑过潘神的真实性,人们纷纷把"咨询费"交给他;一些财力雄厚的大户给了他大笔资金,让他组建私募基金,代为理财。潘神向他们做出了庄严承诺,并且在迷宫中为他们进行了精神上的洗礼。

人们对他充满了崇敬,对未来充满了憧憬。他们对潘神深信不疑。潘神也的确值得他们信任,他的基金总是如期支付高额红利,他也总会如实告知基金的运作情形,如果人们相信那是真实的话;整体是令人振奋的,甚至使人心潮澎湃、血脉贲张,偶尔也有令人沮丧的表现,但都获得了谅解,毕竟从六千点以来,市场已如上司,喜怒无常、阴晴不定。

有一天晚上,潘神又在迷宫中召集我们聚会。差不多有十个人。我们起先是恭维他,接下来就喝他珍藏的红酒,默不作声地猛喝了好长时间。当所有人都有些醉意的时候,潘神掏出了自己的笛子,要给我们进行一场专业独奏。这时候意外发生了。或是因为饮酒过度,或是因为低血糖,又或是一场纯粹的意外,他起了身,摇晃了几下,又狠狠地摔在地上。我亲眼看见的是,倒地的一刻,他下意识地用笛子撑住身体，结果身体遭到了笛子的戳击，笛子也顺势折为两截。

潘神跟跟跄跄地从地上爬起，捂着胸口，大口喘气。他对自己无法进行独奏表示歉意。我看到他目中黯淡无华，眉毛都被打乱，满面都是青黑，心中顿时一凛。我想起百度的原CFO王湛生。2007年百度年末答谢，大家在兰会所吃喝。我们一起喝酒呀喝酒，在喧嚣中大声喊话，生怕对方听不清楚。我记得他说准备去海南度假，回北京后接着再喝。当时灯光黯淡，我只觉得他一脸黑气，还以为他只是长得黑而已。没几日收到百度一位朋友的电话，说王湛生死了，在三亚游泳时溺毙。

如今的潘神，恰如当日的王湛生。依照相书的说法，"眉黄眼昏，眉毛散乱，天仓发青黑，牢狱之灾立至。"

我们与潘神匆匆道别，各奔东西，后来再未相遇。我看到有新闻说潘神因涉嫌诈骗遭到警方通缉，他的基金收益从未超过5%，却一直支付超过20%的红利。他的基金募集了20亿元，如今只剩下了不足亿元。警方说，除了拆东墙补西墙所造成的资金损失以及被他挥霍的资金外，他潜逃时至少卷走了10亿元。"这是一桩典型的庞氏骗局。"办案警官在接受《财富观察报》采访时说。

我并不关心"庞氏骗局"，也不关心数字，作为一位作家，我所关心的是相近性及偶然。我依照新闻中提及的时间节点进行回忆，发现潘神与我们进行最后的晚餐时，他的资金链已经断裂。他折断了自己的魔笛，用这种方式与我们道别。

潘神自此人间蒸发，至今仍未归案。有人说他逃到了新西兰，有人说他带着一位美女总裁逃到了斐济，也有人说他遭到了客户的追杀，下落不明,甚至有人说他去韩国做了整形手术,如今潜匿在一座小城当中,开一间茶馆,过着隐逸生活。

　　潘神的迷宫如今已然消失,取而代之的是一家茶馆,间或卖些古琴、古筝。有一次我路过那里,穿过雍和宫氤氲刺鼻的香气,穿过国子监的一条条石碑,走进了迷宫当中。老板问我要喝点儿什么,我问她有没有笛子卖。她似乎被侮辱了,乜斜了我一眼:"我们不卖小乐器!"我讪讪而去,带走了一连串的笛音。

真相

一

从来不曾存在一段爱情吗?

    据说自从出了跟王石差不多的一档子事之后,人们就不再提他的名字。无论他的同行、对手、朋友,以及陌生人,大家一提起他,总是称其为"那个人"。"那个人不是一个好人,"她说,"他杀害了我丈夫。"

    与王石一样,那个人曾是一名开发商,有一位颇具权势的父亲,和一位更具权势的岳父。在他们的荫庇下,他的事业风生水起;钱不知赚了多少,反正《福布斯》和胡润的财富榜上,都会见到他的名字;排名始终不前不后,处于不怎么引人瞩目却又实力超群的位置。

    之所以反复提到王石,盖因那个人一切皆以王石为楷模。王石喜欢著书立说,他也喜欢"让灵魂跟得上脚步";王石喜欢摄影,他也搞个相机四处拍照,还花钱把照片搞得满地铁站都是;王石喜欢登山,他就干脆弄个登山俱乐部,时不时地约上一批人四处乱爬一下。最有趣的是,王石喜欢上了年轻女演员,还和老婆离了婚,这一点儿他比王石早走了一步。

    作为地产圈和登山圈中的风云人物,那个人曾经红极一时,人们听他的召唤,与他一起玩乐和攀爬,与他一起喊着"山高人为峰"的口号,像极了广告明星。可是突然之间,人们疏远了他,抛弃了他,绝口不提他的名字。他成了"那个人"。

齐人物有一次访谈一位女开发商,她曾经是一位开发商的妻子,在丈夫突然离世后接管了家族事业。齐人物问她:"你们之间的关系为什么变得如此光怪陆离?他为什么成了'那个人'?"那位"女强人"给他讲了一个故事——

既然问起那个人,我就谈谈吧。那个人的背景很深,在北京和广东一带都比较吃得开。我和我老公认识他,是因为我们之间有地产项目的合作。我们一起吃过饭,打过高尔夫,后来大家都喜欢上了登山。他是一个热情开朗、激情四射、极具男人魅力的人,身体健硕,胸口有好大一片胸毛,让人油然而生"金刚"的联想。他有思想,出口成章,倚马万言,简直是位天才。我对他极为仰慕和倾慕,他是我的偶像。如果不是有老公,我想我一定会成为他的女人。

可是在那次攀登珠峰之后,我的偶像倒塌了。那次不同寻常的经历是这么开头的。我们在北京训练营里进行了两个月的封闭训练,然后才准备行动。在那两个月里,看到他的身体,只要是正常的女人,难免会有神情恍惚的时刻。我老公对此极为不满,却又碍于朋友情面无法点破。事实上,我们之间什么都不曾真实地发生过,一切传言都是谣言。我们并不曾被我老公捉奸在床,也不曾在训练营的厕所里交媾,更不存在什么视频,那都是假的,明眼人一眼就能看出来。他曾对我说过:"登山是一件摧残身体的事情,登一次山,那东西半年不管用。"

残酷训练结束之后，我们从北京飞到了拉萨，然后一路开车上行到了珠峰大本营。那是海拔5200米的一片保护地带，与珠峰峰顶的直线距离约19公里。以前汽车只能开到绒布寺，我们要徒步7公里才能走到珠峰大本营，如今据说可以直接开车进入大本营了。

在那里我们雇了向导，开始准备接下来的计划。那个人与我老公，我记忆中似乎还有王石，以及一位专业的登山家和一位向导，他们商量第二天的登顶。我的身体状况不适合登顶，就没有参与他们的密谋。我只是看到他不声不响地坐在中间，手里挥舞着一个什么东西。他们不像在商量一件轰轰烈烈的事情，而是像在夜晚乘凉话家常。他们也不会预测到第二天会发生的惨剧，否则他们就不会如此安之若素。

那个人和我老公都会时不时地回头看我一眼，我斜靠在帐篷边上，听风声和夜空的对答。他们的眼神真叫人销魂。我心中的反应，就如同身在三亚的沙滩上，温暖、惬意以及柔若无骨。

他们第二天一早就出发了。我留在大本营等待他们的归来。我甚至筹划好了如何庆祝他们的登顶成功，以及如何分别向他们宣示和暗示我的倾慕与爱。可是我没获得这样的机会。我等来的只是一个悲剧，一条死讯。他们回来的时候告诉我，因为缺氧，我老公死在了半途。

我发疯了一般问他们到底发生了什么。每个人都摇头，每个人都在哀伤中不能自抑。我们回到了拉萨。夜半的时候，有人找到我，告诉我当时他所看到的场景：那个人氧气吸光了，就凑到了我老公那儿，偷偷吸了几口。也许在地面上，这几口氧气不算什么，可是在七八千米的山峰上，这就是生命的几个支点。

我后来去质问那个人，在他和我老公之间到底发生了什么。那个人支支吾吾，不肯给我正面的回答。他貌似陷在悲痛当中，但我确信这一切都是伪装。在我的再三逼问下，他终于开口说话："那天我的氧气用光了，因为缺氧，就去找你老公。我问他能否让我吸几口，他答应了。我的确没想到会发生这样的事情。他是为帮助我而牺牲的。他身上有一种可以称为伟大的品质。这是一个伟大的故事，我要投资拍一部电影，讲述这个伟大的故事。"

我不相信他的说法。我不相信这世界上存在这样的伟大，尤其在他和我老公之间。我与我老公之间的关系一直是若即若离、不即不离，一会儿我们会分开，各自过自己的小生活；一会儿我们又粘贴到了一起，如胶似漆、水乳交融。在我们的生活中混杂着很多东西，有匆匆掠过的男人和女人，有演员和酒保，有舞娘和陌生的驴友。通常我们会荒唐一段时间，接下来我们就突然陷入了庄重和寂静，蛮横地维持我们可悲的婚姻。

我不相信"偷吸氧气事件"是一个伟大的故事，它指定是一桩谋杀。有时候我宁愿它与爱情有关，为了爱，为了我，他谋杀了我的丈夫。可是，在这个世界上，有这样的爱情吗？文学的母题是政治与性，说得动听一点儿就是权力与爱。那只是文学而已。

我在哀伤中度过了多年。多年以后我依稀记得那个人的面孔与身影。他高大壮实的身材使我念念不忘，脸型像极了印第安人。

我清晰地记得我们多年后的唯一一次见面，场景历历在目。当时在一家会所，在通往厕所的道路上，我们相遇了。我多么盼望自己手中有一把锋利的刀子，刺向他的心窝，或是一刀阉割了他。可是我手中一无所有。

我瞪大了眼睛看着他。他看着我，带着疑惑的眼神，然后轻轻地笑了笑，转身走进了男厕所。那种笑像是一种轻侮，又像是一种蔑视。

在他出来的时候，我问他："你还记得我吗？还记得那次登山吗？"他说："我记得，那是个伟大的故事，我准备拍成一部伟大的电影。我现在正在见一位女演员，希望她来演你的角色。"

我朝他吐了口唾沫，啐在了地上。我说："你是我见过的最无耻的男人。"他又用那种轻侮和蔑视的神情笑了笑。他冲我摆了摆手，说："回见。"

后来我听说他离了婚，为了一位女演员。再后来我听说他又喜欢上了另一位女演员。我回到了我的生活当中，扮演女强人的角色。我是这个国家最知名的女开发商之一。我曾对未来充满期待，但我期待不出后来发生的事情。

有一天，我听到了那个人的死讯。告诉我这个消息的，依旧是我们登山时的一位同行者。他说那个人一直为当年的"偷吸氧气事件"愧疚和不安。他在内心的压抑和悲怆中度过了这些年。他觉得对我和我丈夫充满了愧疚，不敢面对我的眼睛，甚至不敢面对我的名字。那个人曾经告诉他，那天所发生的事情正如他当初的描述。那的确是一个牺牲自我拯救他人的伟大故事。

"怎么可能偷吸到氧气呢？在那么高的山峰上，每走一步都很艰难，我怎么可能悄无声息地摸到他的身边去偷吸他的氧气呢？我们之间的距离那么远，我又怎么会在缺氧的情形下有多余的力气蹭到他的身边呢？在我们两个男人之间，没有第三者，我们的对话不可能有第三个人知道。真相只存在我们之间，当另一个人死去了，它就变成了一个罗生门。"

　　我不想了解到底发生了什么。我最大的悲哀在于，我始终相信这是一个关于爱情的伟大故事。在我的心底，我听到了一个女人的哭声。那是我自己绝望的声音。这么多年来，我始终相信我是爱他的，爱他高大壮硕的身影，爱他印第安人一样的面庞，爱他目光迷离的微笑，也爱他轻浮浪荡的行为。我不敢提他的名字，我只能称他为"那个人"。

　　我手中始终没有一把真实的小刀，但在我心上却有一把小刀刺出的刀口。涌出的血染黑了我的身体，让我们的内心慢慢变得悲怆而阴暗。我不敢面对我心碎的惨状，也不敢面对自己夜半的哀号与呻吟。我只是憎恨他，憎恨他始终不曾承认这是一个与爱情有关的悲剧故事。

　　齐人物耐心地听她诉说自己的爱情悲剧。他带着同情和悲悯的眼神看着她，几乎用若无其事的讽刺口气说："每个人都会死亡，爱情也一样。"

　　她说："真相是从来不曾存在一段爱情。"

　　齐人物笑了笑。他相信，的确存在一段爱情。那个人的爱人为了拯救他而奉献了自己的氧气，也奉献了自己的牺牲。在他的皮包当中，有一封信，是那个人死前寄给他的。"在我们之间并不存在第三者。"那个人在信中写道。

　　齐人物说："的确存在一段爱情，你不应该绝望。我相信他的确是一个谋杀犯，为了你而杀害了你丈夫。他不敢承认这个残酷事实，但他心头一直扎着一把小刀，让他在失去爱的疼痛和折磨中慢慢死去，连一丝血迹都不曾留下。"

球迷

"我是一位纯正的球迷，"他说，

"我的梦想就是拥有一支英超球队和一支 NBA 球队。"

一到世界杯的时候，我就会想起杨叔来。

时隔多年，我依然能记起他那张尖利、消瘦和狡猾的脸。他的眉毛是上挑的，两只老鼠眼充满恶意，但笑起来的时候，却很和善。他左边的嘴角有只痦子，上面长了几根毛。我认识他的时候，介绍人说："叫杨叔。"

杨叔叫杨震宇，所以听到我的名字，他便得意地大笑。我很谄媚地附和他，觍着脸恭维他的名字大气磅礴，振聋发聩。

那时候我刚刚失去工作，处于生命中最大的窘迫中。介绍人说杨叔希望我为他写一本传记。"既不要贬斥，也不要溢美，只需展露他最真实的一面即可。"我接受了他的建议和杨叔开出的价码。

杨叔年轻的女助理为我提供了杨叔的全套文字、影像和视频资料。通过这些资料，我勾勒出了杨叔最初的形象——

一个苏北的农家子弟，少时无赖，后来折节读书，考上了上海一所知名的大学。毕业后他先是在政府机关工作，接下来辞职创业，如今是上海大名鼎鼎的一位投资家，旗下的产业涵盖了金融投资、文化传媒、机械矿业、路桥港口、酒店餐饮、农林牧渔……

在接下来的那段时日里，我跟他那位女助理混得很熟。我看得出这位漂亮的上海姑娘对杨叔保持着爱和尊敬。他们或许早已勾搭成奸，又或许只是精神上的爱恋。总之，他们之间有着不清不楚的暧昧。然而我的多次言语试探，都被她巧妙地遮挡了过去。

姑娘为我和杨叔在上海安排了一场三天两夜的采访。说是采访，事实上却是杨叔的自言自语。他是一个语速极快的人，说话看似没有逻辑，却总能在一日之后相互关联和印证。

对于少年往事，杨叔并没有过多提及。他只是说他生于苏北的一个小村，家中只有几间土房，房前种了两棵槐树。每年的五六月，槐花初绽，他便会爬到树上，用一根嵌着细铁钩的长竹竿将槐花拧下来，然后晾晒、烘焙，卖给收药材的货商。

"我就靠着那些槐花读完了书，"他说，"我一闭上眼睛就会想起那些槐花。"他扭了扭鼻子，深深地吸了口气。他陶醉的表情，与我在电视上看到的那些吸食海洛因的人没什么区别。

杨叔不吸毒，但吸烟。他不喜欢吸上海的"中华"，而喜欢武汉的"黄鹤楼1916"。很显然这只是一种癖好，而非缘于他对武汉的慈悲心。

那一次的采访令我印象深刻，除了杨叔曾在一家高档酒楼请我吃了毕生最丰盛的大餐外（关于那场大餐，我落下了一个笑柄。我小声对杨叔的女助理说这个粉丝做得不错。她对我笑了笑，没答话。多年后我才知道，那是鱼翅），还因杨叔对足球和篮球表现出的痴狂。

那个周末有一场 NBA 的常规赛和一场英超比赛。我在白天的疲惫中酣然睡去，而杨叔却津津有味地在凌晨看完了英超，然后在看了一场 NCAA 的无聊比赛之后又继续看起了 NBA。

我是被房间蒸腾的烟雾呛醒的。我惊醒的时候以为遇到了失火。在多年的职业生涯中，我曾数次遇到失火。我见到过被烧成焦炭的尸体，也见到过曾经住过的酒店，远远地化为一片火焰和废墟。

"没想到您是一位球迷。"我慵懒地恭维。

"我是一位纯正的球迷，"他说，"我的梦想就是拥有一支英超球队和一支 NBA 球队。"

"您的财富足够您去买下两支球队了。"

"那可不一定，"他意味深长地看了我一眼，"这与财富无关。"

杨叔后来告诉我，他第一次看到 NBA 的比赛时，就被那种强烈的对抗震撼了。他看到穿红衣服的乔丹。那时候他不知道球队的名字是公牛队，而是叫它红牛队。

我告诉杨叔，1989 年大卫·斯特恩第一次访问中国的时候，在中央电视台受了挫折。他以为中国人对 NBA 毫无兴趣。他意兴阑珊地去西安参观帝王陵。年轻的女导游告诉他，自己是"红牛的狂热崇拜者"。斯特恩花了很长时间才意识到，红牛就是芝加哥公牛。

"那是一个看录像带的年代，可是第二年，中央电视台就开始播放 NBA 总决赛的录像了。那一年，正逢乔丹第一次带领公牛获得冠军。"

杨叔惊讶地看着我，目光中充满了感激。

"我也是个球迷。"我说，"我曾是曼联的球迷，可是当维亚利出现在切尔西之后，我就变成切尔西的拥趸了，直到现在。"

那场采访接下来的对话，变成了两个老球迷对于英超和NBA往事的交流，以及对姚明退役的深深哀伤与失望。我们偶尔也会谈论刘翔、李娜和F1，有时候还会聊聊拳击、斯诺克、高尔夫和钓鱼。总之，我们没有再进行什么正儿八经的访问。

整个对话过程中，杨叔年轻的女助理都会觍着一张崇拜的小脸看他，有时候会很严肃地说："杨总，您懂得真多。"

那张精致而美丽的小脸让我心旌摇动，在接下来的不少夜晚当中，我都对那张小脸充满了激动和想象。毫无疑问，作为一位身体健康、精力旺盛的单身男青年，这种想象意味着巨大的折磨。

对杨叔的采访后来戛然而止。姑娘告诉我，杨叔已经开始了他收购球队的计划。他和他的财团要在美国和英国逗留很长一段时间。"你可以给他发电子邮件，"她说，"也可以发给我。"

我给杨叔的几封电子邮件都没有回音，倒是给她的电子邮件都得到了回复。我们慢慢熟络起来，我好几次到上海去，她都会腾出时间来陪我喝杯咖啡。我好几次曾试探性地向她表示好感，她都轻轻一笑，用岔开话题进行婉拒。

我最后一次见到她是在一年前的一个夏末黄昏。我在咖啡馆里等她。她进来的时候，挺着一个大肚子。

"你们结婚了？"

"没有。"她显然知道"你们"是什么意思。

"那……"

"我结婚了，不是跟他。"

她的直率伤害了我。我有些愤怒地盯着她。我在想象，到底是一个什么样的男人可以使她摆脱杨叔的束缚,并且再次对我置之不理。

"孩子是他的。"她说。

我后来才知道,她嫁给了杨叔公司中的一个司机。那个二十多岁的男人又瘦小又窝囊,用博尔赫斯的说法,"像无脊椎动物似的叫人看了不舒服"。她不爱他,甚至连喜欢都谈不上,两个人每次相处,她都会表现出极度的厌恶。当然,他们单独相处的机会不多,她的无脊椎男人显然知道自己扮演的角色——作为杨叔的代表,他只能忠实执行雇主的命令。

在那桩伤害之后,我断绝了与杨叔和她的一切联系。当然,我并未退还杨叔所支付的那笔小小的定金。我决心用法律捍卫我的财富——作为合同违约的补偿,它们应该属于我。事实上,杨叔与她再未提及此事。他们再未与我有过任何关联。

就在今年的世界杯开赛前,我突然得到了杨叔的消息。

"你知道那个杨震宇吗?"一个人打电话给我。

"当然知道啊,当初还是你介绍他给我的呢!"

"他被抓了,这两天要判了。"

"哦?"

往事一下子又涌上心头。

"他因涉嫌洗钱,在美国被抓了。"

"他不是在美国买球队吗?怎么又洗钱了?"

"他是要买球队,但他是拿那些赌球的钱来买球队。FBI都盯他好几年了。"

在放下电话后,我到互联网上去搜索杨震宇的消息。搜索并不十分顺利,有很多外国网站提供了报道,但网址都无法打开。国内的一些网站上面,大都语焉不详。

我突然想起了她。

我拨通了她的电话。

"好久没联系了。"我说。

"我知道你想了解什么,"她说,"你明天到上海来。"

第二天早上,我坐最早一班高铁到了上海。我坐了一站地铁,在虹桥机场的咖啡馆里与她见面。我们没有寒暄,而是像多年的老朋友一样来了个深情拥抱。

"孩子还好吗?"

"还好,他爸爸在带着。"她指了指窗外。

一个又瘦小又窝囊,"像无脊椎动物似的叫人看了不舒服"的年轻男子正站在那里。他推着一辆婴儿车,努力遏制自己向里面张望的念头。

"他对我很好。"她说,"杨叔出事后,他说他愿意照顾我一生。"

"杨叔怎么样了?"

她告诉我,杨叔事实上并非一位职业投资家,也从未拥有过金融投资、文化传媒、机械矿业、路桥港口、酒店餐饮、农林牧渔这些产业。"他有时候会说自己依靠炒股赢得了人生第一桶金,但事实上他只拥有一个市值几万块钱的股票账户。"

就她所掌握的材料,杨叔的公司一定在从事着非法生意。很多钱进来之后又走了,进的时候不知道原因,走的时候没有理由。杨叔总是对她说,这是正常的资金流动,做生意有时候就得"灵活一点儿"。

故事的头绪突然零乱起来。

"你难道不知道他在做什么生意吗?"

"我真的不知道。"她说,"我曾以为他是在做金融投资,显然不是。有时候我觉得他可能在做国际贸易,但我们从来没交易过任何货物。我一直想不明白,他到底是做什么生意的。"

她的回答使我绝望。作为他最亲近的人、最熟悉他的人,她竟然对杨叔一无所知;更令我气恼的是,她竟然为他生了一个儿子。

"外媒报道说他涉嫌洗钱。"我特意强调了"涉嫌"。

"我相信他一定在洗钱,但我不知道他到底在洗什么钱。他很少外出,除了抽烟也没什么恶习,唯一的嗜好就是看球。他算得上一位好男人和一位好父亲。他的社会形象也不错……"她喋喋不休起来。女人一旦受伤,就会喋喋不休,并且双手颤抖。

我礼貌地与她握了握手,在头脑的敏锐还没有丧失之前进行道别。我还对这个女人怀有情感,在深深的怜悯催动下,我有可能重新陷落。我得避免这种悲剧发生。

在回北京的高铁上,我又想起了杨叔。我想起那张尖利、消瘦和狡猾的脸,在槐树丛中若隐若现。我想起那次通宵达旦地看球、谈球。有时候,那张精致而美丽的小脸会突然闯进来。我只能闭上眼睛,在痛彻心扉中想象她的未来。

杨叔的最终审判很快就结束了。我委托美国一位朋友旁听了审判。他在邮件中为我描述了庭审的过程——

上午十点,载他前往法庭的囚车在停车场前被记者围住,从车身两侧涌入的闪光灯纷纷希望记录下杨的表情。下午,身着黑色西装的杨震宇面无表情地坐在被告席上。

辩方律师向法庭递交了一封求情信,称杨是一个正直、值得依赖、有责任感、懂得感恩和具有商业领导力的人。杨的家人在求情信中称杨是一个有担当、慈爱的父亲,希望法庭可以从轻发落。

杨震宇将会在监狱中度过他的余生。庭审中法官说:"直至今日,被告仍然是唯一一个真正知道真相的人。

"要维护纽约的国际金融中心地位,保持美国银行体系的合规性非常重要。我认为量刑必须有一定威慑力,阻止他人利用银行体系的漏洞通过洗钱获利,同时也要传达一个信息,即法律对于洗钱行为绝不姑息。"

那天的公开审讯披露,对杨震宇的调查始于一封英文匿名举报信,并于2008年时已经启动调查。举报信称杨震宇是亚洲一家赌博集团的头子,与香港、日本、美国黑帮勾结洗黑钱、操纵比赛并杀害知情人。

警方拒绝透露更多资料,但他们承认,有两位污点证人对杨震宇的调查起到了关键作用。

我给那位朋友回复了邮件:"一切都如我预料的一样。同样,我想我也十分清楚那位举报人和那两位污点证人是谁。我与他们素昧平生,但希望他们幸福。"

我把邮件转发给了她。我相信他们一家此刻正在纽约,并且即将开始他们作为美国人的下半生。

我打开电视机。世界杯揭幕战,巴西对克罗地亚。作为一名球迷,我觉得是场假球。

小人传

在一个充满黑暗搏斗的世界里,

小人坦荡荡,君子才是常戚戚的。

在成为一名小人之前,陈达达是一位大人物。他是上海一家连锁超市的老板,因为经营有方,被认为是上海民营企业家的典范。

除此之外,陈达达是个有名的"文艺范儿";以前是老克勒,后来变成了老坏蛋。他年轻的时候喜欢康德和博尔赫斯,也曾喜欢过布尔斯廷,迷恋叶芝那句诗——"我寻找自己的真实面貌,世界形成之前它已形成"。

现如今他只信奉一句:朋友是用来出卖的,英雄是用来失败的。他是一个小人。这一点毋庸置疑。

我在上海衡山路的一家咖啡馆见到了陈达达。我没有告诉他我的来意,是为被他出卖的那个朋友写一本传记。

陈达达承诺,他将向我讲述完整、真实的往事。"我将向你坦陈曾发生的一切,"他说,"知无不言,言无不尽。"他的坦荡使我自惭形秽。隐瞒使我愧疚,也使我充满了诱供的罪恶感。

以下为陈达达向我讲述的故事——

2007年4月1日，遭受了重创的四边公司开始准备退路，在此中间我曾打算收购一家公司，形成与他的六合公司和另一家巨头的三足鼎立之态。可是那家公司最终被他先行一步，高价收购了。这使我毫无退路，只能投怀送抱，加入他的麾下。

在决定被他收购前，我和四边公司的元老们大喝了一场。这不符合我的风格。我是一个有节制的人，除了爱叼个烟斗外，从不过量饮酒，对女人也兴趣不大。我希望能够拥有生活的品质，以及尊严。

饮酒的时候，我向他们描述了我的计划：我会要求出任六合公司的CEO，然后通过技术手段，瓦解他的公司，最终将六合公司改造成我的事业。我相信作为一家上市公司，"六合控股"更需要我的领导，而不是他。

距离最终的签字只有三四个小时的时候，我从宿醉中醒来。我发现自己躺在沙发上，身旁遍地狼藉，布满了烟头和空酒瓶子。这使我内疚，充满罪恶感。被欲望摧毁的放纵，不是我想要的生活。我渴望绝对理性，而不是片刻放纵后的沮丧。

那时候已是拂晓，但太阳没有越过对面建筑，扑到我的庭院中。我突然想起刚刚做过的那个梦，一个狼人，手持冲锋枪向我扫射。我逃跑，他紧紧追赶。子弹从我身边掠过，有时候在我脚下跳动，却从来没有击中我。我相信这是个好兆头。在一场危险的角逐中，我将全身而退。

天亮的时候，司机将我送到了外滩边上的和平饭店。我们在那儿签字画押。我的四边公司再也不存在了，变成了六合公司的一部分，变成了他事业的一部分。他握着我的手，豪迈地说："我们一起开创更大的场面。"我向他道谢、致敬,恨不得掏出一把刀,割断他的喉管,然后将他推向沟壑。

和平饭店这个名字,有时候会让我想起周润发的那部电影,《老板的故事》。这是我看过的唯一一部港片。那个故事发生在"和平饭店"。

"和平饭店会带来真正的和平,"新闻发布会上,我说,"当对抗变成了合作,竞争变成了共生,一家伟大的公司将会从和平饭店起步。"

那一刻我感到恶心。我开始鄙视自己。我这半生从来没向谁低过头,从来没有算计过谁。所有的争斗、征战都是光明正大,输赢都像阳光一样敞亮。然而此刻,我却需要制造一个谎言,然后在日日夜夜里,准备将谎言变成另一种真实。

他为了显示他的大度,或者是为了炫耀他的胜利,如我所预料的那样,任命我为"六合控股"的联席CEO,给我了一间比他还大的办公室,给我配了一辆与他同样的劳斯莱斯幻影。

公司里是禁烟的,因为他嗓子不好,有咽喉炎,但我是个例外。他特许我可以在公司任何一处吸烟斗。他的大度一度使我对他产生好感,但理性最终战胜了感性诱惑。

我有必要复述一下我与他的恩怨。他是浙江温州的一个农民,年轻的时候做了一个连锁超市品牌,靠各种不规矩的手段,覆盖了整个浙江。后来他的公司上市了,有了资本助力,就开始在全国范围内扩张。他公司成立二十周年的时候,确切无疑地,已经是全国最大的连锁品牌了。

我的四边公司诞生得比六合公司早,却最终仅限于上海一隅而无法四面扩张。你知道上海人追求品质,上海市场也足够大,我的计划是精耕上海市场后,再将这种高品质的连锁超市向外渗透,在全国范围内复制。

以前有报道说,四边之所以没有发展起来,是因为我的视野过于逼仄,是"上海特性"决定的。事实并非如此,不是我的视野太逼仄,而是我的理念太超前。如果这事放在今天,就成了"消费升级",放在当日,就成了"先烈"。

我的对手生长的方式过于野蛮,他的农民式做法,有时候令我恐惧,但整体上令我鄙夷。我记得我们都是小公司的时候,没有竞争,只有合作。他从温州跑到上海拜见我,委托我在上海一家工厂给他进一批货。那批货很紧俏,但我还是帮他弄到了。货到之后,他突然提出一个建议:你能不能在上海建个厂子,生产跟它们一样的货?质量差点儿不要紧,反正这货好卖,只要吃不死人,就不会有问题。

我婉拒了他的建议,同时确立了对他的恶感。我不喜欢这种粗暴的、不道德的商人,不喜欢那种流着"黑血"的公司。我不希望自己变成这种人。他让我恶心。

我们的合作终止之后,开始各自的路途。他的六合公司四面出击,成为行业第一,还上了市。我的连锁超市开到了上海的每个角落,人们喜欢它、夸奖它,然而媒体歌颂的却是那个人的六合公司。

在上海这种寸土寸金的地方,生存本身就是一件艰难的事。房租越来越高,已经使经营变成了一种折磨。有时候我不得不收缩一些店面,以应对经营的压力。此时此刻,他却在步步紧逼,通过资本的力量和低廉的价格,蚕食我的领地。

我不是没考虑过反击,但你要知道,当贵族面对野蛮人的时候,一切反击都是徒劳的。野蛮人没有底线，这就决定了他们将是胜利者。

我的目的不是复述历史。我想告诉你的是，我为什么最终干了那件事。我从未对此感到愧疚，而只是痛恨自己的失败。那家公司就是一个单调的蛮荒世界。如果我能成功，或许它会呈现辉煌，如今它只能在衰落中等待命运裁决。

我当上了六合公司的联席CEO，但事实上六合公司的所有事都由不得我来做主。某种意义上，我只是一个供品，被人放在神龛上，被人恭维和拜祭，自己却不得动弹。幸运的是，机会很快便到来了。

那一年秋天，奥运会刚办完没多久，他就被抓进去了。我不能告诉你他被抓进去的真正原因，但肯定不是最终判决书上呈现的原因。我也不会确切地告诉你，他被抓进去是否与我有关。有些故事的细节，需要的不是重现，而是烂在肚子里。你可以想象。我不会辩驳。

他被抓的那天，是个周五。他一如既往，准备在下班后带着他的那些喽啰们外出寻欢作乐。我叼着烟斗，透过缭绕烟雾，冷冷打量他们。我知道他们的好日子不多了。那天他显得忧心忡忡，这或许是他的直觉起了作用。他没有像以往那样，睥睨天下，挥斥方遒。他心不在焉地跟着他们往外走。

警察突然出现了。他被带走"协助调查"。我们站在那里干瞪眼。他倒没有慌张，跟警察说："你们给我五分钟，我交代下公司的业务。"警察同意了。

他把喽啰们喊过去说："我不在的时候，公司一切事务都听陈总的，他的意思就是我的意思。"喽啰们点头称是。"照顾好公司，拜托你了。"他拍了拍我的肩膀，扭头跟警察走了。

他再也没回来，直到现在。在"协助调查"了一年后，他被判了十年，罪名包括非法经营、内幕交易、偷税漏税、行贿等。他也许知道公司出了"内鬼"，但在那时候，他绝对不会怀疑到我身上。

2009 年，我随着一个中间人到昆仑饭店的岩吧见了一个神秘人物。那是一家基金公司的 CEO。那个人就跟传说中一样，精明阴鸷、沉默寡言，还有席地而坐的怪癖。我们一起抽着烟，他抽"黄鹤楼 1916"，我吸烟斗。我们没怎么交谈，但内心彼此计较，在既非言传更非意会的揣摩中达成了默契。

在抽了一个小时烟之后，他突然说："你需要多少资金？"我假装不明所以："什么资金？"他有些不快，用一种嘲讽的眼神看我："我们之间似乎不需要绕弯子了。"

那天晚上我们达成了协议。接下来发生的事，你已经在报纸上看到了。我跟那家公司签署了"定向增发协议"，协议中有个"对赌条款"，如果业绩达不到预期，公司需要拿出现金或者股权向其进行"补偿"。

我们公司的业绩不可能达到预期。我们高兴地看到，"对赌"失败了。

"对赌"失败的那个晚上，我独自走在北京一条宽阔而僻静的马路上。我对即将到来的成功充满了期待。一声鸟鸣惊醒了我，使我意识到，成功只是一种开始，接下来还有漫长的道路要走。

我们得开始实施"补偿"计划。

起初我的"补偿"计划进展得非常顺利，接下来就遇到了抵抗。他的那些喽啰们开始拒绝执行我的指令，甚至到监狱中寻求他的各种许可。媒体也在此时推波助澜，进行各种我无可辩驳的质疑与分析。

他们开始意识到,我在进行一场复仇。

我低估了他的能量,确切地说,我低估了政府的宽容度。你们在报纸上都看到了,政府允许他在监狱中签署各种文件,这在以前是不可想象的。

他以大股东的身份签署了各种文件,解除了对我的授权,继而授权给了他信任的一个人。这使我陷入了被动。当授权被取消后,意味着我所有行动的合法性将遭到质疑。

那时候我们攻守双方依旧在同一栋楼里办公,双方的办公室都紧挨着。我有时候会感到恐惧,因为他的喽啰们人多势众,又颇为野蛮。然而肢体冲突却从未发生过,直到事情彻底结束,我都感到奇怪。

在经过了苦苦争斗之后,我出局了。那个为我提供巨额资金支持的神秘人物,也突然消失得无影无踪,他面临着比我严重得多的指控——内幕交易、操纵股价。据说他现在潜匿在香港,迄今不敢入境。

在那一刻,我终于理解了博尔赫斯的那句话:"任何命运,不论如何漫长复杂,实际上只反映于一个瞬间:人们大彻大悟自己究竟是谁的瞬间。"

我只是残酷人世中一个卑微的失败者,从英雄变成了小人。我本来有机会成为拯救者,并且从此赢得忠诚的美誉,并且建立辉煌功业,然而那一瞬间,我摧毁了一切。

对此我并不感到后悔。人生就是在无穷可能性中度过,后悔是一件毫无意义的事。迄今为止,除了成为"失败者",被你们当作"小人",我并没有失去什么。我依旧可以坐在这儿回想往事,依旧可以吸着烟斗,而你们却只能琢磨我为什么要这样。

在听完了陈达达的描述后,我决定向他摊牌。我告诉他,我将会为监狱中的那个人写一本传记,而他将会拥有传记中唯一的"小人"形象。"你的描述告诉我,我对你的定义是准确的,你将确切无疑地成为那个小人。"

"我的确是一个小人,我甚至早已了解了你的动机。我接受你的访问,只是想告诉你一件往事。在一个充满黑暗搏斗的世界里,小人坦荡荡,君子才是常戚戚的。"

宫——宫的心计

宫先生是一个毫无心计的人，一个纯粹的人，
一个还没有摆脱低级趣味的人。

那一年我还是一个刚入行的警察，警校毕业不久，一个纯粹的"菜鸟"，带着文艺青年腔儿，每天端茶倒水买盒饭。有时候运气好，被老警察们叫过去一起办个案子，也是到现场打打杂、问讯的时候做做笔录，偶尔依照老警察们的吩咐，演演双簧，诱使嫌疑人掉入"囚徒困境"，赶紧招供。

也是在那一年，我离开了这个行当。

宫的案子，成为我的绝唱。

宫是被突然抓捕的，抓之前秘密调查了差不多两个月。宫被抓之后，我被叫进专案组专司做笔录、打酱油。

那段时间我的手机突然变成了热线，很多熟悉的和陌生的电话号码打来，有的是探听消息，有的是要对我进行"专访"；要不是专案组有纪律，我保不齐就被他们的甜言蜜语给蒙骗了。这是题外话。

对于宫，我并不陌生。他是我们那座城市的大人物，知名企业家、首富、上市公司董事长。他的传奇履历，很多人都能倒背如流，我曾听过人们对他的称呼，有宫

先生、老宫、宫总、宫董事长，偶尔我也会听到有人拍他的肩膀喊"小宫"。

宫当过兵，参加过对越自卫反击战。那场残酷而惨烈的战争，曾被《高山下的花环》和《凯旋在子夜》记录过。宫曾在电视访谈中说，战争最惨烈的时候，他在茅坑边吃饭，在尸体边睡觉，听着子弹从耳边呼啸而过，看着一个接一个的战友倒下。"我从来没有吃不下、睡不着的时候。"他说。我看过那个片段。那时候我没有感动，反而不寒而栗。我觉得他是一个心狠手辣的人。

仿佛为了提供佐证，我记得他对那位漂亮的女主持人说，他虽然个子不高，但身体结实；虽然少言寡语，但一言九鼎。"我每顿能吃三碗饭，酒量至少一斤；我走路有些急，不熟悉我的人还以为我脚步踉跄，但事实上我走得又快又稳，跟我的公司一样。"

那场战争结束之后十几年，已经成为一名粮站干部的宫辞职下海。他给当年的战友发出了邀约。一些人投到他的门下，誓言与他一起战斗；一些人则婉拒了他的邀请。当中有人对此后悔莫及，也有人后来感到庆幸，也有人说若是自己当年接受了邀请，宫就不会出事了。

宫的战友后来全部成了公司的高管，有的做了副董事长，有的做了副总裁。当中一位会记账的，当年为他们毙伤敌军做过记录；虽然走路一瘸一拐，因为面部受过伤而显得狰狞，却毫不妨碍他最终成了CFO。这些人对宫的称呼与众不同，他们叫他"班长"，以示十几年前的袍泽之谊，如今依旧是维系他们亲密关系最牢靠的纽带。

宫的创业领域是农业，更确切地说是粮食，粗加工和深加工。这得益于宫的旧日经历，也是一种不得不做的选择：就如同俞敏洪创业，只能去搞英语；柳传志创业，只能去搞电脑；沈南鹏只能搞投资；袁隆平和李登海只能搞育种。这是他们的比较优势，也的确构成了他们的无奈。

又过了十几年，宫的公司从中小企业变成了大公司；宫也从小企业主变成了大企业家和超级富豪。有一天，宫的公司上市了，他一下子从我们那座城市的大明星变成了这个国家的大明星，经由镁光灯、印刷术、无线电波和数字技术的传送，成为大时代的宠儿、梦想照进现实的践行者，以及各种我们想得到和想不到的桂冠拥有者。

然而这些遽然而至的光环才闪耀了不到半年，突然间便熄灭了，遽然而逝。如今他待在看守所里，待在审讯室里，对面是昔日见到他肃然起敬、笑逐颜开甚至受宠若惊而他却从未正眼看过的小警察。

有一天我们询问他，他始终缄口不语；偶尔蹦出俩字儿，也是顾左右而言他。我们用尽了一切招数，也没能从他嘴巴里撬出一个有价值的字。最后我要他在笔录上签字。他接过笔录，一字一字地看完，然后重重地在上面按下手印。"你的字不错，"他递还笔录时说，"你很认真。"

那天晚上，我刚刚入睡，突然接到了组长的电话，说是宫精神极不稳定，在看守所里时而咆哮时而低吟。"他高声喊着要见见下午做笔录的那个小警察。"组长说，"你得去会会他，这是任务。"

我开车去看守所。小城市的夜晚，灯光已经黯淡，天幕显得尤其幽暗寥廓。我穿过一条条街道，穿过树影和烧烤摊，穿过压路机和塔吊，穿过整座城市。

对于宫的邀约，我的心中充满疑惑，也充满愤怒。一个犯罪嫌疑人竟然嚣张到了对办案民警指手画脚的地步,这成何体统!

至为关键的是,我是一个极易为突然出现的变化所困扰的人,很多人因此说我不适合做警察,就连我自己也相信这样的判断。宫侵扰了我的睡眠,打乱了我的生活节奏,使我陷落到恍惚和烦恼当中。

穿过看守所的门墙,穿过幽暗的走廊,穿过我所有的烦恼与困扰……宫已经安静了下来,他显然确信我一定会出现。他脸上有着得意的笑容,这使我更为恼火。我毫不客气地问他,带着审讯时的语气:"你找我来有什么事?"他说:"我只是想找个人聊聊。"我想起组长的话,强压心中怒火,点了点头。

"我想你对我的经历略知一二,"他说,并且不容我进行回答,"我其实并不想上市,上市对我唯一的意义就是让我的战友和老兄弟们尽快拿到他们的养老钱。我的那些老战友、老兄弟,很多人都是伤残军人和下岗职工,我一直觉得照顾他们是一种义务。

"公司小的时候,大家什么事情都听我的;后来做大了,要上市了,就起利益冲突了。有的人觉得自己付出的多,跟我的交情深,想多要点儿股份;有的人觉得自己岗位重要,自己分少了,就闹情绪了。公司要上市了,却没有一个人高兴。大家都觉得老班长给自己太多,对他们太抠门,不讲义气。"

他叹了口气,接着说道:"他们并不知道,那时候我已对局面失去控制能力。我名下股份并不完全属于我,里面有暗股,也有代持,都是些有头有脸不能得罪的主儿。我成了傀儡。我只是一个道具,一张皮影。我只负责在台前跳动和舞蹈,歌唱者另有其人,旁白者另有其人,操纵者另有其人。"

他的话使我想起了《旧约·传道书》中的那段话："凡事都有定期，天下万物都有定时，生有时，死有时，栽种有时，拔出栽种的也有时，杀戮有时，医治有时，拆毁有时，建造有时，哭有时，笑有时，哀恸有时，跳舞有时，抛掷石头有时，堆聚石头有时，怀抱有时，不怀抱有时，寻找有时，失落有时，保守有时，舍弃有时，撕裂有时，缝补有时，静默有时，言语有时，喜爱有时，恨恶有时，征战有时，和好有时……"

我的联想毫无理由，莫名所以，或许只是一种情绪的共振。我对此感到羞愧，直到多年后我才相信这是一种对宿命的歉疚。"世上万事万物皆有其时。"

"你们说我财务造假，你们说我的CFO举报了我，要我认罪。我哪里知道我造没造假？对于数字，我一窍不通。至于我的CFO，充其量是个土会计，他连什么是真什么是假都说不清楚；他最熟悉的业务就是拿根树枝在地上画正字，统计我们毙伤了几个敌人。如果的确存在财务造假，那只有一种可能：有人手把手地教他在每一个表格中填数字。这事倒在他的能力范围之内。那些中介机构为我们编织了谎言，也为我们预设了陷阱，而我们却因为无知而一无所知。他们偷走了我的钱，还把我送到了这个地方。"

"作为公司的董事长和总裁，我不相信你会对此一无所知。"

"我只是一个在水边行走的凡人，不知道什么时候会被大潮给卷走。我了解一切可能，却没有鉴别这些可能性的能力。我对自己有一个评价。我希望这个评价日后成为我的墓志铭：宫先生是一个毫无心计的人，一个纯粹的人，一个还没有摆脱低级趣味的人。他只是偶尔会耍一下小聪明,并且从狡黠中自得其乐。"他说。

"资本市场如同一张渔网,我们都如同网中游鱼,被网住了,就只能认命;漏网了,就会获得永生。我们事实上需要的不是金钱,而是时间。只要成功上市,我们就会获得时间,用时间获得空间,用空间获得金钱,用金钱创造奇迹,将一无所有变成无所不有。这是一个利益链条,只要我们能将每个桥段讲成一个完整故事,我们就会获得成功。不幸的是,我们只提供了段子,而没有提供故事。我们赌赢了序幕,却没有完成结局。"

"我只是一个警察,"我说,"我关心的不是哲学,而是你的供述。"

"我只是自言自语。这并非口供。我只想找人聊聊天。太寂寞了,这么多年,太寂寞了。"他说。他闭上眼睛,不停地大口喘气。明天早上,我们将进行新一轮的较量。我们将会精疲力竭,尽管我们都掌握了大部分真相。

宫后来彻底坦白,对涉嫌欺诈发行股票、违规披露重要信息、伪造金融票证的事实供认不讳。他在庭审中说,公司上市有"政府推动"的因素,"财务造假"是受"高人指点"。对于"高人"以及暗股和代持的拥有者,他却始终讳莫如深。他在最后陈述时哭了:"我真的后悔上市了,走上这条歧途。一个门外汉玩什么资本市场嘛!"

庭审记录显示,在公诉之前,宫曾写信给自己的老师,也是资本市场和农业领域的两位大佬,希望他们能挺身而出,捞自己一把。他没有得到只言片语的回应。他的一切在那时已彻底结束。

宫后来被判入狱,并且终身禁入资本市场。他的公司因之退市。一切曾经照耀过他和他身边人的伟大光环,如今都变成了黯淡街灯,只能在夜幕下闪耀昏黄的光。这些光亮曾经穿过整个城市,照亮了人们对希望的渴慕,如今它们却穿不过一条幽暗的街道,甚至穿不过一道围墙。

宫的案子结束后,我离开了这个行当。我确信自己无法承受在不断的变化中生活。我的确不适合警察这个职业。我在辞职信中写道:"我要像风一样自由。我回家养猪去了。"局长很爽快地签了字,并且预祝我创业成功,早早上市。

如今我已把自己养肥。我拥有一座小小的生态农场,悠闲而自由。我每天重复着一成不变的生活,吃饭、睡觉、养猪;猪们也每天重复着一成不变的生活,吃饭、睡觉、待宰。

我每天会巡视整个农场,看到猪们的欢叫,我感觉自己像个皇帝,有着巡视帝国的快乐。我发号施令,它们以欢叫回应。我供应它们,它们供养我。

生活充满了固定的欢乐。在每天巡视完农场之后,我甚至有足够充裕的时间来写几个这样的故事,当作茶余饭后的谈资。

——

宫——内幕

只有掌握了内幕,我们才会掌握安全。

冯华一动不动地躺在那里,半睁着一双小眼睛。他看到了惨白的天花板。上面一无所有,又似乎布满了他胶结的一生,像无数个线头儿纠缠在一起。

他的身边传出均匀的喘息。他的女人,确切地说是他的第二任妻子正窝在他的腋窝里沉睡。

甜美的画面充满质感,使冯华忘记了危险。他觉得自己仿佛置身梦境,又或者在迷宫中穿行。道路一条条连接在一起,纠缠在一起,没有路牌,没有出口,没有尽头……就像他已经濒近终结的一生。

窗户外面是大海,一道阳光经由海面上折射过来,似乎想刺伤他的眼睛。房间是女人预订下的,作为他们蜜月旅行的礼物。她喜欢"面朝大海,春暖花开"的意境,冯华则觉得一切虚无缥缈的意境,最终都将变成虚幻。他喜欢实实在在的物质。他是控制论的忠实信徒。

冯华是一家证券公司的副总裁,也是他们公司为数不多的保荐代表人之一。前两年股市红火,大大小小的公司拼了命地 IPO,冯华就成了他们公司的摇钱树、提款机,人人见了他都点头哈腰。那两年他每年都会升职、加薪,老板怕他跳槽,动用了一切手段,包括把自己视若珍宝的女秘书转让给他。这个女秘书,就是现在躺在他腋窝中的女人,薛梅,一个聪明又体贴的尤物。

门外传来了一小阵嘈杂,像是楼层服务员清扫房间的规定声音。冯华紧张了一小会儿。薛梅依旧一动不动地躺在那里。冯华有时候觉得她就像是无法改变的日常事物。他为了这个女人倾注了巨大的情感和财富,以"净身出户"的方式领到了离婚证。"失败的投资,性价比为负。"有时候她会调笑说。他哈哈笑着,努力显示自己霸气横溢,内心却不免有小小的悲哀。

冯华相信自己的"赢利能力"。他相信自己遇到了一个"搂钱"的好时机,"人傻、钱多、速来"成为他的口头禅。他以为离婚后自己只要成功保荐几个项目,就可以再次回到千万富翁的生活,别墅、高尔夫、奥迪 Q7;腰上依旧是爱马仕那大大的"H",这条皮带前妻并没有扯下来,但其他的东西,动产和不动产,包括人家送的几块重达一公斤的金条和"纪念金币",统统都改了姓,要是运气够坏,前妻带着女儿改了嫁,它们还得再改一次姓。

薛梅翻了下身,从他腋窝中挣脱。冯华叹了口气。现实很残酷。IPO 突然暂停了,一停就是一年。停完了再启动,然后再停,一停又是一年多。他保荐的五个项目,两个被直接否了;一个在自查中出了问题,主动宣布退出;还有一个,老板去法国买了个葡萄酒庄,巡视酒庄的时候直升机坠毁了,老板一家也就此摆脱了尘世的苦恼。

唯一的希望来自一家农业公司,主营粮食粗加工和深加工。冯华他们公司历尽波折、辗转反侧,终于把它弄上了市。公司拿到了自己的保荐费,冯华拿到了自己的佣金和奖励。虽然它们少到远低于预期,但在一个惨淡的世道中,至少算作聊胜于无。

"有总比没有好,有了这一个,人们才知道我们可以做下一个。"老板安慰他说。

他也是这么安慰自己的。

然而这家倒霉催的公司很快就出了事。公司上市后,它的老板宫,"一下子从我们那座城市的大明星变成了这个国家的大明星,经由镁光灯、印刷术、无线电波和数字技术的传送,成为大时代的宠儿、梦想照进现实的践行者,以及各种我们想得到和想不到的桂冠拥有者"。

"然而这些遽然而至的光环才闪耀了不到半年,突然间便熄灭了,遽然而逝。"一位办案警察说。宫后来对自己涉嫌欺诈发行股票、违规披露重要信息、伪造金融票证等事实供认不讳。他在庭审中说，"财务造假"是受"高人指点"。对于"高人"他虽始终讳莫如深，但所有人都相信"高人"是冯华。

没有人知道冯华是否参与了"财务造假"，但宫的公司欺诈发行股票，作为保荐代表人的冯华难辞其咎。他遭到了中国证监会的处罚，并因此失去了保荐代表人资格。

冯华本以为自己在劫难逃，但老板在最后一刻拉了他一把，使他免去了牢狱之灾。作为惩罚，老板将他转成一个闲职。"考虑到冯总多年来为公司做出的贡献，依旧保留副总裁待遇。"冯华对老板感铭五内，但不少人恶意地相信，是薛梅向老板奉献了身体，老板才会对冯华法外开恩。

冯华不是没听说过这些恶意的传言，对于他的污蔑和中伤、发往证监会的举报信、打给老板的小报告，都始终未曾停止过。冯华反而因为这些恶意的传言对薛梅充满了感激。他向薛梅求婚，决心用自己的一生来守护她。

在他赋闲的这段时间，他成了薛梅的幕僚，也成为他的枪手。薛梅在《上海证券报》《中国证券报》上好几篇重要的理论文章，都是他捉刀的；薛梅操盘的几个项目，都是冯华在幕后进行的沙盘推演。他相信，他爱她。

薛梅依旧在酣睡。冯华瞅着外面射进来的阳光，感受着时间逐渐偏转。"也许很快就要下雨了。"他想。

天气预报说，最近几天深圳大梅沙一直是晴天，不会下雨。冯华对天气预报了若指掌。他只是感到不安。这是他在宫的公司出事后对生活产生的直觉。他相信生活充满了阴谋,稍不留意就会跌进陷阱中。"凡事都有内幕,"有一次他对薛梅说,"只有掌握了内幕,我们才会掌握安全。"

薛梅前几天敲定了一个上市公司资产重组项目,这次他们到深圳来,一来是度蜜月,二来是考察项目,用薛梅的说法,就是一举两得,花公司的钱度假。搁在以前,冯华保准儿反对,可是现在他变成穷光蛋了,人穷志短,马瘦毛长,这种小便宜,他也只好默默地占了。

服务员终于按响了门铃,问他要不要打扫房间。他拒绝了。薛梅却被门铃声吵醒。她瞪着一双大眼睛看他,旋即又伸手搂住他,仿佛要对他施什么法力。冯华感觉有点虚幻,这种感觉像是梦中所见,又像是先前曾经有过。他有点儿怀疑当下一切的真实性。他抱紧了她,就像抱紧一棵救命稻草一般。

"你弄疼我了。"她说。

冯华似乎在寻找什么。他闭着眼睛,虚弱地说:"让时间停下来吧。"

静默了片刻。薛梅终于说:"开始了,就停不下来了。"

冯华叹了口气,说:"那就听天由命吧。"

"其实结局早就预设好了,不是吗?"女人说,"劝告虽然永远不会多余,并且毫无成本,但是人们都听不进劝告。"

他们又一起静默起来。整整一个上午,他们都这么静默。他们就这么紧紧地抱在一起,在这间面朝大海、春暖花开的房子里,他们连房事都没行。

中午时分,他们接到了客户的电话,邀请他们在酒店的西餐厅共进午餐。他们意犹未尽地把身体分开。他们感觉到疲惫,仿似刚进行过一番恶斗。

他们在西餐厅与客户见了面。两位严肃的中年男子,紧张兮兮地坐在那里,不时环顾四周,仿佛提防谁在盯梢似的。薛梅觉得他们贼眉鼠眼,不怀好意。她好几次想起身离开,都被冯华拉住了。

他们吃了几只牡蛎,还喝了点儿红酒。红酒曾经是冯华和薛梅生活中的常规状态,后来因为冯华财务上的突然破产而中断了。有时候薛梅想弄点儿便宜红酒,譬如长城或是张裕的,都遭到了冯华的拒绝。冯华相信,人一旦进入了一种高度,就不能跌落下来;一旦跌落下来,就会成为另一个阶层。

冯华一边品尝(对于自己贪婪的表情,他颇感羞愧),一边想着自己昔日的那位客户。他实在想不出,乘坐直升机巡视酒庄和飞机失事之间的那段时间和空间中,那可怜的一家人到底做了些什么。也许他们在慨叹命运,他想,也许他们只是充满了恐惧。

"人生就是一种恐惧。"他说。

两个客户盯着他看了半天。他们对他突然冒出的这句话不明所以。

"我们只花了18天时间就建满了仓。"冯华说,"在并购意向达成前,上市公司一般会先请会师所、律所进场,对并购资产进行前期评估。再者,作为并购顾问的投行、咨询公司,都有可能提前接触到并购信息,所以人们并不确切知道到底谁泄露了信息。"

冯华说的是他们公司的一只基金,名叫"梅花1号",据说名字是老板亲定,源于薛梅。这只基金成立时间很短,推广期仅有两天,参与的投资者总共才十一户,存续期为十八个月。"这意味着,'梅花1号'

的建仓时间，只有18个交易日。"

"有些操作手法你们可能并不了解。所有内幕交易当中，关系网已经覆盖到了亲属、校友、哥们儿、老乡、客户。对于我们来说，泄密的通道越多，网络越庞大，我们的处境就会越安全。"

客户对冯华的描述饶有兴致，他们听得兴致盎然，不时还插话提问。

"我举例来说吧，比如在安诺其（300067）内幕交易案中，罗永斌、罗明、郭红莲、蒯雯瑾四人违法所得其实并不高，最少的只有一万来块。这说明这张网络用复杂化的形态来分散风险，虽然结果并不令人满意。至于其中的关系，罗永斌和蒯雯瑾与安诺其法人股东嘉兆投资实际控制人老徐有关；罗明、郭红莲两人则牵涉标的公司湖北丽源董事长的私人顾问老刘，郭红莲是老刘的师母，罗明是老刘的哥们儿；嘉兆投资的老徐是安诺其董事长老纪的师兄，他们在一次饭局上聊起此事……"

"我们想知道的是'梅花1号'到底会怎么做？"客户问。

"'梅花1号'仓促建仓之后，它所买入的那只股票便宣布停牌重组。"冯华说，"表面上看这是一种巧合，但所有人都知道这当中有内幕交易，只是谁都不知道这种内幕信息究竟从哪个出口泄露出来，于是最终获益者就会处于安全当中。现在是法治社会，凡事要讲证据，没有证据，只有怀疑是没用的。"

"到底是谁把消息放出去的？"

"当然是两家公司的老板，一个负责放，一个负责收。'梅花1号'的大股东，除了我们公司之外，事实上还有那家上市公司的老板。他是我们老板的同学。我们老板为他代持股份。"

整个下午,他们都在谈论资产重组的事情。他们对于如何进行内幕交易,以及如何保证安全尤其着迷。薛梅对这一切似乎都不感兴趣,她不久之后便打起了哈欠。冯华知道她并不困倦。她只是陷入了对夜晚生活的向往而已。

傍晚很快就要到来,夕照从海平面上斜射过来,发出金色光亮,伴随着海潮声,单调而充满质感,像某种奇妙的音乐,无法抗拒也无法解释。

客户站起身来,冯华推了一把薛梅,两个人也仓惶地站起来。

"感谢你们所做的一切,"客户说,"你们的举报对我们查清'梅花1号'的内幕交易会提供决定性帮助,这将有助于肃清证券市场。你们会成为我们的证人。虽然我们不能承诺,但你们的检举立功表现和自首情节,检察机关会予以考虑。我们推断,你们在此案中所犯罪行,最终应该会不予立案。"

他们与冯华和薛梅分别握手,转身离去。冯华和薛梅坐在那里,一动不动。他们看着海边夕照。

薛梅说:"也许从明天起,这个行当中就再也没有我们的容身之地了。我们变成了叛徒。老板也许会因此入狱。"

"明天我们将继续我们的蜜月之旅,"冯华说,"趁一切还没有公开之前,我们得让老板给我们报销了所有费用。"

"嗯。"薛梅说。

王大枪的解放

一

诸事皆生意，五体是道场。

1998年，河南南阳小镇青年王大枪大学毕业，到了一家文化公司工作。他对自己的未来充满想象。他渴望过上"人上人"的生活，拥有香车美女。这是小镇出身的文学青年的通病。因为不曾拥有过，便对不曾拥有的生活渴求不已。

经过十年历练，他成了那家公司的副总裁。在这十年当中，公司成功上市，他也赢得了老板的赏识，成为其心腹与股肱。老板是个野心勃勃的"大佬"，梦想着成为比尔·盖茨那样的人。公司上市之后，他成为炙手可热的大买家，在全球范围内不停地哄抬物价、收购各种资产，以至于成为好几个国家工商界的"公敌"。

老板出国之后，公司就是王大枪的天下。起初他还谨小慎微，慢慢地就膨胀了起来，开始享用老板的其他东西，办公室、镁光灯，以及女人。他开始觉得老板是自己的兄弟，有一次在公司的庆功宴上，他竟然拍了老板的肩膀。这是公司从未发生过的事。老板笑容可掬，与他勾肩搭背，称呼他为"大枪兄"，还褒奖他会讨女人喜欢——你知道，在文化传媒企业里，人们不来点儿荤口，都不像是正常人类。

王大枪很享受这种被老板尊重和宠溺的感觉，他觉得自己将成为老板的"接班人"。但所有人都知道，他的好日子到头儿了。在老板的世界里，大部分东西是可以分享的，但有两种东西却触碰不得，一个是作为老板的权威，另一个是老板的女人，无论是他的妻子、情人还是女儿。不幸的是，王大枪都触碰了。他以为自己做得神不知鬼不觉，事实上他干的肮脏事在公司里尽人皆知。

同事们十分怜悯地看着王大枪在公司中的境地，私底下都热烈探讨老板将给予他怎么样的非人生活、令他劳累至死。老板奇怪地使用了他的慈悲心肠，几乎在每次会议中都会慷慨激昂地表扬王大枪，接受访问的时候也会暗示王大枪将成为其"接班人"。

"上帝欲其灭亡，必先令其疯狂。"人们说。有些人则引述《道德经》，说是："将欲去之，必固举之；将欲夺之，必固予之。将欲灭之，必先学之。"他们相信，这是老板的技巧。他希望通过这种方式，给予王大枪最沉重的打击，使其彻底毁灭。

王大枪终于觉察到了危险。他开始意识到自己已经被老板彻底控制了。他的一切都面临崩塌。他的梦想、事业和性生活都岌岌可危。他变得谨小慎微，不再拍老板肩膀，也不敢与老板称兄道弟了，最重要的是，他也不敢再碰老板娘和老板的其他女人了。

老板似乎对他的转变充满了好感。他依旧带着他出席各种会议，接受各种访问。他还不停地夸奖他"变得成熟了"。老板说，成熟是一个"接班人"必须拥有的良好品质。

对于王大枪来说,这是一种被监禁的岁月。这种残酷的岁月像河流一样广渺和无穷无尽,混杂着各种复杂的情感,恐惧、委屈、愤怒、仇恨、懊悔……

王大枪有时候会在情感的监禁中回想过往,他如何与老板并肩战斗,老板如何将自己的生意甚至生命托付于他。如果不是年纪差别太大,老板甚至愿意将女儿许配于他——尽管如此,他还是成功地占有了老板的女儿。

老板曾经给了他很多,财富、名望、股权、地位。他也曾如同一位大老板一样,在昆仑饭店的岩酒吧里与人觥筹交错、意气风发。如今他似乎一无所有了。这令他恐惧。

每天生活在迷宫一样的恐惧中,确凿无疑是一种巨大的折磨。这种折磨没有疆界和版图,只有庞大的阴影,以及各种框架构筑的复杂与沉重。有一次王大枪宿醉后告诉他的一位朋友:"我受够了!"

他开始给自己设计退路。他需要获得解放。这种机巧的设计持续了好几年,直到今年春天才最终完成。

春节的时候,他跟老板摊牌了。他到老板的办公室中,提出辞职。老板说:"现在是公司最关键的时刻,你怎么能说走就走?"

王大枪道:"老板,这是我深思熟虑的结果,希望得到你的成全。"

老板说:"这么多年来,我亏待你了吗?"

"没有。"

"我有什么对不起你的地方?"

"没有。"

"那你为什么要走?"

"我想去做点儿自己喜欢的事。"

"我不批准!"

"那我也要走!"王大枪"啪"地怒拍了桌子。这个举动连他自己都吓了一跳。当他拍完桌子之后,他突然发现自己的底气壮了起来。这就如同新兵杀了第一个人,也如同他第一次睡了老板娘。

"你想干什么?"

"去你妈的,老子不干了!"

老板阴阴地看着他:"你会后悔的。"

在北京东三环边上那栋奢华的办公楼里,王大枪与他的老板决裂了。

两个月后,一家上市公司发布了公告,说是公司聘请王大枪先生为公司总裁,并拟加入董事会。这则公告在那一个晚上成了最热门的新闻,它不仅意味着王大枪找到了新的去处,也意味着他的旧主在急速扩张中遭遇了最大的挫折。

在顺义的别墅中,王大枪关掉了手机。他望着漫天星斗,开始想象未来的生活。他已经彻底摆脱了恐惧,摆脱了横亘在内心的泥淖。此时此刻,无论他住的是豪华别墅还是木板小屋,无论睡的是老板娘还是一个又老又丑的女巫,他都不在意了。

那是难得的一个有星光的夜晚,在北京尤其如此。王大枪有种虚妄的伤感。他想起了自己的少年,想起了南阳的小镇,想起父亲弯着腰,在工头的指挥下搬砖。工地上养着几条狗,它们不停地对着父亲咆哮。

王大枪正是在那时候对狗充满了仇恨,在他心中,狗是凶恶残暴的极好形象。这种形象与人们在欣赏《忠犬八公》时形成的印象截然相反。它印证的是一个人的少年。

王大枪走进自己新办公室的时候,对办公室的简陋产生了排斥。多年来他已经习惯了某种奢华的生活。这是他一直不肯独立创业的原因。在新老板找他谈话,问他为何选择这家刚上市的创业公司时,他说:"钱。"他很坦诚,"我是一个对基本生活品质有要求的人。"他说。

新老板满意他的坦诚,也难免会产生小小的轻忽。"看来人都免不了俗,"他说,"我一直以为你是一个高士。"

王大枪笑道:"这世上有什么高士啊!"

王大枪的到来对于新公司是一种巨大刺激,他将自己原来的习惯、方法都带到了新公司。这是一家低调的公司,偷偷摸摸地赚钱,而王大枪以前则时常出现在财经杂志的封面上。他是一个赫赫有名的大人物。他自带光环属性。

一些传言开始在圈子里散布,没有人知道这些传言从何而来,也没有人求证过。传言说,王大枪的旧主已经下了封杀令,无论王大枪到了何处,都终止与该公司的所有合作。王大枪的新公司也是一家文化公司,专门进行影视剧制作;它的业务有一部分与王大枪原来的公司是竞争的,当然有时候它们也合作拍些片子。

它们的合作还在进行。两家公司的老板是同一俱乐部的好友,谁也不知道他们到底有没有撕破脸,但可以确定的是,在新老板找到王大枪的那一刻,他并不知道王大枪已经与自己的旧主吵翻了。

王大枪不大相信这种传言,但它们的存在令他有些忐忑。有一次接受媒体访问,他画蛇添足地感谢了旧主对他的栽培。这使那篇文章显得笨拙而拙劣,像是一篇蹩脚的软文。报纸给他的配图,也使他有了暴发户和无耻小人的特有气派,像是小镇上的土老板,有了钱之后就开始吃喝嫖赌。

"那是我见过的王总最丑的一张照片,"公关部的一个小姑娘说,"他其实挺帅的,也挺时尚。我不知道那家报纸为什么给他配了那幅照片。我怀疑他们是故意的。"没有人知道那家报社是否故意"抹黑"了王大枪,但王大枪的确故意上了这个小姑娘的床。在他们那个糜烂的圈子里,所有人只分为"上过"和"没上过"。

也有一些例外。但这样的人通常都混不长,就会被那些"上人"们寻着一个理由给辞退了。在这个真正的名利场上,王大枪曾经有一句广为流传的名言:"诸事皆生意,五体是道场。"

事实证明,所有关于王大枪的传言都是真实的。他的旧主终止了与他新公司的所有合作。也因为掌握着发行渠道,王大枪新公司所有的文化产品,都被其旧主以各种理由拒绝了。新老板很苦恼,他已经听说了传言,碍于情面,又无法与王大枪确认。

在顺义的别墅中,王大枪又一次充满伤感地看起了星星。久违的恐惧与委屈又一次缠上了他。他想起了老板娘,想起了老板的女儿,那个风骚的小尤物,将他当成了一个练习本,一个随时可以翻过的玩物。有时候他觉得自己被那一家人给玩弄了,有时候又充满了邪恶的快感,觉得自己玩弄了那一家人。

通过对原来的同事旁敲侧击,他获得了一些绝密信息,包括他的旧主准备对他的新公司釜底抽薪,进行并购,并购完成后的第一件事就是将他开除。他还听说,他的旧主将他视为不可饶恕的叛徒,是一匹难以驯服的劣马。"他还想要什么?"老板说。

有些事情可以成为微不足道的枝节，有些事情显然不行。王大枪毫无疑问已经被逼上了绝路，他的旧主已经动用了一切合法的力量，准备将他彻底监禁、摧毁。出于对旧主的了解，王大枪再次陷入了深深的恐惧当中。

有些事情还是不可避免地发生了。新老板有一天暗示他正与王大枪的旧主进行谈判，准备将其所持有的股权通过大宗交易平台过户给他的旧主。王大枪进行了激烈地反对。他找了好几个理由，试图阻止这桩势在必行的交易。毫无疑问，他失败了。

坊间又出现了各种传言，说是王大枪与其旧主的矛盾只有一种化解方式——跪。只有王大枪给他的旧主跪下去，赔礼道歉认错，他的旧主才会放过他。仔细斟酌，这确乎是唯一合理、可行的解决方案，但问题是王大枪不是那种能跪得下去的人。他心高气傲，同样好面子。除此之外，他还保有一个文人最起码的尊严。他可以给女人下跪，一晌贪欢，但无法给自己的前老板下跪，求他放自己一条生路。

接下来发生的事情，我们通过新闻和上市公司公告都知道了。王大枪的旧主收购了他的新公司。王大枪被辞退了。他退回到自己顺义的房子中，开始了一个失业者的生活。

我们所不知道的是，王大枪在某个夜晚去了其旧主办公室中，"噗通"一声跪了下去。他的旧主原谅了他，扶他起来，并且再次与他勾肩搭背、称兄道弟。然后，收购完成了，王大枪被辞退了。

"你为什么要辞退王大枪？"我有一次小心翼翼地问他。

"我不是不知道他干过什么，"老板说，"但我原谅发生在他身上的一切荒唐事。那都是小节，没什么值得计较的。他是个人才，是我最需要的。他是我着力培养的接班人。我收购这家公司本质上也是为了他。"

可是那天晚上,王大枪"噗通"跪了下去。他的那种桀骜不驯消失了。他不再像一条凶狠的狗,而是变成了"忠犬八公"。老板轻蔑地看了他一眼,从此决定再也不为他耗费片刻心神。

黄金时代

生意和爱情都藏在生活当中，

在雾霾下面，它们谁也不认识谁。

袁庆照例巡视完他的餐饮帝国后，已是午后。他拨通了那个女人的电话，邀请她去朝阳大悦城看电影。女人起先犹豫着，最终还是接受了他的邀请。他派司机去接她，自己则在星巴克外面喝咖啡、抽烟和等待。

那一天雾霾很重，空气中全是新鲜的诡异味道。他不停地咳嗽。他看这世界如幻影一般，就突然冒出一句话："像幻影一样，这美好的感受。"

其实感受并不美好，他已经到了"情怀渐觉成衰晚"[1]的年龄，却依旧孑然一身。他会感慨自己失败的半生，有时候会一边吟诗一边流泪，想象自己半生晃荡，却一无所有。

在工商界，袁庆是位受人尊敬的企业家，也是位不错的诗人。他的那句"我曾在陌生的爱里叠好你／打开后，你依旧新鲜如初"，是不少文艺青年的至爱。他们买他的诗集，在互联网上传诵他的诗句，然后不停地"造句"，

---

[1] 出自北宋钱惟演的《木兰花》，原句：情怀渐觉成衰晚，鸾镜朱颜惊暗换。

使其成为某种"流行文化"的代表。然而他总是感到寂寞。他总会想起温瑞安的那句话:"人比鸡蛋寂寞。"

女人出现在他面前。她还是十五年前的样子。她依旧貌美如花、长发飘飘,澹然的脸上带着高贵冷艳。

"你是我颤抖的心尖儿,所有坚硬都被你融化。"袁庆想。

他们一起坐10号电梯到了8楼,在震耳的嘈杂中穿过游艺场,到了影院。他已经买好了票,是两点的《黄金时代》。

袁庆并不喜欢《黄金时代》,确切地说,他并不喜欢萧红和萧军,觉得他们俩是文学史上不入流的作家,配不上"黄金时代"四字。"只有王小波才可与这四个字对应。"他想。

他为女人买了爆米花和饮料,顺便给自己要了杯鸡粪味儿的咖啡。他们坐在等候区,一边喝着饮料,一边不自然地闲聊。

"我给你讲个故事吧?"

"好啊。"

袁庆给她讲了一个故事——

"那一年我在约翰内斯堡的桑顿区十二街开了一家店,叫中国城饭店,离约堡的红灯区很近。饭店的名字叫中国城,不是约堡的中国城。开饭店以前,我在约堡做生意,从国内进口电视机,卖到非洲各国,最好的年景,非洲有八成的电视机要经我的手。

"我有个朋友在莫桑比克,那边螃蟹很不错,个头很大。当地人不爱吃螃蟹,就便宜了我们中国人。我们后来合伙在开普敦开了家饭店,那边风景好治安也好,可就是不挣钱。后来我到了约堡开了中国城饭店。约堡治安太差,桑顿区有钱人多,治安相对好一点儿,但整体来说，还是犹如身处地狱。晚上出门，经常会遇到黑人打劫，他们就爱挑中国人；有些中国人也很坏，喜欢吃霸王餐，还总在店里闹事。但总体来说还算不错，虽然提心吊胆，但挣了不少钱。

"大概十年前，有一天晚上我开车回家。我喊用人开车库门，喊了好久也没来。我只好自己打开车库门停车。停车后我打开后备厢去拿东西，突然从车库的阴影中走出一个黑人。他没有蒙面，因为他们打劫的时候从不蒙面。我刚要跟他交涉，准备给点儿钱打发他走，他抬手就给了我胸口一枪。我平生第一次感受到子弹的威力。那么丁点儿大的子弹，一下子就把我撞翻在地。

"我的身体在流血，我能感觉到。我感到很冷，但意识还算清晰，却无法动弹。我感到有只皮鞋在我头上踩了一下。我能感受到，却动弹不了。他后来匆匆而去。他没再补上一枪，否则我也就无法给你讲这个故事了。"

女人的脸变得煞白，眼中充满惊恐。袁庆满意地笑了笑，接着说：

"我家里就一个人，房子虽然很大，但东西不多，也没放太多现金。我醒来的时候，发现整栋房子都被洗劫一空，劫匪连锅碗瓢盆都没放过。我硬撑着打电话叫了救护车。医生说，我能死里逃生，因为我的心脏长得有点儿偏。我后来去英国治了两年病，然后又回到了约翰内斯堡，继续开饭店。我不喜欢南非，但我已经离不开它了。

"我猜测是我家用人出卖了我，否则劫匪不会对我的情况了如指掌。我曾打算找人把她杀了，但是算了算太不值得了，最后只能将她辞退了事。"

女人从惶恐中走了出来，变得澹然起来。袁庆就喜欢她的这种澹然神情。她的高贵冷艳让他着迷,他为此痛苦焦虑,有时也满心喜悦。

"我们真正的痛苦,来自于因耽误而产生的持续的焦虑,来自于因最后时刻所完成项目质量之低劣而产生的负罪感,还来自于因为失去人生中许多机会而产生的深深的悔恨。"他说。这是他的引用,但他记不清这句话的出处。

女人知道,这句话来自尼尔·菲奥里的《战胜拖拉》。他们公司人手一本,集中培训、集体学习,作为日常管理的必需应用。

对于袁庆来说,她是一个未实现的梦想。他们曾经相爱,然后分手。她后来嫁为人妇,他则远赴约翰内斯堡,寻找生命的另一种可能。

"为什么看《黄金时代》?"女人问。

"或许这正是我们的黄金时代,虽然身在牢笼,心是自由而丰富的。"袁庆说。

十五年前,他还年轻的时候,给她写过无数的短诗,向她倾诉自己的爱恋。他对她说:"我在心头种了一株花/想你的时候它就会绽放。""你偷走了我的心/留下爱让我承受。"

女人喜欢他的文艺腔,却不喜欢他华而不实的步步紧逼。她试图获得一种更真实的感受,脚踏实地的生活,而不是悬浮在半空;而袁庆,就像一个生活在古代的文人,用想象力去爱她,用文字描述他的想象,以及他们的未来。

说心里话,当袁庆对她吟诵《牡丹亭》的时候,说到"转过这芍药栏前,紧靠着湖山石边,和你把领扣松,衣袋宽……",她也会心猿意马,然而一旦离开语境,她就从半空跌回到尘世。

她喜欢的生活与袁庆不同。在她的想象里,她的未来是庸常而幸福的。她不需要戏剧化。她需要自由的安全感。而袁庆不同，即使描述未来，袁庆也是文艺腔的：

"早上在路上走，天很蓝，街道很喧嚣，心很宁静。想你。想象我们的生活，两个孩子，每天陪伴他们入睡后，我们做爱。清晨起床做早餐，一起上班，一起下班，一起接孩子。你问我：为什么非要一起走？我说：你一刻不在身边我就会心慌。我想你喜欢我的甜言蜜语。我们一家人手拉手回家，我们在两边，孩子们在中间。天很蓝，街道很喧嚣，心很宁静……"

袁庆记得分手的那天，是在北海公园的一条游船上。她说："我不想与一位诗人生活在一起。我想与一个男人生活在一起。"袁庆高傲和哀怨地看她，一句话没说，从船上跳下去，游到了岸边。此后他们整整十五年都再未相见。在这十五年中，她烧毁了他写的信和诗，袁庆则烧毁了自己。

"若我不曾遇到你，这一生也就匆匆辜负了。"袁庆说。

女人脸红了，却也不反感。庸常的生活使她匮乏。她已经多年不曾听到如此温柔甜蜜的话语了。她曾无数次想象，如果当年他不曾离开，他们的生活是否会像他描述的那样，幸福而诗意。

如今的她已经成为一位优秀的投资经理，她所掌握的资金已经超过百亿。她每天开晨会、复盘、应酬、谈判、发号施令。这样的生活令她厌倦。对她来说，生活和工作都只是数字。时间、财富、距离、日程，都只是数字。她有处置数字的能力和权力，但她不希望自己也成为数字。

在大学同学的聚会上，他们再次相遇。袁庆已略显苍老。在同学们的起哄下,他们碰了杯。"我老了,"袁庆哀叹说,"而你还那么光彩照人。"

她的心突然不争气地加速跳起来。

那天晚上,在聚会的焰火下面,他们说了很多冠冕堂皇的客套话。他们彼此都在从寒暄中梳理有价值的信息。

他知道她是一位成功的投资人,但过得并不十分开心:婚姻和家庭看似完美,但内心感受却是贫瘠的。她则知道他阅尽尘世却一直单身,似乎还传递出"我一直在等你"的信息。他们彼此的头脑反复地运算、内心不停地计较,然后心满意足地道了别。

"我喜欢《黄金时代》。"她说。

"我不太喜欢。"

"你不觉得我们就跟萧红与萧军一样吗?"

"其实我更觉得我们像杨过与郭芙。"

"你知道我不看武侠小说。"

"我忘记了。"

他们手挽着手,谈论着。

有时候袁庆会想,他的确赶上了一个"黄金时代"。在这个时代里,一切都有可能实现。他曾经浪迹南非,带着满身创伤回到中国,却创建了一个餐饮帝国,还成功地上了市。他成为资本市场的宠儿,成为镁光灯下的明星;虽然他刻意低调,却显得更加神秘,更引发了人们对他的关注与猜测。

他的合伙人、投资人中,有不少人像他一样,是旧日的文学青年、诗歌爱好者,如今却透过这个时代的雾影,变成了"土豪"。他所期待的生活，自由地写作、自由地歌唱、自由地读书，看似都变成了现实。他晒着午后的阳光，看风吹动树叶、看蚂蚁在树叶上奔跑，也都变成了现实。他所苦苦寻求的"意境"，瞬间被细节感动的"意境"，也都变成了现实。

　　他没什么可遗憾的，除了那个未实现的梦想。他身边从来不缺乏随时准备以身相许的美貌女子，但他只有一个梦想。他想起了自己的那位朋友，一位互联网大佬——有一天他突然离婚，娶了初恋情人。那是一个普通的女子，带着一个八岁的儿子。他们每次喝酒，"大佬"都会向自己炫耀幸福。"买一赠一。"他自豪地说。不久之后，"大佬"又离婚了。

　　"我会不会像他一样，在自己的黄金时代？"袁庆有时会喃喃自语。他感觉自己无力承受一种不确定的未来。他可以在约翰内斯堡的桑顿区坦然面对死亡；他可以在濒死的时候想起自己未实现的梦想，想起她澹然的笑，却没有勇气再次从北海公园的游船上跳下水。他觉得自己再也无法游到岸边了。

　　同学聚会之后，所有的同学都在谈论"整合资源"。他反感这种赤裸裸的利益媾和。他希望做些水到渠成的事。"我们需要的不是利润。我们需要帮助一个人实现他的梦想。未实现的梦想才是梦想。"他说。

　　一些同学迎合他，另一些则只给了他一个微笑的表情。他能想得出他们的心态。他们一定在讥讽他"站着说话不腰疼"——一个餐饮巨子、上市公司的老板、"胡润榜"的常客，怎么会了解那些受制于"财务自由"的蚂蚁们的感受？

　　大约半年后，袁庆在自己的总店里招待了在北京的同学。他们都欣然而来，欣然而去。在喝酒的时候，他听到了不少恭维话，这使他心情烦躁。他希望能看到他们的真心，而他们总以为遮蔽内心才可以得到他的帮助。

"我今年打算再开十家店，"他说，"可能需要做一次再融资。"

"你要再融资的话，我可以帮上忙。"她说。

"谢谢。"

他们相敬如宾地道别。

他想起了安妮普鲁在《断背山》结尾中的那句话："他所知道的情况与他试图相信的事物之间有些许开放的空间，而他却无能为力，何况，既然填补不了就得咬牙隐忍。"

生意和爱情都藏在生活当中，在雾霾下面，它们谁也不认识谁。

Chapter 4
富二怪

我的生活中什么都不缺,就缺个乐子。

怪物

一

两个怪物从此幸福地生活在一起，
过着丑丑怪怪的日子。

穿过幽暗的街道，才会到传说中的那家会馆。

那天是他们结婚一周年纪念日。他们决定呼朋引伴，共同见证他们的幸福。齐人物是受邀者之一，作为男女双方的朋友，他的确有资格来为他们的幸福背书。

这是两位富二代组建的一个小家庭，一位是地产大亨的公子，一位是"汽车大王"的掌上明珠。在齐人物看来，他们的结合，代表了"权力的软化与利益的媾和"。"某种程度上，你也可以把他们的战略联姻当作门当户对来看。"他揶揄道。

这位年轻的公子哥是齐人物的发小。齐人物不愿透露他的姓名——他的姓名早已因为他的行动而众所周知。"我们可以叫他何，至于她，姑且称作高吧。"

何的父亲是一位颇有名望的开发商，经由无穷尽的艰难挫折逆流而上，从农民变成了一位超级富豪。他时常对媒体说，作为一个大时代的宠儿和"中国梦"的典范，他已经成了符号，而不仅仅是他自己。

何是老何的独子。老何相信，他的偌大家业早晚要交到何的手中，所以对何格外用心培养，无所不用其极。他对何提出了"十七条要求"，包括不准醉酒、不准夜不归宿、不准与其他"富二代"交往等。何反感老何对他的传统式管教，更反感老何的"反向激励"，就整天变着法儿与老何对抗。

有一天何醉酒归来。老何正在客厅中候着他。对于何的自甘堕落与自暴自弃，老何很愤怒。他从裤腰上撤下那条著名的爱马仕皮带，对着何兜头一顿猛抽。何既不躲闪也不遮挡，满脸是血，嘿嘿地笑："我不是你儿子！小高才是你儿子！我顶多算你孙子！"

老何手一软，爱马仕摔到地上，只听到"啪"的一声。他坐到沙发上呼哧呼哧地喘气，一边喘一边咆哮："你给我滚！"何如释重负，摇摇晃晃，夺门而出。老何呆坐在那里。片刻之后，就听到兰博基尼的轰鸣声由近及远，呼啸而去。从此之后，老何有三年没见到儿子。

小高是老何公司的总裁，是后来成为何妻子的高的哥哥。他们是龙凤胎，他出门早，就成了哥哥。因为老高的情面，以及小高本身才华横溢，老何栽培多年之后将他提拔成了公司总裁。在老何的商业帝国当中，小高既扮演了臂膀，又扮演了儿子。老何对他既欣赏又疼爱，时常拿他与何对照，终于使何彻底崩溃，与老何摊牌之后独自远赴英伦，像风一样自由去了。

事实上也怪不得老何容不下儿子。在何三十来年的生命当中，留给老何的，除了不学无术之外，只剩下了一个"纨绔"形象。"我真怕他变成一个遭人恨的富二代，"老何说，"你看看现在有多少坑爹的货啊。"

老何曾告诉齐人物许多何的无赖行径。他说何有段时间闲得无聊，就找到一个开婚庆公司的朋友，死活要给人家当头车。朋友起初当是个玩笑，就没搭理他，结果他冲人家大发雷霆。"你以为我说着玩啊，"他说，"不是的！我就是喜欢看结婚的喜庆劲儿，好玩儿。我的生活中什么都不缺，就缺个乐子。"朋友无奈同意了。于是何每个周末都穿上礼服、戴上白手套开着自己的兰博基尼带队兜风去了……

"这还不算什么，"老何说，"这王八犊子有一次在外面吃驴肉火烧，觉得人家做得不正宗，就偷偷在人家小店对面租了个三十来平米的门脸，从河北雇了俩师傅，开上'河间驴肉'火烧店了。

"其实我倒不反对他去创业，就算是体验一下生活也是好的。我最不能容忍的是他的随性，脑子容易热，想到什么就干什么。他的河间驴肉开业了，我后来每次去见市长，市长都喊我'老驴头儿'，时间长了，连媒体都开始这么称呼了。"

齐人物点了点头，满脸同情。他知道老何的确有"老驴头儿"这么个绰号，只是不知道这绰号竟由此而来。他还曾在一篇专栏中写道：他绰号"老驴头儿"。熟悉他的人都觉得贴切，因为他就如同驴子一样倔强、坚忍和野性。他拥有旺盛的生命力，以及随遇而安的技能。即或他的对手，都对此颇为称道。

事实上，在何离家出走之前，老何曾打算让他到公司里熟悉业务。他跟小高商量，让何先做个总裁助理的闲职，慢慢了解公司。小高就像是老何肚里的蛔虫，知道"老驴头儿"的心思，就尽心尽力地帮助"公子爷"。

两个月过去了，何实在受不了那份闲适，就找到老何，说是自己要走基层转作风，想到售楼处去工作，深入到市场的内核，为老何家的宏图伟业做准备。老何很高兴,觉得儿子出息了,就送他去了售楼处。何很开心。他在售楼处接触了各色人等,觉得生活终于有了乐趣,人生也找到了意义。他干得非常卖力,业绩竟然出色得令老何大惊失色。

如果不是因为那天的偶然,老何可能早就让他接了班。那是一个阳光灿烂的午后,空气中弥漫着爱的味道。何看到一家三口来到售楼处,就习惯性地迎了上去。那是一对工薪阶层的夫妻,何一眼就能看出来。他们带着一位可爱的小姑娘,约莫五六岁的样子,扎着两只小羊角,像极了美羊羊。夫妻俩让"美羊羊"喊叔叔。她嘴甜,喊了声"哥哥",直喊得何心花怒放,觉得生命真是纯净,人生只若初相见。夫妻俩看了一会儿沙盘,询了一下价格,便喊女儿与何道别。何问他们为什么这么快就走?夫妻俩说房子太贵,实在买不起。"美羊羊"挥挥手说:"哥哥再见。"何脑子一热:"别走了,五千块一平卖你了!"夫妻俩瞪大了眼珠子,怀疑何脑子出现了积水。他们知道那可是一个均价三万块的精装楼盘。

老何痛骂了儿子,将何逐出了公司。何给他带来的,除了笑柄之外,还有拉低房价的压力,这无论对于市长还是市场来说,都算不上好消息,尽管大家都在喊着要调控房价,但谁都没打算真把房价给降下来。

何正是在那天遇到的高。高那时刚从英国回来,去老何的公司看望哥哥。她目睹了何被父亲逐出公司的整个场面。她对何没心没肺的反应颇为激赏。当她了解到事情的整个过程和细节之后,就找到何说:"我要把你的故事拍成电影。"她最终没能把他拍成电影,却如香港电影的惯性描述一般,与他拍拖了。

正如前面所述,高的父亲拥有一个"汽车帝国"。他高调而顽皮,时常对媒体做出一些疯癫举动,都是为了引起他们的关注。他说自己就是一个疯子,最喜欢练气功,经常被一些政府部门、行业主管气得鼓鼓的。

他恨一切竞争对手,也恨自己的财务部门,觉得他们老是合法纳税,使自己遭受了巨额损失。他恨自己的亡妻,也恨自己的孩子,就如他痛恨自己一样。他们阻止他续弦,尽管他从未有过任何续弦的念头。

他将儿子送到了朋友老何的公司。"我不是派他去卧底,我是希望他到你那里学点儿本事。"他说。老何笑了笑,毫不介意;他甚至也想让儿子到老高那里学点儿本事,做个企业家"易子而教"的范本。可惜何实在不争气,枉费了老何的一番谋划。

老高最头疼的是自己的女儿,一个太妹,人送绰号"高十三娘",意指她如同"洪兴十三妹"一般,是个狠角色。在外界看来,她是一个标准的"白富美"。她事实上渴望过平常人的生活,渴望爱和被爱,渴望小小的浪漫以及触手可及的温柔。可是她已经被标签化了,她是"老高的女儿",人们都叫她"公主"。

很多人爱慕她的容颜,她总是怀疑他们贪恋她身旁的财富。很多人倾慕她的才情,她又怀疑那些人贪慕她的美色。她怀疑和焦虑,纠结和扭曲,愤懑和孤独。她慢慢地走到了三十岁。

老高开始着急了,四处托人给她介绍对象,迫她去相亲。有一次他问齐人物:"你们做媒体的,见多识广,有没有合适的小伙子帮我闺女留意下?"齐人物想向老高毛遂自荐,可一想到"高十三娘"的飞扬跋扈,就忍住了"少奋斗五十年"的贪念。

老高的行动终于激怒了"高十三娘"。有一次她被迫相亲之后，终于发飙了。导火索是老高要他去相的那个男孩儿，不但行为屌丝，就连观念都屌丝得很。"高十三娘"觉得老高在变着法儿地羞辱自己，就冲老高大吼："你觉得我嫁不出去吗？我还真不嫁了。我让你愁死！"

这个令人困惑的消息最初是何告诉齐人物的，他把它当作一个笑话来陈述。齐人物相信，他真实的意图是通过大肆传播使小高总裁难堪。小高丝毫不为所动，他满脑子都是妹妹生动的形象。一想起她与父亲的战斗，他就忍不住想笑。"总会有人斗得赢他。"他心里想。

妹妹走的时候给小高留下一盆海棠，她称它为"小小奇迹"。那是他们之间的秘密，带着遗忘的乐趣和宽容的亲爱。多年以来，他一直像守护神一样守护着她，就像是守护着一个"小小奇迹"。齐人物相信，何对小高充满嫉妒，还因为小高拥有属于自己的秘密和珍贵，而他自己却一无所有。

高回国后遇到了何，她后来帮助何离家出走到了英国。他们俩默默无闻地住在伦敦，臭名昭著的伦敦黑帮从来没盯上过他们。他们不开跑车，也不购买奢侈品。他们就像是一对来自中国普通家庭的留学生情侣，过着寒酸却颇具情调的生活。他们会去看切尔西队的主场比赛，也会到苏格兰或是爱尔兰去吹海风。他们在都柏林寻找乔伊斯的足迹，并且一同大声呼喊"整个爱尔兰都在下雪"。

他们在英国度过了三年。他们断绝了与彼此家族的联系。他们在阴暗的门厅里，在老式的衣架和扶手椅中，在一张桃花心木桌子旁，在《诺丁山》一般的外景里，穿梭、游荡，以及虚幻和埋没。有时候他们会关注老何与老高的新闻，一边读一边极尽嘲讽。

突然之间,他们出现在他们父亲的城市。他们要结婚。这使老高与老何都大吃一惊、措手不及。他们曾以为他们是素昧平生的两个人。他们彼此平行,都使自己的父亲苦恼和无奈,都使他们脸面无存。"他们要凑到一起了,太保和太妹要组团了,我们该怎么办?"老何与老高只好借酒浇愁。

他们俩不容父亲们做任何准备,更不容他们有丝毫质疑或反对,依照自己的计划启动了婚礼。老高与老何只好以"天要下雨娘要嫁人"的心态,由着他们俩去折腾了。

《新京报》后来在一篇纵深报道中夸张和文学化地描述道:"全家人为那个重要的日子辛勤准备。他们给地板上蜡,擦拭窗玻璃,掸掉蜘蛛网,擦亮桃花心木家具和玻璃柜子里的银器,变换房间的布置,揭开客厅里钢琴的盖子,露出丝绒的琴键罩。人们进进出出,忙碌非常……一位殷勤的邻居搬来一盆天竺葵,借给他们做装饰。"[1]

在婚礼的现场,老何哭了。他知道儿子终于长大,因为何在致辞中说:"我曾对你说,我是你孙子。我错了。我永远都是你儿子。你辛苦一生,只是为了不让儿子再当孙子。"

老高也哭了。他在致辞中说:"我最大的心病,就是女儿从女孩儿变成了剩女。今天是我的解放日,尽管我很伤心。"

对于他们感情充沛的致辞,来宾们纷纷致以热烈掌声。"摄影师们根据艺术要求请来宾们摆出种种姿势,连连使用镁光灯。"[2]

何那位开婚庆公司的朋友免费承办了整场婚礼,唯一要求是何必须以新郎的身份开着兰博基尼,充当车队头车。那是一个奇特的车队,

---

1 2 出自博尔赫斯短篇小说集《布罗迪报告·老夫人》。

头车是兰博基尼，中间有宝马、奔驰、奥迪，还有捷达、夏利以及一辆上面喷着"河间驴肉"的农用三轮车。它们欢快地行驶在街道上，人们像看怪物一样看它们。

"第二天的晨报和日报克尽厥职地撒了谎"。齐人物想起了博尔赫斯的这个名句。事实确也如此。婚礼次日的报纸大都刊发了"高何联姻"的消息。《新京报》的新闻标题是"楼市和车市搞到一起了"，配发的评论标题则是"那一场风花雪月的房事"。在报纸的边栏里，老何与老高都谈到了房地产调控，以及调结构和稳增长。他们也"克尽厥职地撒了谎"，然后大义凛然地窃笑。

一年之后，当齐人物去为"高何联姻"的两位主角进行幸福背书的时候，他要穿过幽暗的街道，穿过整座城市，穿过岁月留下的痕迹。他迎着风，顺着拐角走。他想起了《怪物史莱克》的结局：两个怪物从此幸福地生活在一起，过着丑丑怪怪的日子。

"他们是富二怪。"他忍不住为这个新造的词汇扬扬自得。

牢笼

"也许我们都是演员,"他心说,

"可是没谁演好了自己的角色。"

那一年夏天,我们生活的那座江城出现了一位神秘的女子。她每天出现在同一家超市,有时候买点儿东西,有时候仅是闲逛。她二十来岁,身材高挑,皮肤白皙,面容姣好;身着吊带短裙,短裙刚好盖住臀部,吊带内未着内衣。

人们都称她为"江城暴露女",说她心理有问题,是个"精神病"。

齐人物喜欢接触"精神病",他相信一切精神的病都在反映社会的病。他希望遭遇"江城暴露女",听她讲自己的故事。

有一天,他在那家超市见到了她。那一次她几近全裸。她的确美艳动人,就像这座城市刚刚凋过的樱花,盛开在最绚烂的时刻。他抑制自己的激动,提出了交谈的请求。

"我愿意接受你的访问,"她说,"但你得给我买一束鲜花。"

齐人物为她买了一束鲜花,请她到了近旁的咖啡馆。她对他讲起自己的故事。齐人物觉得她仿似自言自语。

她需要的不是倾听,而是讲述。

"我的父亲没有工作,二十多年来一直在外面游荡,很少与家里联系。我跟母亲一起住,算是在单亲家庭中长大。我读书时成绩一直不太好,高考时只考上一所专科学校。大学时我交过一个男友,是我小时候附近的玩伴。我们谈了两三年,该干的事全干了。毕业的时候我们分了手。我没找到工作,一直在江城一家塑料厂打工,因为出了点儿事,后来一直在家里待着。"

她的脸上出现了泪珠。

"我妈妈在银行里工作,但她的收入不高,下班后经常出去捡废品卖。有时候同事们会拿照片来问我妈妈,照片中那个人是不是我,妈妈都会矢口否认。有次出门,我妈妈看见有两个男孩子跟在我身后不停地用手机拍照,非常气愤。"

"我想上去抽他们俩嘴巴,可是我没有勇气。"一位中年女子突然出现在齐人物身后,轻声说。

"我们封闭在自己家中,与邻居没有任何交流。我的家就如同一座牢笼,我与母亲之间也没有任何交流。我们之间的纽带,除了血缘,就只有金钱。她一个月有两千多块钱工资,一大半给了我。"

齐人物身后,那个哀婉的声音又轻轻地说:"你找工作、嫁人的事,我不急了。只要我还在,就把你养着,就这么生活下去就足够了。"

"起初的时候,我在外跑,妈妈就在后面追着骂,后来她管不了,就只好由着我去。我没有工作,社区的人给我介绍的工作都不合适。"

齐人物听到一声叹息。他不知道该如何描述那种声音。他觉得声音中隐藏着哀伤、悲怆、无奈,有一股刺破金属的力量。

"我希望得到关心。我希望得到爱。我需要过正常人的生活，而不是活在牢笼中。"

他们分别的时候，齐人物看了看天空。天空中开始出现乌云，一场见惯的大雨即将到来。他突然想起鲍勃·迪伦的《大雨将至》：

那大雨，那大雨
那大雨就要落下来
你现在要做什么，蓝眼睛的小孩
你现在要做什么，我亲爱的小孩
我要回去，赶在这大雨来临之前
我要走进那最黑暗的森林深处
那里的人们两手空空
那里流淌着有毒的河流
山谷里的家园仿佛潮湿肮脏的监狱
屠夫的脸在人群中隐匿
到处是饥饿，灵魂已经被遗忘
黑色是那里唯一的颜色
我要讲述，要思考
我要呼吸，要歌唱
我要让所有的灵魂都能看到
那里的景象
……

在目送她再次走进超市之后,他看到了那个跟在背后的身影。那是一个苍老的中年女子,看起来已经被生活压垮了。她远远地望着女儿,就像是在看着自己的珍宝,被一群强盗掠取。

齐人物打开电脑。他写下了文章的开头。

"猜测和质疑、关怀和谴责、猎奇和淫邪、谎言和臆想,交织在一起,胶结在一起,一边在复原,一边在篡改,江城暴露女事件,最终将一出正剧,演成了一出狂悖的悲剧。"

他想起了电影《搜索》。在《搜索》中,叶蓝秋终于自杀了,在被无数次人肉、诋毁和污辱之后。没有人关心她是否是一个癌症晚期患者。人们在道德宣泄之后,回归平静的生活当中,就如什么都不曾发生过一般。没有灵魂的专家们依旧正襟危坐,信口雌黄。没有心肝的纵欲者依旧颠鸾倒凤,纸醉金迷。然而,一切都变了。

"人肉"和"搜索"改变了叶蓝秋的命运,也正在改变这个时代。就像它们正在改变网络上火红的"江城暴露女"的生活状态一样。人们会从喧嚣走向平静,而她的生活却将在无法平静中艰难转折。

这是一个搜索的时代。人们已经习惯了"内事问百度,外事问Google";人们已经相信"百度知道"一切。搜索引擎正在改变人们的生活方式和意识形态,并且为互联网大佬们提供了充满想象空间的商业机会。人们觊觎他人,有着疯狂的窥私需求;他们不满足于"知道",而沉醉于欲望。

齐人物的文章题目也叫"搜索",他写道:"搜索的残酷无处不在,它所制造的,不独是一种物理,更是一种状态。它赤裸裸地在你面前显现残酷。谁都不曾幸免。人们迷恋这样的状态,却忽略了本可轻易获取的真实。"

文章刊发之后,齐人物接到了两个电话。头一个电话中,一位陌生男子说:"我就是江城暴露女的幕后推手。一家地产公司委托我策划了这件事。"

"哪家公司?"

"你看看那附近新开了什么盘?"

"到底是哪家?"

"这我不能告诉你。"

第二个电话来自她。

齐人物再次听到她的声音,心里竟然感到激动和温暖。

"谢谢你。"她说。

"没什么。"

"你为什么只写了我那么一点点?"

"我只需要那一点点。"

"你能再送我一束花吗?"

他们又一次见面,还是在超市附近的那家咖啡馆。

这一次她没有暴露。她化了一个淡淡的妆,显得尤其妩媚。齐人物为她要了一杯"冰拿铁",自己则来了杯超大的"热美式"。

"我喜欢你写的这句:人们似乎只对谣言充满兴趣,在转发和评论当中,怨恚得到了释放,伤害却被叠加。"她说。

齐人物没吱声。他不知道他们见面的真实指向。他所相信的,正如他所写出的——

搜索引擎和社交网络都是好东西,如果不是身处一个互联网时代,如果不是它们的出现，我们也许不会拥有如此丰富多姿的生活，我们也不会如此快捷地靠近真相。然而一切得到都必须付出，一切欲望的满足都必然带来新的牢笼。没有谁可以主导这样的时代，信息被屏蔽得越多，人们的欲望值就越高。

"我希望改变自己的命运，而不是被命运的牢笼死死围困。"她说，"我们生活在牢笼当中，没有谁关心谁，没有谁爱谁，没有谁理解谁。我们只是蚂蚁，鲍里斯·维昂说的那种蚂蚁。"

齐人物惊讶地看着她。他并不因为她的妩媚而惊讶，也不因为蚂蚁，而因为鲍里斯·维昂。鲍里斯·维昂是一位法国小说家，除了专业的研究者之外，没几个人知道他。

"你让我越来越好奇。你到底是个什么样的人？"

"我只是一个渴望得到关注和关心的女子，"她说，"专家没有灵魂，纵欲者没有心肝；这个废物幻想着它自己已达到了前所未有的文明程度。"

齐人物听出来了，她正在为他背诵"马克思·韦伯"。

"有人说你是地产商雇来的。我不相信。"

她笑了笑。

齐人物觉得那笑容有些诡异。

"没人知道将来会是谁在这铁笼里生活；没人知道在这惊人的大发展的终点会不会又有全新的先知出现；没人知道会不会有一个老观念和旧理想的伟大再生；如果不会，那么会不会在某种骤发的妄自尊大情绪的掩饰下产生一种机械的麻木僵化呢，也没人知道。"她又开始背诵了。

他们默默地喝着咖啡,一直到黄昏降临。伴随黄昏一起到来的,是又一场大雨。齐人物为他们又各自叫了一杯相同的咖啡,继续沉默地喝着。

窗外,马路已经被水流覆盖,也许会泛滥成灾。有一年的暴雨使这座城市变成了湖泊,车辆和行人都沉没在水底。"今年可别再出这样的事了。"他想。

"我父亲回来了,"她说,"他现在是一位不错的地产商。"

"你的故事是他策划的吗?"

"不是,"她说,"我只想表达仇恨。世界上有什么事情能那么肯定?只有一个——复仇!复仇是一道冷却后的美餐。"

这一次是《教父》。

"巨大财富的背后,都隐藏着罪恶。"齐人物叹了口气。对于眼前的这个女子,他越来越感到诡谲和绝望。

"事实上他快要死了,"她说,"他留下了几十亿的遗产,当然,还有对我和妈妈的伤害。"

"真是一个好故事。"齐人物挖苦道。

她没再说话。

大雨突然停了,灯光穿破夜幕,使整座城市闪亮起来。他们道了别,各自回家。他看到她再次走进超市,脸上全是微笑。

第二天的新闻说:"我市著名企业家胡利亚病逝。"

胡利亚的公司叫"江城置业",是我们那座城市最大的地产公司。齐人物曾多次访问过胡利亚。他知道胡利亚病入膏肓,胰腺癌,跟乔布斯同样的病。

几天前他最后一次见到胡利亚。胡对着他哀号:"你得替我写讣闻。我不想籍籍无名地死去,死后像尘土一样。"

胡利亚死后的确如尘土一样。他身边的人告诉齐人物,他不愿让人看到他临终的惨状。他叫人用一条真丝的毯子裹住他全身。他们看到他在毯子下面挣扎、扭曲,还发出了凄惨的呻吟。

当他的胸膛不再起伏时,毯子从他身上滑了下去,人们鼓起勇气去看他。他脸上是死人通常都有的倦怠神情,还带着一丝微笑,充满了对世界的嘲讽。

几天之后,他们再次在那家咖啡馆见面。

齐人物想起自己曾发明的一个词语——"富二怪"。他无法理解,一个年轻美貌的女子,为何会采用"江城暴露女"的方式来获取关注。她也许只是想复仇,或者只是想打破围绕在身边的"牢笼"。

"我一直与母亲生活在一起,"她说,"他抛弃我们母女多年。他一直想要一个儿子,最后却一无所有。他死了,他的所有都变成了灰尘。"

"可他的产业还在那里,"他说,"如今都属于你了。"

"的确如此。"

"你还恨他吗?"

"我一发现他无声无息地死了,对他的憎恨也就烟消云散。"她说,"活人总有一死。再了不起的人到头来还不是招苍蝇。"

齐人物知道,她开始背诵博尔赫斯了。

"你还会给我买鲜花吗?"

"不会了,胡总。"

"你会错失少奋斗五十年的机会。"

"我不在乎。"

他悠闲地离开那家咖啡馆。他假装什么都没有看到。一位年轻美貌的女子,一位年轻的商业明星,正在灯光的映射中出现在超市。在她的身后,一个苍老的身影远远望着。

他已经为自己的下篇文章想好了题目——"下一站天后"。

"也许我们都是演员,"他心说,"可是没谁演好了自己的角色。"

传说中的英雄

——

在这个传说中,

我宁愿相信杨大陆是一个英雄人物。

在听说我那位财经作家朋友与香港一位影星陷入热恋之后,我找出了他送给我的一部手稿。我那位喜欢背唐诗并且能够发出"大灰机"标准音的老友在便签中提到了鲁迅和博尔赫斯,还提到了李普曼、弗里德曼以及加尔布雷斯和李白。他嘱托我以观察员的姿态持续关注一位叫杨大陆的年轻人,如果确实存在这么一个人的话。

"2005年夏天,确切地说是7月13日的黄昏,先是逐渐阴霾的天空,接着便下起了绵绵的雨。我在那个阴雨的黄昏到了北大,在中国经济研究中心那座迷宫般的院落里找到了一个角落。"他在便签中写道,"正是那个夏天,我已经沉迷很久。我觉得自己离群索居、不属于任何一个群体,对于身边发生的一切保持着麻木的状态。如果仅仅是冷眼旁观,倒也说得过去,不幸的是我似乎觉得自己连冷眼旁观的兴趣都没有了。但北大国际MBA(BiMBA)美方院长杨壮教授讲了一个故事,使我对那个黄昏的颜色产生了某种意念上的变更。"

以下为那份手稿全部内容。

人人都在谈论杨大陆，仿佛在谈论一个传说中的英雄人物。在他们眼里，他的离奇故事足以写成一部厚厚的小说，或者拍成一部至少一百集的电视长剧。

老实说，这是我第一次听到杨大陆这个名字，最初我还以为是一个台湾军官因为思念大陆而给儿子取了个如此富有象征意义的庸俗名字。然而恰恰相反，杨大陆不是一位台湾军官的儿子，而是一位大陆军官的儿子，这就不能不教人产生某种疑惑了。

这个素未谋面的离奇人物是那么富有吸引力，这让我感到惊奇。每次朋友聚会的时候，我都会告诉他们："有一个叫杨大陆的小伙子……"

的确有一个叫杨大陆的小伙子，但我从来不知道他的故事真实性几何？他长什么样子？他为什么如此离奇而富有吸引力？

关于杨大陆，事实上我所知甚少，从未掌握过第一手材料。如果硬要我告诉你杨大陆是个什么样的人，那么根据我所了解，以及道听途说的种种奇闻逸事，以及我富有想象力的创造，我大致可以描述出一个模糊的人物——

在成为美国陆军士兵以前，杨大陆是一个普通的北京孩子。他有一个令人羡慕的家庭，父亲是一名军官，母亲也有一份体面的工作。他的祖父是一位老红军。总之，这是一个极富革命传统的军人家庭。

他一定听说过很多传奇的英雄故事，自小便受到战争回忆的熏陶。他一定见到过很多将军，他们偶尔会向他描述铁血时代的种种场景。他的祖父也一定会告诉他，将军是一个多么令人崇敬的群体。

"我长大了想做个将军。"

他时常想象自己穿上将军服的样子,佩戴着各式各样的勋章,挥动着手臂,接受部属的仰望。但他从来没有看清楚自己的脸。在长长的一段岁月里,他的脸因为隔膜而变得模糊不定,就像沉淀在水底,而水面上全是波纹。

可是,将军,杨大陆不停地梦到他,尤其初中偶然读完两本书后,开始变得格外真切。

杨大陆已经十多岁了,他良好的家庭教育使他有机会接触大量的人物传记,尤其是军事领袖的传记。有一天他打开了两本书,一本是《巴顿将军传》,一本是《李将军传》。

他的心被深深震撼了。要知道,那是多么性格鲜明的两个家伙,他们经历了美国历史上真正的铁血时代,成为改变美国的传奇人物。

"乔治·巴顿还代表美国参加过奥运会呢!"

如果仅止震撼倒也罢了,他却偏偏树下了远大目标,希望自己有一天走进西点军校成为一名杰出的毕业生。

这简直就是一个无法实现的梦想。

其实,杨大陆也知道这个梦想无法实现。他也从来没朝着实现这个梦想做过什么努力。

但随着时间的推移,在他的想象中,场景越来越清晰。譬如有一天他幻想自己看到了自己身着灰色的西点军校校服,成为"坚不可摧的灰色长队"中的一员。他看到了广场上飘扬的西点校旗,在灰色中点缀着闪光的金色。

他把自己想象成了1955年好莱坞电影《灰色长队》中的人物,穿着西点的军礼服,戴着黑色大檐高帽,上缀羽毛和彩带,腰挂白色的武装带，下身是白裤子，更下面是黑皮鞋。他和佩剑、长枪一起，站在那里仰望星空……

慢慢地他长大了。几年后，父母离了婚。他开始在北京的街头晃悠，看起来像一个十足的小混混儿。

他游荡在北京的各个角落，尝试各种堕落的生活。他想象不到未来，因为根本没有未来。这丑怪的生活让人意志消沉，就像生活在远古和蛮荒部落，或者生活在疯人院中。

有时候他会感到忧伤和迷惘，有时候他什么也感觉不到。对于一颗麻木的心来说，整个世界就是一出悲剧。

如果偶尔恢复想象的能力，他也只是为自己的西点梦费过思量。这是他唯一的梦想，要破灭了。哈德逊河谷很美，但对他来说很遥远、很模糊。

他那不幸的母亲去了美国，在赌城拉斯维加斯谋了个女招待的职位，收入算不上高，工作也算不上体面，但糊口应该不成问题。

她听说了杨大陆在北京的糟糕生活后，应该甚为焦急。她的前夫也看到了杨大陆的堕落生活，觉得他这样下去无疑是自我毁灭。计较了许久之后，他们终于决定将杨大陆送到美国，到他母亲的身边寻找翼蔽。

那一年他 15 岁。

这本来是一个庸常的破裂家庭的故事，离奇一点儿也不过是个《北京人在拉斯维加斯》，或是一部《拉斯维加斯灰姑娘》。但杨大陆似乎在这时候重新找到了儿时的梦想，决定与命运进行一番搏斗了。

我们可以想象，有一天他突然又想起了乔治·巴顿和罗伯特·李，他想起了五十多年前欧洲战场上坦克的履带碾过了阵亡士兵的尸体，一位飞扬跋扈的将军挥起了他的手臂，驱赶士兵走向战场；

时间要是再往前推移八十年的话，另一位同样飞扬跋扈的将军，在隆隆的炮火声中紧紧抱住阵亡的兄弟的尸体，他轻轻地替他合上眼睛，内心说：我一定要带你回到南方，回到我们的家乡……

这些美丽的传说，顿时凝固在杨大陆的残酷青春中。在他还小的时候，梦中的西点是那么遥远，可是现在，他与西点却是如此靠近。他心底的冲动又开始跳跃起来，沉溺的西点梦又复活起来。

那美丽的西点军校，那壮伟的哈德逊河谷的要塞，还有美国名人殿堂，以及传诵了几个世纪的种种名人名言……

事实上，我不太想费力地勾勒杨大陆的生平，因为我所掌握的材料即使对他进行简单的勾勒都无法满足。我对杨大陆的热情不掺杂个人的好恶以及对这个传说英雄的铺陈与渲染，而是希望借此勾起每位有头脑的人对一个极为独特的北京少年的注意力。

要知道，虽然写文章方面我算是个老手，可我反对制造神话的人类天性。对于出类拔萃的人物，我喜欢还原他们的原生态。但倘若是一个普通人呢？你不可避免地就得抓住他生活中一些令人诧异或感到迷惑不解的事件了——反正怎么说这些事件都无法编造出什么神话来。

在我的想象中，杨大陆在美国读完了高中，到了考大学的年龄。他是如何读完高中的？他的高中生活经历了什么？对此我一无所知。但我可以想象一个北京少年在美国的孤独、压抑和成长的焦虑。

他是不是在每个夜晚都会想起乔治·巴顿和罗伯特·李？

他是不是每次想起他们的时候都会热血沸腾？

他是不是就在这不停顿的想象和热血沸腾中过完了这三年，然后觉得自己终于有机会走向西点军校了？

没有人知道他内心的秘密。

我们唯一可以确定的是，当他咨询如何投考西点军校时，他遇到了一个难以逾越的障碍。

来到美国已经3年，截至今日他尚未取得永久居留的资格，而西点军校在应届高中毕业生中的招生要求，最基本的一条就是——美国人。

没有美国国籍的中国人是无法进入西点军校的，因为西点军校培养的是美国陆军军官。

我们可以想象杨大陆是如何在痛苦和惊骇中粉碎了自己投考西点军校的梦想，他又是如何走在一条封闭了的大路上，四处张望，四处迷惘。

四面都是墙，没有出路。

他陷入了痛苦中不能自拔。

难道他只能与西点如此靠近，却永远无法走进那扇门吗？

他不甘心。

四面都是墙，没有出路。

他要冲开一条出路。

他要获得美国国籍。

他站在那里，将四面墙壁上上下下地看。他想着这个世界，飘散流离、旋转不停。战争的场面在他头脑中碰撞。他看到了自己挥动的手臂。

"我的感觉真真切切,如果我不能进入西点,就意味着整个人生的毁灭。"他说。

事实上这只是他的自我欺骗和自我鼓励。如果他没有进入西点军校,他又会迎接另外一个人生。也许后面一个人生中会有更多的遗憾,但它毕竟是个人生。

现在,他只想要这唯一的人生。他后来所有的表达,我们都可以理解为胜利者的志得意满、自我夸耀。

他四处向人打听,该如何成为一个"美国人"。或许他遭遇过歧视和羞辱,他的行动被当成一个笑话;或许有人偶然地告诉他:"去参军啊!"

他把所有听到的信息都视为一条可能的出路。他试着走每条路,最后发现只有参加美国陆军能够给他一个美国国籍。

那么就干吧。他说。

他没有征求母亲意见,偷偷报名参加了美国陆军。他与陆军签署了一份服役8年的合同。他妈妈知道了这件事后,哭着喊:"儿子啊,你这是把自己卖给了美国陆军啊!"

他的父亲与祖父更为恼怒,要知道他们都曾是杰出的中国军人,他们都知道中国军人曾经在朝鲜战场与美国陆军进行过血腥杀戮,遍野的尸体和深入地底的血迹以及无法抹去的战争记忆,都令他们愤怒:

"要是有一天,美国与中国开战,你是不是要朝我们开枪?"

杨大陆瞠目结舌,他的确没思考过这个问题。

后来,当杨大陆走进西点军校的时候,有一天几个来自北京的访客问他:"假如有一天中美开战,你会站在哪一方?"那时候的杨大陆慢条斯理地说:"我相信美国政府不会将我置于这样的处境中。"

杨大陆参加了美国陆军后觉得自己终于离西点军校越来越近,事实上,他已经身在西点。

也许是命运的安排,也许只是一种机缘巧合,谁说得清呢!他被陆军分配到了西点军医院,也就是设施完备的凯勒陆军医院做护理人员。他的任务,主要是护理生病和训练中受伤的西点教官和学员,每天接受着来自长官的各种命令,然后像西点的学员一样回答:

"Yes,Sir(是的,长官)!"

"No,Sir(不是,长官)!"

"I don't know,Sir(我不知道,长官)!"

"No excuse,Sir(没有任何借口,长官)!"

"我觉得这是一个离奇的巧合,我被派往西点军医院,偏偏是这个地方。"他闭上眼睛,西点。

在那里,他每天都可以看到颐指气使的教官、勤奋训练的学员。

肯定有人对他提起传说中的"兽营",而他肯定也看到过手拿军用望远镜、一身戎装屹立在西点军校图书馆大门前的乔治·巴顿的塑像。他也肯定听说过那个关于这座塑像的传说:

巴顿当年在西点上学时很少去图书馆自习,于是人们就编派了他的段子,说巴顿已经站在图书馆门口了,但还需要借助一副高倍的军用望远镜才能找到图书馆在哪里。

事实上,巴顿被认为是美国历史上最优秀的将领,但他直至退役不过是位四星上将,阻碍他成为五星上将的,是他暴躁的脾气和糟糕透顶的人缘。

杨大陆也正是在那里才知道,西点曾经有过中国人的足迹。北洋政府时期,有一位温姓上将就是西点毕业生,如今他依旧长眠于西点的陵园内。还有远征缅印的国民革命军将领孙立人,也曾求学于西点。

可是他什么时候才可以真正走进巴顿和孙立人曾经读书的这所学校呢?

他最初获得美国国籍的心满意足早已很快被现实打碎——并不是获得了美国国籍就可以进入西点军校,虽然不像常春藤那样选拔的全部都是精英中的精英、翘楚中的翘楚,但想进入西点军校,却依然需要经历极为苛刻、对一个曾经的北京混混儿来说几乎不可能通过的选拔。

而且,它面向的只是应届高中毕业生。

而他,杨大陆,现在已不再是应届高中毕业生,而是一个美国大兵。

噩梦。

"那时候我一心只想获得美国国籍,从来没想过得到国籍后如何进入西点军校,"他后来说,"我知道获得美国国籍是第一步。我脑子里全是第一步,没来得及想第二步……"

如果没有第二步,那么杨大陆的第一步就没有任何意义。也就是说,如果第一步的结果无法提供第二步的方向,就像下棋一样,杨大陆走出的是一步死棋。

从噩梦中醒来之后,我想象中的杨大陆肯定极为沮丧。当他发现沮丧无法改变他的困境时,他便进行第二次冲破墙壁、寻找出路的努力。

他很幸运，因为他后来又极为偶然地发现了一条规定：

申请人如果符合一些特殊条件，可以寻求美国陆军部的特殊推荐。美国总统可以通过陆军部每年推荐100名在美国军中服现役长达八年以上的美国职业军官的子女。陆军部还可以推荐85名优秀的陆军现役士兵和士官，85名优秀的陆军后备役士兵和国民警卫队员（均需有中校级长官来做最初的提名和推荐），20名其他军种的优秀军人和后备役军官训练团里的优秀学生，20名去世或特等伤残军人的子女，以及不受名额限制的美国最高勋章获得者的子女申请进入西点军校[1]。

杨大陆肯定盘算了许久，发现符合自己特别身份的，唯有"陆军部还可以推荐85名优秀的陆军现役士兵和士官"。

他知道，要获得陆军部的青睐并不是一件特别容易的事情，他必须向陆军部证明，他是这一年度中最杰出的85名士兵之一。

对于一位身材不高、刚到美国生活了不久的北京小伙子来说，这是一件多么不可完成的事情！

但杨大陆最终完成了，尽管里面有太多运气的成分。

2005年夏天的时候，北大国际MBA(BiMBA)有几个人去西点访问，带队的是它的美方院长杨壮。一位西点教官邀请他们参加家宴。为了表示自己的热情和开放的国际化视野，那位教官还顺便邀请了几位非美国裔学生，杨大陆就是其中之一。

家宴过后，那位教官将客人们带到自己的小橱窗前，向他们一一展示自己所获勋章，神态中不免有些得意。一边带客人参观，一边滔滔不绝地向客人们介绍自己获得这些勋章的过程。

---

[1] 出自王飞凌《走进西点军校》。

"长官，我也有一枚这样的勋章。"教官突然听到有人说话。

他抬头看，是那位被他称为"来自中国的小雷锋"的杨大陆。他惊讶地看着这位稚气未脱的中国小伙子。

杨大陆的语气很平静，这使所有人都感到异常诧异。杨壮后来说："他才 20 岁呀，就如此平和、成熟！"

杨大陆告诉这些诧异的人们，当他还在西点军医院服役的时候，有一天操练时，长官突然问："有谁能背出我们的军规？"

一片平静。没有人回答。

过了片刻后，杨大陆喊道："长官，我可以！"

然后，这位"来自中国的小雷锋"流利地背出了全部的美国陆军军规。

为了表彰他的优秀，那位长官推荐他受勋。于是，杨大陆获得了他在美国陆军服役期间的第一枚勋章。

当然，这只是我听来的故事，尽管我可以辨别它的真伪，却无法详细而确切地说出杨大陆所获的那枚勋章的名字。

不过，在美军服役，获得勋章并不是一件十分困难的事情。我曾看到一本书介绍说："美军里，一般一级主管军官就可以推荐部下受勋或受表彰，以鼓励士气。成功地操办一次讨论会或调度一次大型活动的交通，就可以得到一枚勋章或奖状。所以，一名表现不错的军官通常都会有各种各样的奖章和勋章。"

即或如此，杨大陆能够获得一枚勋章也是令人惊讶的事情。

有时候我会想，杨大陆在获得勋章的时候，是否曾想象自己有一天会变成像麦克阿瑟一样的将军？

麦克阿瑟1903年以第一名的成绩毕业于西点军校，他是美军历史上受勋最多的军人。他退役的时候，拥有59个奖章和勋章，16条橡叶绶带和18个战役勋章，其中包括美国最高级的勋章——荣誉勋章。

关于道格拉斯·麦克阿瑟，有太多激动人心的传说，譬如他如何因与杜鲁门总统在朝鲜战争问题上离心离德而在1951年4月11日被总统一道电令撤了职。"麦克阿瑟使我别无选择，我不能再容忍他的违令抗上。"总统说。

4月19日，麦克阿瑟到国会进行了演讲，参众两院的议员欢呼到嗓门嘶哑。他说："还在本世纪开始之前，我参加陆军，就是为了实现我孩提时代的希望与梦想。自从我在西点军校宣誓效忠以来，这些希望与梦想已经烟消云散。但是我还记得当时最流行的一首军营歌曲的叠句，歌词骄傲地宣称老兵不会死，只是悄然隐去。像歌中的老兵，我作为一个努力完成上帝所赋予他的那份天职的老兵，现在结束我的军事生涯，悄然隐去。再见。"

在西点军校的历史上，麦克阿瑟是一个奇迹。他刚到西点时，常受高年级学生欺负，他母亲放心不下，又碍于校规而无法进校照顾孩子，就在校门外租房子住下，每周末与儿子见上一面，送菜送饭，嘘寒问暖。这美国式的"孟母择邻"成了一个美丽的传说。麦克阿瑟也没有令母亲失望，他以各项全优、排名第一的成绩从西点毕业，38岁那年成为美军最年轻的将军。

但麦克阿瑟不是杨大陆最崇拜的将军，乔治·巴顿也不是。杨大陆最崇拜的是曾经担任过西点军校校长的罗伯特·李。李将军与格兰特、艾森豪威尔和麦克阿瑟一起，被认为是西点四大英雄。

在美国南北战争期间，李将军是南方联军的统帅，是联邦政府的战犯，他在华盛顿近郊的地产后来还遭联邦政府没收。尽管是战败方的统帅和联邦政府的战犯，但李将军从来不缺乏美国人的尊敬和爱戴。

有一天，我问一个叫陈兵的人，他怎么看杨大陆。陈兵说："我们千万不要把他神化。他没什么了不起。他就是一北京孩子，机缘巧合进了西点。不过，美国陆军把他从一个北京混混儿变成了一位绅士，的确很有一套。"

陈兵在2005年6月下旬与杨壮他们一起去西点访问，在那里他参加了西点军校6月27日的"R-day"（接收日、开放日）。

在那一天，杨大陆正式走进西点，成为西点军校2005级新生。在西点，人们把一年级新生叫作"平民"。

毕业于西点军校的拉里·R·杜尼嵩上校后来又在西点任教，他在《西点领导课》一书中描述的"R-day"是：

>进入校园的第一天——接收日（Reception Day），学员称之为"R日"——军校就剥夺了新生最基本的所有物：个人识别标志——姓名。在最初的几个星期里，他们就像新生婴儿一样无名无姓、容易混淆。
>
>R日是一个精心组织的活动，由高年级学员不折不扣执行。一大早，大约三百名新生陆续进入校园。他们最先被拿走的就是对个人时间的自由支配权。简短训话之后，新生匆匆完成一连串任务，节奏很快，根本没有时间四处打量，看看自己身处何地、要去哪里。大多数西点毕业生对R日的形容都是"像无头苍蝇一

样""迷迷糊糊""乱七八糟"。德怀特·D·艾森豪威尔对他在西点的第一天这样写道:"我想,如果给我们一点时间坐下来想想,大多数人……肯定会搭下一班火车离开。"

男学员的头发短到几乎没有,女学员则剪成齐耳短发。平民的衣服必须脱掉。R日的一大半时间,新生都穿着灰色T恤、黑色短裤、齐膝黑袜以及沉重的高帮皮鞋,从这个地点跑向下一个地点。而考验他们的高年级学员穿着灰色制服,打扮得毫无瑕疵,身披红色肩带,表明他们是R日的指导者。新生没有个人的想法,取而代之的是领导者提出的群体目标:在第一天的最后乐章——在广场举行的着装仪式——中尽可能表现优异。

到了这一天八小时的最后,他们出现在阅兵场地,穿着全套的学员制服,在带他们过来的父母和家庭成员面前列队行进。这才几个小时,他们就重生了。

这是拉里·R·杜尼嵩上校的"R-day",他在1962年进入西点军校。现在是2005年,杨大陆所经历的"R-day"里,有一千多名新生要遭受洗礼。不过,就像拉里·R·杜尼嵩上校说的那样,"这才几个小时,他们就重生了"。

那一天是星期一,下着零星的小雨。西点军校新一届学员要在这天入学。所有程序都在6:30开始。陈兵在那天的日记中写道:

"我们大多数时间都是在寻找一位中国的西点学员:杨大陆。他是15岁到的美国,参军陆军一年,取得美国国籍,今年考上了西点。小伙子非常绅士,彬彬有礼但又不乏自信,给我们留下了深刻的印象。

以 20 岁的年龄，他表现得已经超越了同龄的大部分人，但愿他在西点成功！"

杨大陆的所有家人都没有参加他的入学仪式。在"R-day"，杨壮的 4 个学生站在新兵方队的四个角上，仔细搜索杨大陆在方队中的位置。他们并没有看到他。

但在那一天，杨壮搞到了一个书包。书包上印满了西点军校所有 2005 级新生的名字，他在上面发现了"杨大陆"。这使他异常激动。在这个陌生而神秘的西点校园里，他在感情上把自己当成了杨大陆的家长。

这就是我所知道的杨大陆的传说。在这个传说中，我宁愿相信杨大陆是一个英雄人物。这个昔日的北京小混混儿如今已经成为西点军校中"来自中国的小雷锋"。

无论你承认与否，这个矮矮的小男孩儿，是条汉子。他曾经被命运压倒，但如今却屹立于命运的潮头；他曾经远离梦想，如今却将梦想紧紧地抓在手中。

"我们离开的时候，杨大陆除了体能外各项指标在他们连队里都是第一，体能是第二，"一位叫刘林的小伙子说，"听说现在体能也是第一了。"

刘林也曾与杨壮一起访问西点，他年轻的时候也曾梦想过去西点读书。"嗯，想想觉得不可能，就没再想过。"有一次他对杨壮说。

"我相信梦想的力量。"我的那位作家朋友在便签上写道。然而我始终无法确信，他的梦想就是与香港女星陷入缠绵悱恻，并且对所有狗仔队成员做出勇敢无知的轻蔑表情。

多年以后，我给我的作家朋友回信："我听说美国有一家叫清水的公司，创始人是一位叫杨约翰的美籍华人。这家公司的投资人包括黑木基金、白石基金、老鼠基金和粒子基金。这家公司紧随浑水公司大肆做空纳斯达克的中国概念股。杨约翰曾经宣称：我没找到任何不做空它们的理由。但是在一份报告中，我发现清水公司控制的一家私募基金在中国内地投资了十二家小型科技公司，并且全部启动了创业板上市计划。弘毅投资的赵令欢告诉我，杨约翰曾经使用过杨大陆、杨大路、郭大路或王动之类的中文名。据说红杉的沈南鹏曾称，杨约翰的人脉资源中显示出了西点军校的痕迹。分众传媒的江南春私底下说，他曾用军用望远镜远远望见过杨约翰，个子不高，一张稚气未脱的脸，残酷而坚毅的眼神，茫然而空洞……"

"我不确信杨约翰是否即为杨大陆，但我确信，博尔赫斯曾经写过：这件事确实难以想象，但是不容人们不信，因为事实俱在。……虚假的只是背景情况、时间和一两个名字。"

英雄史

一

他是英雄。英雄是用来失败的。

他这么相信。这是他的英雄史。

王保罗在1951年8月15日诞生于湖南衡阳家中，在三个子女中排行老大。在20世纪50年代，他的父母因为并不高贵的出身而饱受磨难——他父亲是国民党老兵，在沈阳被俘后经过"两忆三查"成为解放军战士。然而在20世纪50年代，"国民党老兵"是一种羞辱和风险，他不得不在易怒和恐惧中回到家乡，夹起尾巴，收敛起老式军人与新式军人混合出的气质，像个农民一样在鸡鸭猪狗中蜷缩在巢穴中。湖南偶尔下雪，会使他回想起东北的岁月。

20世纪60年代，王保罗饱尝人世冷暖后，决心以一己之力改变命运。在成功地举报和打倒了他潜伏的"特务分子"父亲后，他获得了参加"红卫兵"并最终参军的资格。他时常记起父亲弥留之际的惨笑，瘆人的青白脸庞，紫色的嘴唇，强咬着牙关以抵抗疼痛。"儿啊，干得好！"

王保罗并不痛恨父亲，虽然他给了自己并不优良的血统。他的骨架更多遗传自母亲，高大壮实的一位东北妇女，是父亲在东北的收获。她不太适应衡阳的气候，但还是顽强地守在父亲身边，拿一把破苍蝇拍拍打他身上的苍蝇。

多年以后，当王保罗博览群书，成为一代"儒商"的时候，他偶尔会想起博尔赫斯在《玫瑰角的汉子》中的那段话：

"活人总有一死。"人群中间一个女人说，另一个也若有所思地找补了一句："再了不起的人到头来还不是招苍蝇。"

王保罗十八岁参军到了广州。他身材高大，仪表堂堂，气宇轩昂，颇得一位大首长青睐。那位首长也是湖南人，他将王保罗收纳为警卫员，可以出入其厅堂，参与其生活。那位首长并不介意王保罗出身，似乎也能理解其举报和打倒父亲的意图。他喜欢这种脑子清醒、心狠手辣的年轻人。有时候他觉得那就是年轻的自己。

王保罗会写字、画画，还学会了开车，做得一手好菜。这使他成为首长生活中不可或缺的角色。他也能饮酒，这或许遗传自他的母亲。有时候首长饮酒需要有人陪伴，王保罗就扮演了与首长对酌的那个小角色。他谨小慎微，偶尔也呈现出湖南人与东北人结合出的霸蛮与豪爽。有一次首长看着他醉醒后出现的酒鬼一般的眼袋，决定给他一个未来。

首长有一子一女，儿子长王保罗几岁，已经在某部担任连指导员。他成分好，军事素养和政治素养都高，又有一位好父亲，看似未来不可限量。首长的女儿还在读书，但最近好像学校都停课了，首长就准备让她回到家中，或者到部队上锻炼一下。

首长把护卫女儿的任务交给了王保罗，确切地说，首长给了王保罗一个机会。他给了他一个山头，能否攻下山头全凭他的能耐。如果他攻不下这个山头，那他也没必要跟在他身边了。他想。

几年后王保罗结婚。他对自己的能耐感到骄傲。他们婚后生活很幸福，生下了一对儿女。王保罗对家人很体贴。他每周都给他们做自己拿手的红烧肉，陪老丈人喝酒。他喜欢酒后开车的感觉。"就像风，"他说，"你就像风一样自由。"

王保罗在部队贡献了十来年心力之后，他决定转业到地方。他岳父支持他的念头，就给他作保介绍了份好工作。王保罗从此像风一样自由了。

1984年，王保罗决定自己大干一场。他赢得了岳父的支持，自然也赢得了单位领导的支持。他决定到母亲的老家去看看，顺便探访一下父亲被俘的旧战场。他的命运已然改变，需要对被自己亲手打倒的那个国民党老兵有所交代。

在沈阳城外，他用一瓶白酒祭奠了父亲。他告诉父亲，他已在广州的另一位父亲身上了解了那段历史。他学到了很多东西，未来将依靠它们大展宏图。

王保罗后来接受采访时告诉记者，他学到的最主要的大四喜，是在1945至1946年间，共产党的力量并不强大，之所以能打败国民党正规军，一是战略正确，二是兵练得好。战略正确方面无须赘述，和谈、挺进大别山、抢占东北。但是，只有战略正确还不够，兵能不能打仗非常关键。

"战士根本无心打……没战斗力没情绪，没这个需要。于是搞两忆三查，忆苦思甜，分田地……这一搞部队的劲头很不一样。那么是否有觉悟就行了呢？还不行，于是组织如何打攻坚战，学习架梯子、爆破，有了大炮练打炮，这些事使部队成了正规军，在后来的大规模的战争中起了作用。所以战争分为两个方面，一个如何制订战略，一个如何使部队能打。我们办公司也一样，一是公司本身要有战略……将战略分解成一个一个具体的行动，队伍要能做得上去。"

这是后话。

王保罗回到广州。他用一张批条带回一车皮玉米。这给单位带来很多钱。领导很高兴，他的公司就成立了。他成了经理。

王保罗举家迁徙到深圳。深圳是一个新世界，距离广州不远，既能承受岳父的翼护，还可稍微躲避他的气焰。年纪大了之后，他脾气暴躁，还老糊涂，有更年期症状，下棋作弊，连喝酒都开始作弊了。

王保罗的生意越做越大。几年后，他成了受人仰慕的"行业大佬"。北京有几个后来大名鼎鼎的企业家，当年准备去海南捞世界，都是先到深圳拜见他。他那时指点江山、挥斥方遒，颇有一番江湖雄主的风范。

又过了风云突变的一小段时日，他老岳父病故。王保罗唏嘘慨叹。他的公司开始准备股份制改造，要上市。王保罗想起了父亲，想起了过往的风云与恐惧，想起了在沈阳城外洒下的祭酒，做出了一生中最重大的决定。

王保罗的公司上市后，人们惊讶地发现，作为公司创始人的王保罗几乎不占什么股份，然而他担任公司的董事长。他的主管单位、大股东们支持他的高风亮节，认同他"只要名不要利"的理念。他们只要利，不要名。他们知道未来的世界对名的需求远不及对财富的需求。

情势越来越明朗。王保罗赶上了好机会。他的公司快速扩张，竟然成了"世界第一"。2001年，王保罗成了全球偶像。他受邀到瑞士达沃斯发表演讲，后来又去哈佛进行了一场演讲。他告诉人们，世界正在改变,中国正在崛起。这是一种不可逆的潮流。"未来已来。"他说。

在完成了几桩并购之后,王保罗回到深圳,与妻子办理了离婚手续。在他四处演讲的时候,他的妻子病重,虽然捡回一条命,却从此只能依靠轮椅生活。起初王保罗还受亲情羁绊,念及旧日恩爱,对妻子极尽宽慰与照拂。后来因为长期不能行房,气血不畅、思虑过度,竟然满头白发。他妻子叹了口气后,提出了离婚建议。王保罗顺水推舟、半推半就,就签了协议领了证。他承诺她离婚不离家,还是一家人。他前妻白了他一眼。

"你这儿什么都好,就是爱装,"她说,"你心里想什么,图什么,就跟你身上的毛毛一样,每一根在哪儿,我都清楚得很。"他尴尬地从她身边逃离,后来再未回来。

后来人们在飞机上看到他与一位女演员坐在一起,举止亲昵,就拍了照片,一时哗然,对其道德谴责不绝于耳。他也不辩解。他们不知道他已经单身了,想跟谁上床就跟谁上床,想泡哪个女明星就泡哪个女明星。"乌合之众。"他厌弃他们。

他决定离开一段时间,就选择去国外游学。他没有选择曾经演讲过的哈佛,而是选择了新西兰。在那儿他买下了一座小小的牧场,每天读书、写作、与当地名流交流。除此之外,他还炫耀他的剪羊毛和烤全羊技术。他为她的女朋友做烤羊排。红烧肉的时代已经结束了,现在是烤羊排的时代。

烤羊排为王保罗赢得了更多的关注,也赢得不少争议。很多人哀叹他作为一代雄主,竟然毁在女色之上。也有人为他辩解说,食色性也,人之常情。"他身强体壮,气血两旺,你不让他找女人,难道让他找羊?"

北京一位企业家,当年曾去深圳拜他码头的一位工商大佬,在一篇文章中说。

两年后王保罗回国。他开始更多介入到公共生活中,而不是扮演好一位企业家的角色。他相信他为他的公司进行的制度设计已臻完美,只要制度不出问题,一切都将安然无恙。他将公司交付给了一群年轻人,那批人视他为父兄,也视他为王上——大王派他们巡山,他们便去巡山;大王派他们看摊,他们便好好地去看摊。

王保罗的心态开始发生了变化,自然也与其江湖地位相关。有一次他看到一篇关于万科王石的采访,王石说:

> 阿拉伯沙漠有一种鸟叫阿拉伯鹛,鸟群中也有一把手、二把手、三把手。一把手"噔噔噔"叼了一个美味的幼虫,按道理该是它吃,它没有,就是这样(模仿一把手鸟的动作)很骄傲地摆着翅膀把虫子给了二把手——这都是鸟类学家专门观察的——二把手完全是嗷嗷待哺、很卑微地把虫子吃了。完了一把手就趾高气扬地走了。
>
> 这个举止说明什么呢?
>
> 驾驭能力。我不但能吃饱,我还能赏赐你。
>
> 不要说什么高尚啊、慈善啊、为人类啊,就是进化心理学视角。所以我就希望你们解读我,从这个角度解读。

然而还是有那么一两个人开始觊觎大王的权力。王保罗知道那些人是谁,这也是他援引王石文字的原因。他要让那些"二把手""三把手"

知道,他有"驾驭能力"。"我不但能吃饱,我还能赏赐你。"

他想起了那一年的春天,怒放的木棉花已经凋谢了。"路轨旁抛扔着死猪,绿头苍蝇嗡嗡起舞;空气中弥漫着牲畜粪便和腐尸的混合臭气。"[1] 他也想起了在湖南和东北的往事,想起了在新西兰的美好时光。他也不可避免地想起了自己的儿女。他们已经不与他往来了。

经济不是很景气。市场时好时坏。新闻报道中开始谈到通缩与失业率。拐点。人口红利丧失。但王保罗的公司依旧是世界第一、行业翘楚。事业就是事业,事实就是事实。每次接受采访,王保罗都会这么说。

他的一位对手,曾经揶揄他说:"王保罗就跟一孔雀一样,随时准备开屏。"他揶揄他对媒体的炫耀,也嫉妒他在女人那儿得到的回应。有那么几位年轻的女记者,因为他礼貌地接受了专访请求,以及采访结束后绅士般送别的微笑,而被他痴痴地征服了。她们后来也见识了他野兽的一面,并为此志得意满,形成了甜蜜回忆。

一些人开始在资本市场上买入股票,看起来准备夺走王保罗的公司。王保罗觉得这是个另寻天地的好时机。他告诉他所有对手,他枕戈待旦,准备全力反击。他看起来也这么做了,破釜沉舟、背水一战。人们喜欢他高调地战斗,那几个见识过他兽性的女记者,还写下了动情的文字,为她们神一样的男人加油、点赞。他曾为之烤过羊排的她,也用动人心弦的图文并茂,向世界宣示美好。

王保罗像个英雄那样战斗。他知道自己败局已定。掠食者背后能量如此之大,叛臣贼子们早已与之暗通款曲。然而他绝不屈服。他要

---

1 出自王石亲笔自传《道路与梦想》。

战斗到底，即使倒下，也带着一身骄傲和满身血迹。

在一场大病之后，王保罗因发烧而产生的痉挛损伤了他的智力。他的战斗因此更加不可停止。谁也不会迫使一位智力受损的人停止战斗。除此之外，谁也无法指责一位智力受损者的失败，即使失败了他依旧是英雄。

他绞尽脑汁使他的公司停牌，在停牌前他卖掉了自己所有的股票。他可以心无旁骛地战斗，不用管他人的死活。他是英雄。英雄是用来失败的。他这么相信。这是他的英雄史。

Chapter 5
甘露园

———

甘露园没什么特别，就是有趣的人多。

马宏是条垃圾狗

你可以赞美他,也可以贬损他,甚至看不起他,但他就戳在那里,像条垃圾狗一样。

手机突然响起。

铃声是崔健的"我去你妈的,我去你妈的"。

此刻他正在车上打盹。对于他这样的人来说,路途是最好的休息,除非有迫在眉睫的事情需要处置。

那是 2010 年 11 月初的一天,车窗外秋尽北京,节令迫近了初冬。路边的树叶早已落尽,一派肃杀。

正是京城最好的时节。天气倒也不错,雾霾还没大规模入侵的年头,天空是瓦蓝的,几丝云彩飘在天上,像羽毛一般。

"快跑!"电话那头说,"公司来了三十多个警察,要抓你!"

他怔住了。

"再不跑就来不及了!"

他立马挂断电话。

"去机场。"他对司机说。

车子从青年路南口向北杀过去,在姚家园路口右转向东,沿着机场第二高速向 T3 航站楼飞奔。

买好了去香港的机票后,他给陈小梅打了个电话:"临时有点儿急事,我得去香港几天。"

"什么事?"

"没什么,别担心。"

飞机离开北京,他惊魂甫定。

在机舱的嘈杂中听起音乐的时候,他想起了刚刚路过大悦城时,大屏幕上正在放《盗梦空间》的宣传片。

有人给了莱昂纳多两张机票,说:"你赶快走!"莱昂纳多看着他的两个孩子在草坪上玩耍,只看了一眼,就赶紧逃亡。

他苦笑了一下。他的仓惶远甚于莱昂纳多。他甚至不敢回家看一眼陈小梅。惊魂,他能想起的只有这俩字。

他的屁股隐隐作痛。

刚才一番着急上火,痔疮犯了。

给马宏打电话的人叫王小枪,是互联网公司"怪鼠鼠"的总裁。他是马宏大学同学。马宏是"怪鼠鼠"董事长。

王小枪给马宏打完电话,警察就敲开了他的门。

领头的是一个胖子,乜斜着一双三角眼。他那两只眼睛一大一小,眨眼的时候总无法同步,使他的脸上总呈现出一种诡异的坏笑。

"谁是负责人?"三角眼警察问。

"我是。"

"跟我们走一趟。"

"对不起,我不能跟你们走。第一,你们没有向我主动出示证件;第二,你们没有出示拘留证、拘捕证;第三,我不是公司的法人代表。"

"你挺懂嘛！"三角眼哼了一声。

"我原来是干新闻的。"

三角眼盯了他差不多半分钟，他也似笑非笑地紧盯着三角眼。

"你们公司的马宏牵涉到一桩经济罪案，我们要带他回去协助调查。"

"他今天没来公司，好像是出差了。"

"他去哪儿出差了？"

"我也不太清楚。老板的行踪，我们都不好打听。"

"你知道包庇犯罪的后果！"三角眼狠狠说道。

"他犯罪了吗？"王小枪惊讶地说，"他要是犯罪了，我得赶紧通知董事会，告诉投资人和媒体。"

"我只是打个比方。"

"你吓死我了。"王小枪说。

马宏的确吓死了，他虽然在媒体晃荡过几年，却从来没遇到几十个警察封门的阵仗。

他知道自己摊上大事了。

年初的时候，他的"怪鼠鼠"上线。没过几天他就知道自己摊上大事了。

"怪鼠鼠"本来只是一家在线销售鼠标等外接设备的电商公司，马宏发现了"大数据"的妙处后，就开始进行平台化尝试。他的传媒经验帮助了他，使"怪鼠鼠"用户数量激增，只用两个月时间便已冲到行业第二。

"帝企鹅"的华叔托人捎话，想并购他的"怪鼠鼠"，出价也不算低,两千万人民币。马宏做"怪鼠鼠",从开发到内测,到最后上线,一共才花了不到五百万,华叔开出的价格,挺诱人的。

"不卖。多少钱都不卖。"马宏说。

马宏认识华叔。华叔是他们这个行当中最牛×的人物,年轻有为,有通天的本领。马宏曾夸赞他为"中国最好的产品经理"。他出道虽然比马云、马化腾、李彦宏晚,但依靠"大数据"崛起,有取而代之的势头。

华叔真名叫华冬,湖北佬,兄弟四个,春夏秋冬,他是老幺。马宏认识他三哥华秋,一个倔强的写小说的家伙。起初华秋在"帝企鹅"帮闲,负责打理文学版块。

华冬希望他能做出一个与盛大文学抗衡的平台来,但华秋笨手笨脚,不懂做生意,华冬就安排了一个小伙子去管他。那小伙子不懂文学,张口闭口都是"流量""数据""用户体验""互联网思维"。华秋恼他对文学的不敬,瞧不起他不懂文本,只知点击量,就时常冲他大发雷霆,开会的时候还对他冷嘲热讽。

他本意是找个机会打发那小伙子走人,没承想老四竟然把他发配到了老家,说是让他去建个湖北频道,实际上就是让他滚蛋走人。

华秋郁闷至极,就闷头写小说,写完了就交给王小枪的《中国故事》,王小枪就把小说安排给马宏处置,一来二去,大家就成了朋友,时不时小聚一下,喝喝酒、吹吹牛。

马宏后来辞职创业,成立了"怪鼠鼠",上线后又把王小枪拉去做总裁,留下我坚守《中国故事》,维持着与华秋的密切关联。

这一次华叔要对马宏下手,也是华秋事先得到了风声,给我打了电话,王小枪才能先警察一步,安排了马宏逃亡。

马宏到香港之后,给王小枪发了个短信:"整个世界就快倒下来了,我们却挑这个时候谈恋爱。"这是电影《卡萨布兰卡》中的一句台词。

王小枪知道,一场针对华叔的反击战开始了。

"我们大多数人本质上对新事物充满恐惧,胆小怯懦,豁不出去,行动力太弱。"王小枪说。

人们都知道"3Q大战"和"3SB大战",却没几个人记得"怪鼠鼠"与"帝企鹅"的暗战。它们进行了一场没有硝烟的战争,轰轰烈烈地开场,悄无声息地鏖战,精疲力竭之后,握手言欢,归于平静。当中内幕,与"3Q大战"极度相似,却又无限超越。

三年之后,马宏已经成为互联网大佬。他的"怪鼠鼠"即将在美国纽约证券交易所上市,人们都说"怪鼠鼠"有望冲击谷歌的互联网霸主地位,而他十之八九会成为中国首富,甚至有望坐上亚洲首富的宝座。

马宏的公司递交了上市申请后,他和王小枪在甘露园五号楼底下的超市门口请我喝啤酒。

"你用微信吗?"我问他。

马宏点了点头:"我扫一下你。"

我调出了二维码,让他扫了一下,验证通过。

"一条阑尾。"

"你就不怕数据泄露?"我问他。

他笑了笑。

"他有六个手机。"王小枪说。

王小枪的微信叫"一只阑尾"。

"到我这儿来吧,"马宏说,"我们一起干,你做高级副总裁,我给你配股。"

我犹豫了片刻,摇了摇头。

"你傻×啊!"王小枪说,"给钱都不要!"

"你可以请我当顾问啊,每年给我发一大笔钱。"我有些厚颜无耻地嬉笑着。

"这是个好主意。"

我们从中午聊到黄昏,先是聊互联网思维、互联网金融、大数据时代以及"怪鼠鼠"的IPO,接着聊文学和电影,然后聊女人。最终,我们还是聊起了陈小梅。

"她还住这儿吗?"

"嗯。"

"她怎么样了?"

"还那样呗!"

"还那样是什么样?"

"就是每天待在家里,吃饭、睡觉,半夜三更叫床,声音震天响,整个甘露园都能听到。"

马宏苦笑了一下。

"估计现在后悔了吧?"

"你们不懂。她不会后悔的。"

接下来我们都一言不发,看着夕阳斜斜地铺在甘露园暗黄色的瓷砖地面上,缓缓地消退。

放学的孩子们回来了,保姆们推着婴儿车下了楼。小区里开始嘈杂、喧闹、纷纭。

"晚上想吃点儿什么?"王小枪问。

"吃屎。"我说。

马宏笑了起来。他知道这句话来自马尔克斯的《没有人给他写信的上校》。

"吃驴肉火烧吧。"他说。

驴肉火烧就在我们小区对面,二十平米的小铺面,老板是河北保定人。我们还没搬到甘露园的时候,它就已经在那里了,如今是第十个年头。他们家的驴肉,从最初的二十块钱一斤,涨到了六十块钱一斤。

"要是股市能这么涨就好了。"王小枪有一次感慨地说。2007年底,他在股市最好的时候冲进去,把全部积蓄换成了股票,如今股票还在那里,积蓄是没了。

他倒是能守得住。他以不动应万动,几年过去,有几只股票倒也解了套。解套的他就卖掉,套牢的他就守着。

他说:"凡事都有定期,天下万务都有定时。生有时,死有时;栽种有时,拔出所栽种的也有时;杀戮有时,医治有时;拆毁有时,建造有时;哭有时,笑有时;哀恸有时,跳舞有时;抛掷石头有时,堆聚石头有时;怀抱有时,不怀抱有时;寻找有时,失落有时;保守有时,舍弃有时;撕裂有时,缝补有时;静默有时,言语有时;喜爱有时,恨恶有时;争战有时,和好有时。"

"装什么大尾巴狼,"我骂他,"你背一万遍《圣经》也成不了使徒。"

我们在驴肉火烧店吃了几斤驴肉、十几个火烧,喝了二十来瓶啤酒。马宏喝得醉醺醺的,路都走不动了,就到我家里睡下了。

半夜的时候,陈小梅的呼喊又隔空传来。

马宏鼾声正浓。这是他在这个房间里睡得最踏实的一晚。

我喜欢马宏那种"垃圾狗"属性。

自从他跟陈小梅分手、搬离了甘露园之后,他就对周遭一切都充满警惕。

他富于攻击性。

他的对手都怕他,也都看不起他。

他喜欢他们怕他的这种状态。

传媒业的经历使他相信,经由渲染的形象、夸张的行动都可以使传播效果放大,对于创业公司来说,是难得的机遇。

他开始对每一桩公共事件发表言论。无论国内外发生爆炸,他都谴责恐怖袭击,建议以最强硬的行动回击暴恐;无论国内外发生明星出轨事件,他都一律力挺出轨的一方,说是"土地撂荒和耕具闲置都是不道德的行为";有一次他还说起马航事件"超越正常人想象力"。

在我们办公的这栋写字楼上,他曾用灯光打出一个巨大的"怪鼠鼠"的二维码,与360公司大厦外立面上挂的巨大二维码遥相呼应,堪比巨人网络在上海黄浦江边震旦大厦打出的二维码。

马宏的聪明之处在于,他不参与周鸿祎与史玉柱之间的互相揶揄。他只是紧跟他们的脚步,使他们的行动都变成对"怪鼠鼠"的襄助。

没有人知道周鸿祎、史玉柱这些人如何评价马宏的这些伎俩,但我们却很清晰马宏的未来。

毫无疑问,经由那场警察上门事件之后,马宏开始塑造出一个互联网"新领军者"的形象。他开始咆哮、呐喊、吹嘘，誓言要打破腾讯、百度和阿里巴巴一统天下的互联网格局，从樊篱的围困中脱颖而出。

"我们要反抗一切重压在身上的暴行，"他说，"我们得还原真实的互联网精神——免费和自由。"

他把自己比作是《终结者4》中的约翰·康纳。在绝望之中，他曾孤独地进行电台呼叫："这里是约翰·康纳，如果你听到，那么你就是反抗军。"

"曾经受益于互联网精神的巨头们画地为牢，一步步走向互联网精神反动的时候，中国互联网需要有人挺身而出。"我曾经在《中国故事》杂志上将马宏描述成一个"反抗军"，甚至开始塑造他"新教父"的形象，说是中国互联网迫切需要"新教父"的出现，将互联网精神导回正途。"维托"的时代已经结束了，人们从马宏的身上，看到了"麦克"的影子。

在甘露园外面的小胡同里，我经常会看到几条流浪狗逡巡在垃圾堆里。它们见到一切活动的形象，宠物狗、野猫和行人，都会龇牙咧嘴，低声怒吼。每次我看到它们，都会想起马宏。

从"怪鼠鼠"诞生的那一刻，马宏就始终充满争议。他与周鸿祎一样，有人褒奖也有人鄙夷。只有我们知道，对于马宏来说，"垃圾狗"起初是一种属性，慢慢就成为一种习惯。

你可以赞美他，也可以贬损他，甚至看不起他，但他就戳在那里，像条垃圾狗一样。

甘露园没什么特别，就是有趣的人多。

血战到底

王华宇的每个动作都温和、轻柔、缓慢,
就像杨丽萍表演舞蹈,又像电影中的慢镜头。

二十多只麻雀在甘露园上空巡游,它们展开翅膀俯冲,然后收起翅膀捡拾散落在地上的面包碎屑。这些面包碎屑,是一个叫姚尚武的人扔在那里的。作为上市公司雷神科技的 CEO,他每天最大的乐趣就是买一袋全麦面包,坐在甘露园喷泉边上长椅上,慢慢地将它们搓成碎屑,然后放到麻雀们经常聚集的那几棵树下。

"麻雀比人值得尊敬,"他说,"人们为了面包残渣可以打得你死我活,而麻雀却只顾寻找自己的那部分。"

我并没有告诉姚尚武,每次他丢下面包碎屑走后,我都看到几只麻雀在那里抢食。起初它们各自埋头啄碎屑,当碎屑越来越少,有两只麻雀争斗起来。最终一只个头大点儿的麻雀赶走了对手,志得意满地享受起战利品。

这样的事情永远不会为人所注意。姚尚武喂麻雀的行为到他丢完面包屑为止,接下来他会匆匆而去,开始他一晚的麻将之旅。他喜欢麻将,读大学的时候就得了个绰号,"姚老麻"。

我喜欢呆坐在这儿看麻雀们争抢,顺便构思一个关于"姚老麻"的故事。姚尚武不大会注意我发呆的表情,就像他从来没留意到严火火和王大雷一样。这两个人曾是他的"兄弟",如今是他的仇敌。

姚尚武是媒体的宠儿,不独因为他是雷神科技的 CEO,还因他为观众和读者提供了不少惊险刺激的剧情桥段。他已经与两任董事长起了冲突,赶走了一位,在与另一位扭打到一起后,被从公司清理出局。北京的《新京报》曾就此报道说:"雷神科技高层对峙,上演了一场全武行。CEO 姚尚武与董事长王大雷为争夺公司控制权不惜大打出手。"

据《新京报》透露,董事会刚开了五分钟,姚尚武就突然站起来,吸气运功,足足准备了三十秒,然后一记直拳将正中端坐的王大雷打倒在地。"所有董事都惊呆了,他们都没想到姚尚武会发动突然袭击。"

王大雷在地上躺了半分钟,缓过神后慢慢站了起来。他抹了抹嘴角的血,冲姚尚武笑了笑,突然凌空一脚,飞踹姚尚武当胸。姚尚武"嗖"地飞了出去,撞到了墙上,又慢慢滑下来,斜靠在墙角,眼神迷离。王大雷冲了上去,朝姚尚武裆部又踢一脚,众人只听得"啊"的一声惨叫,再看姚尚武,已捂着裆部昏死过去。

此时门外突然冲进三条大汉,分别是姚尚武的哥哥姚尚文、弟弟姚尚斌和保镖王华宇。尚文、尚斌兄弟俩上去察看姚尚武的伤情,王华宇则直扑王大雷而去。

"拦住他!"王大雷惊呼。

几位董事试图上去拦阻,王华宇双臂一挥,他们便飞了出去。

王华宇冲到王大雷跟前,揪住他的双臂一拽,王大雷的两条胳膊便脱了臼,向下垂着,晃晃荡荡。王华宇看了看姚尚文和姚尚斌,等待他们的指令。

"弄死他!"姚尚文说。

王华宇摆出造型,准备给王大雷来个"双峰贯耳"。

"我当时就觉得,自己这次算是交待了,"王大雷后来心有余悸地说,"王华宇这孙子以前当过特种兵,是姚尚武的打手。他一拳下来,能把我的脑袋砸碎。"

"别……别……"

王华宇听到微弱的指令,这一次来自刚刚醒转的姚尚武。

"……别出人命……"

王华宇轻轻一掌切了下去。王大雷听到一声清脆的"咔嚓",先是鼻子发酸,接着开始发热,眼泪、鼻涕、鲜血混合到一起,像"血腥玛丽"一样,汩汩地从他鼻孔中往外流。他觉得那不再是他的鼻子。鼻梁已经断了,诸般感觉都已丧失,除了疼痛。

王华宇的每个动作都温和、轻柔、缓慢,就像杨丽萍表演舞蹈,又像电影中的慢镜头。他挥起大掌,分别在王大雷的左肩、右肋、两腿外侧髋骨关节结合处各斩了一掌,又托起王大雷的脑袋,对他微笑了一下,轻轻捏了捏他的下巴。

"呜呜,呜呜,呜呜……"

没有人听清王大雷说什么,他的下巴也脱臼了。

警察到来后,先是叫救护车把姚尚武和王大雷送到医院,然后带走了所有人去公安局做笔录。他们四处寻找王华宇,这家伙早已不见了踪影。

十几号人在公安局的问讯室中折腾了十几个小时,分别在笔录上摁了手印后，才各自散去。"我觉得姚尚武打完了直拳后，还准备再对王大雷打出勾拳和组合拳，但他反应迟钝，动作不协调，结果还没打出来就被王大雷踢飞了。"一位董事在笔录中说。

出了公安局的大门，姚尚斌大骂了一声，愤怒地向路边的一棵槐树踢去。槐树摇摇晃晃，正在凋落的槐花散落一地。姚尚斌抱着脚跳来跳去。姚尚文赶紧跑过来：小弟又骨折了！

"你个王八蛋！"他心中大骂。

第二天早上，两位警察去医院对姚尚武和王大雷做补充笔录。对殴斗一无所知的医生竟然将他们安排在一间病房中。幸运的是，无论姚尚武还是王大雷都失去了继续战斗的能力，他们只能仰天躺着，喘着粗气，互相诅咒和谩骂。

两位年轻的警察对他们很不满。"他们态度很恶劣，一问三不知，就像串通好了一样，都说自己不记得了。"那位女警察说，"可是问他们是否愿意调解的时候，他们又都同意调解。"

这位漂亮的女警察觉得自己被他们侮辱智商了，就把笔录中了解到的殴斗细节告诉了她在《新京报》工作的男朋友。"你们得管管，"她含着眼泪说，"欺负人嘛！"

尽管媒体进行了大肆报道，通过"不愿具名"的董事之口，描绘和渲染了那场血战；尽管整个资本市场都将雷神科技、王大雷和姚尚武当成了笑话；尽管人们又想起了姚尚武与严火火的那场"战争"，但这桩刑事案还是不了了之了。

我在甘露园喷泉的那条长凳上遇到了失业的姚尚武。那场"血战"后没几天，雷神科技发布公告，宣布董事会决定罢免姚尚武CEO职务，王大雷兼任临时 CEO。两名副总裁姚尚文、姚尚斌也被罢免，总裁助理王华宇被开除。董事会还提议召开临时股东会，罢免姚尚武执行董事的职务。

我同姚尚武打了个招呼，以示同情。姚尚武咧嘴笑了笑，又低头去搓面包屑。面包屑搓完后，他起身要去丢给麻雀。我见他摇摇晃晃，两腿打颤，知道他大伤未愈，就上前帮忙。

我们并排坐在那里。

先是来了两三只，接着一大群麻雀出现了。它们低头享受面包盛宴，全然顾不上我们。"要是有把土铳，它们全完了。"姚尚武说。

我没接姚尚武的话头。我想起两年前，姚尚武曾经跟当时的董事长严火火发生了一场火并，正是王大雷的仗义出手、鼎力相助，才使姚尚武咸鱼翻身。如今这俩人大打出手，视若仇雠。这世界多荒诞啊。

两年前，严火火对姚尚武的专横跋扈、任人唯亲极度不满，就召开董事会，提议罢免姚尚武。当时他们也发生了"肢体冲突"。姚尚武指控严火火私自强行接管公司管理，窃取公司财务、法务文件时"强行撬保险箱"，导致公司大量机密外泄。严火火则指控姚尚武与黑恶势力勾结，在公司周围布置了好几辆卡车"民工装扮"的人士。

小规模的冲突从未间断，中间姚尚斌还在网上与严火火"约架"，虽然网友望眼欲穿，但他们始终只处于"隔山打牛"的状态中。

大规模火并却始终未曾发生。

姚尚武以退为进，先是主动辞职，用舆论向严火火逼宫，接着撺掇员工罢工、组织经销商混战。一场场明争暗斗、一幕幕刀光剑影、一桩桩"血腥杀戮"过后，严火火焦头烂额，除了继续保持话语和股权上的强势外,他四面楚歌、进退维谷。

见他毫无还手之力后,姚尚武对严火火发动了致命的攻击。他将一家同业公司风神科技引入雷神科技。风神科技先是在二级市场疯狂"扫货",接着以吸收姚尚武个人股份的方式成为第一大股东。

风神科技的实际控制人就是王大雷。他们纠合到一起,向严火火宣战。严火火灰溜溜地离开了雷神科技,姚尚武继续担任 CEO 的职位,而王大雷则成为这家上市公司的董事长,曲线完成了风神科技上市的目的。

然而不到两年的时间,他们又翻了脸,并将彼此打成重伤。

在他们翻脸血战之前,姚尚武曾告诉媒体,风神科技专注于产业链上游,而雷神科技专注于产业链中下游,"只要风神能出,雷神会尽量用。因为'我们是一家人'。"

在同一场采访中,王大雷也宣称:"我们一直积极推动风神与雷神的产业链融合。今年雷神七成芯片是风神供应的,风神也通过雷神销售全线产,目前销售状况良好。"

王大雷后来说:"我和姚尚武没有个人恩怨,没有矛盾,正如他曾经所说,我是他的救命恩人,把他从破产边缘拉回来,一周之内动用十几个亿把他给救了,在雷神科技董事会里,我用我的投票权把他重新选进董事会,推荐为 CEO,并一直力挺他,但是非常遗憾,他一次又一次冲撞上市公司底线、董事会的底线,一次又一次涉嫌通过不同的交易掏空上市公司,已经使我这个董事长没法做下去了,否则我会面临法律的制裁。

"事发前三周,我知道了三件事,让我彻底震惊了。第一,我知道了姚尚武嗜赌成性，欠下了十亿赌债；第二，姚尚武计划瓦解公司的供应商链条；第三，姚尚武隐瞒董事会与三家公司签署二十年协议。这三件事都是打破底线和原则的。"

"我的确把风神科技的品牌授权给了几家兄弟公司，但这不应该算不当行为，更不是掏空公司的举动，王大雷早就知道，也默许了。"坐在甘露园喷泉边的长椅上，姚尚武喃喃自语，"我从不赌博，更不可能欠下十亿赌债。我人生唯一乐趣，就是坐在这里喂喂麻雀。我觉得它们比人可靠。"

事实上，就我所知，姚尚武签署的授权许可协议，大部分董事会成员并不知情。当王大雷得到密报后，他觉得自己被姚尚武蒙骗了。他纠合另两位董事，组成紧急事务处理委员会，宣称在紧急情况下，代表雷神科技董事会行使内部机构调整、人事任命、商业协议、财务支付及发布公告等职权。

王大雷的行动又激怒了姚尚武，后者得到线报说，王大雷计划在董事会上动议罢免自己的 CEO 职位。他突然发作了。他冲王大雷来了一记直拳。在他的计划中，的确还有一记左勾拳、一记右勾拳和一套组合拳。

"雷神的业绩一直比风神好，王大雷早就想彻底控制雷神了。现在我开始怀疑，两年前他的突然介入，是不是他与严火火联手作的局。"

王大雷给所有员工写了一封长信，指控姚尚武私下进行公司品牌授权，涉嫌利益输送，侵占、挪用、诈骗公司资金，"姚尚武无法、无心正常经营公司，因此董事会罢免其职务。"他呼吁说，"各位同事，公司成败关乎大家切身利益，雷神好才能大家好。请大家明辨是非，信任公司,用自己的实际行动与公司共渡难关。"

姚尚武也收到了王大雷的邮件。他将邮件打印出来,贴在自己的案头,放进自己的口袋。

他现在每天会买一袋全麦面包,坐在甘露园喷泉边的长椅上,静静地思考人生、畅想未来。他要理顺自己纷乱的头绪,让思维跟得上脚步。

"我得想个法子整垮他,"他说,"我要跟他血战到底。"

"你为什么在医院与他和解?"

"我傻呀。我要是认了账,还不得被关起来。"

"他为什么不对警察说实话?"

"他傻呀。他要是敢说,王华宇还不弄死他。"

"你想出什么好主意了吗?"

"我想明天找严火火聊聊……"

因为爱

一

那天的袁青使我相信，无论多么淡定的人，
当他突然被描述为"领袖"之后，就会成为"大狗"。

我可以确切地告诉你，这个故事是五号楼门口超市老牛告诉我的。收废品的老陶可以作证，这个故事讲的袁青确有其人，曾经在甘露园里晃荡多年，直到有一天突然从这个世界上销声匿迹。

袁青的离奇消失，在甘露园曾是一桩公案，因为他卷走了甘露园的"大修基金"，总共三百多万。但至今日，除非是那些老住户，否则没几个人还记得袁青。一桩公案，慢慢被人们淡忘，从公案变成了悬案，又变成了尘封的谜团。

揆乎情理，这样的故事也应该被甘露园牢记，但甘露园最近发生了太多事情，人们各自匆忙，即使偶尔提起袁青，很多人也只是"哦"地感慨一下。"原来就是他呀！"他是谁呢？没人关心。

在甘露园，时间走得似乎比别处快。人们步履匆匆，一幅经典的移动互联网场景。长条椅上倚坐着的，不是带孩子的保姆，就是准备广场舞的大妈。她们的讨论同样快速、迅捷，仿佛不抓紧把流言蜚语说完，就会像微信上的帖子一样，瞬间被删了。

老牛给我讲述袁青往事的时候，我正在超市门口喝啤酒。老牛踱步过来，递给我一支"中华"。"妈的，物业越来越差了，"他嘟囔着骂了一声，"以前的第一太平戴维斯多好。"

"是啊，怎么突然就换了呢？"

"干不下去了。"

"不应该啊，物业费收得那么贵。"

"这事我得给你说道说道。"

夕阳斜斜地铺在甘露园，使这种讲述的场景愈发邪恶。我竖起耳朵，听老牛讲起这段往事。远处，老陶正在卸车，一会儿他将加入到讲述者行列。

袁青曾是一家家电公司CEO，那家公司在我们那个年代里是一家"标杆性"公司，被认为是民族品牌的代表，是高科技的象征。有一年它进行了一场"世纪并购"，突然之间成了全球家电产业的领导者。那场并购事后被证明为一场灾难，但在当时却为袁青赢得了交口称赞。

袁青那时候意气风发，志得意满。有一次我在京通快速路高碑店出口遇到他。那时候正在堵车，高碑店出口排了几百米的长队。袁青飙着他的宝马X6，在高碑店出口一个斜插，试图插到长长的车龙中。没有人让他，这使他感到羞辱。他恼怒地狂按喇叭，但人们就像看猩猩表演一样，一边咒骂他，一边摇开车窗，冲他的方向吐口水。他最终在我的车前面插进了队，然后左拐右扭地领先我半分钟回到了甘露园地下车库。

那天的袁青使我相信，无论多么淡定的人，当他突然被描述为"领袖"之后，就会成为"大狗"。他们突然之间膨胀起来。他们需要炫耀，也需要狂吠。我记得以前袁青经常在超市门口坐着抽烟、喝酒，陪大妈们聊天儿，给她们普及家电常识，可是突然之间袁青从超市门口消失了。我偶尔会在地下车库遇到他，有好几次我都见到他带着保镖。多矫情啊。甘露园是个封闭小区，在那桩离奇命案之前，还从来没出什么大事呢。

以前的袁青是个可爱的人。他喜欢读书，说话文绉绉的。我记得有一次他在超市门口看书，入了迷。我过去掀开一看，是一本回忆录。《哈德良回忆录》。我问他这书好看吗？袁青说："好看，这是尤瑟纳尔最好的小说。"

"这不是本回忆录吗？怎么是小说呢？"

他爱搭不理地说："就是本小说。"

我后来买了本《哈德良回忆录》，捺着性子读了几章后，就扔在超市柜台下面了。今天给你讲袁青的故事，我才重新把它找了出来。喏，那是袁青那天看的章节。

　

我曾在爱琴海或发烈尔港的小咖啡馆中尝过十分新鲜的食物，新鲜得保有神圣的净化感，虽然馆内送菜的服务生手指污秽，食物价格十分低廉，可是十分营养，似乎在最简洁的方式中，蕴藏了不朽的精意。狩猎回来，夜晚所烤的野味，也具有这种近乎神圣的品质。把我们带回上古，回到万物最早发迹的蛮荒时代。好酒引导我们进入泥土在火山爆发过程中经历的奥秘，进入各种矿泉隐藏的丰富里。

中午浴着阳光，啜饮一杯萨摩斯酒，或者，相反地，疲惫不堪时，在寒夜里，将它饮下，使人马上感觉腹腔之中一股暖流，稳定、炙热地沿着血管散发，一种近乎神圣的感觉，有时强得不能让人的头脑消受。如果这杯美酒。是从罗马城编过号码的贮藏室中倒出来，我就不再觉得它如此纯净。识酒的行家卖弄酒经，也会使我烦躁不安。更具虔敬意义的，乃是用掌心接来的清水，或直接饮自水泉的凉汁，在我们体内，流着泥土最秘密的盐分和天空降下的雨露。可是像清水这样美味的饮料，现在重病在身的我，也得少量地饮用。没关系，即使在垂危之时，掺和其他药汁的苦味，我也要努力用双唇品尝它那清凉平淡的汁液。

我不太明白，这样的小说对于袁青来说有什么意义。我承认，我们根本不是同一类人。我以前干过警察，刑警，见惯了人世间的丑恶。我喜欢看那些直截了当的描述，或者是简单有力的语言。如果一定要进行繁琐的描写，我希望是悬疑和埋伏，而不是冗长的呓语。

袁青当时就住在五号楼，十六层。当时甘露园选举业主委员会，因为袁青的特殊身份，虽然他没有参选，但还是有很多人联名推举了他。群情汹涌，他最后不得不接受了业委会委员的职位，但拒不出任业委会主任。为了拴住他，大家便委托他保管"大修基金"。大家觉得他是一家大公司的老板，"大修基金"在他手里最安全。

起初几年，袁青给大家留下了极为深刻的印象。他做事一丝不苟，虽然极少出席业委会，但他的"大修基金"报表都极为清晰、准确，连一分钱的出入都没有。我后来才知道，他把报表委托给了他们公司的首席财务官制作。一家大型上市公司的 CFO，当然会把报表做得清晰、漂亮了。

在进行了那场"世纪并购"之后，袁青的个人声望达到了极点。他频频出现在中央电视台上，也成为很多财经杂志的封面人物。他开始展露出其个性来。有一次，一家省级卫视对他进行访谈，主持人是位美女，一边娇笑着一边不停地问他："你们的收购完成后，如果整合失败了，会是什么后果？"袁青起初礼貌地回答说："不会失败。"主持人不停追问："如果失败了呢？如果失败了呢？"袁青被激怒了，突然爆发："失败了我就娶你！"

说完他才意识到那是现场直播。他呆坐在那里，手足无措。漂亮的女主持人也蒙了，不知道该怎么圆场，最后竟然说了句："一言为定。"

他们的那场对话，成为当年最火爆的财经新闻。很多"阴谋论者"说，袁青早有预谋，用这样的方式求爱；而袁青亲口告诉我，他本来是想爆粗口，结果脑子稍微运转了一下，变成了"失败了我就娶你"。

"我也不知道脑子里进什么水了，"他懊恼地说，"当时的确是被激怒了，脱口而出。"但袁青并未因此而激起非议，反而使人们看到了他可爱的一面。

几年后，"世纪并购"的后遗症出现了，文化整合变成了痛苦的碰撞。有一次袁青去国外开会，结果一个高管都找不到，人家的理由是："现在是周末，是私人时间。私人时间神圣不可侵犯。"

"整合"最终失败了，袁青被从 CEO 的位置上赶走了。他不再是那位"杰出青年"，也不再是一位"优秀企业家""商业领袖"，而是变成了一个"灰溜溜的失败者"。人们偶尔提及他的时候，不再是褒奖和赞颂，而是用"大败局""战略失误"这些词汇。

袁青是个很较真儿的人，他记得对女主持人许下的承诺。他打电话给她："我整合失败了，如果你愿意……"对方呵呵一笑："你想多了，袁总。"然后电话就只剩下了忙音。

那一年袁青三十八岁。他此前有过短暂婚史，据说因为与女助理关系暧昧而宣告婚姻破裂。"关系暧昧"在袁青的公司中是常态，他的一位副总裁的老婆有一次还打上门去，把她老公的女助理脸都抓破了，揪着头发绕着办公区转了大半圈。此事在当时是极大的公司丑闻，但因为袁青的"失败了我就娶你！"而被掩盖，最终不了了之。

袁青灰溜溜地回到了甘露园。在闲居了一段时间后，他开始认真为业委会做事。业委会的那些人都是些势利小人，见袁青失势了，就开始说些不冷不热、不咸不淡的话。我曾跟一位业委说："你们说话得注意点儿分寸，万一人家哪天东山再起，你们怎么有脸见人？"

他们之间到底发生了什么，我并不确切知道。我听说有一天袁青喝得大醉，在业委会的办公室里，把那个长期挖苦、刁难他的女业委会主任胖揍了一顿。主任报了警，警察赶到的时候，袁青已经不见了。他再也没出现在甘露园，跟着他一起消失的，还有三百多万"大修基金"。

业主们因为"大修基金"被卷跑了，就去业委会闹腾，最后还罢免了业委会主任，然而"大修基金"是找不回来了。闹腾了一年多后，这事就变成了公案，又变成了悬案，最后变成了一个不了了之的谜团。

时至今日，没有人知道袁青是死是活，如果活着身在何处。我听说业委会当时也没有报案，这笔钱看来是追不回来了。那天晚上，警察撞开袁青家的门，我跟着进去看了一下，家里什么都没有了。

后来我们才知道，袁青的房子几天前卖掉了，加上卷走的三百万，他差不多带走了两千万现金，足够办个移民，到个小岛上逍遥自在去了。

我跟负责甘露园的片警很熟，有一次我去他们那儿调了袁青的资料。在他们的记录中，袁青属于"落落寡合，不同别人交往"的一类人。他一贯遵纪守法，是有影响力的公众人物。

"牛叔，我实话告诉你，"小伙子说，"有一次，袁青那孙子跟我干了一架，被我打趴了。我本来想办他个袭警，但分局领导说，这是个著名企业家，办了后影响会很坏，最后向我道了个歉就过去了。这些大人物怎么都这操性啊？这很能说明问题，人品不好的大人物，干不出什么好事来。"

我告诉他，我所认识的袁青，的确落落寡合，但肯定不是坏人。他一定是受了什么刺激。他也不是什么亡命之徒。他的卷款逃亡背后，定是有什么隐情。

"牛叔，你这么说我就不爱听了，"小伙子有些不高兴，"你也干过刑警，都是些烂货，咱见多了。"

我不知道该怎么回复他。袁青这事干得的确无赖，但长期以来他除了传出几桩绯闻、偶有膨胀行为外，也没干过什么偷鸡摸狗的事。要知道我干过刑警，什么贼味儿都逃不过我的眼睛。譬如你，你是个作家，平日里老实巴交，但前天晚上喝多了，把大堂厕所门给踹坏了吧？别以为没监控我就不知道。我一闻味儿就能闻出来。

我后来花了好几年时间琢磨袁青这事儿，越琢磨越觉得不对劲。

我就秘密地进行了调查，竟然给我发现了真相。真相就在那个被罢免的业委会主任身上。那个主任是个中年妇女，独身，带两个孩子。你知道她的真实身份吗？

她是袁青的初恋情人！很狗血吧？他们俩一定是密谋好了，假装打了一架，把大家的注意力引开，一个前面先走了，一个在后面安顿好后事，还搞得跟个受害者一样，悄无声息地从甘露园消失了。这个局作得真高明，佩服。

"这是真事儿？"老牛的讲述告一段落，老陶插话进来，他跟我一样，已经听了半天，早就忍不住了。

"我什么时候骗过你？"老牛说。

"我其实关心的是，那俩孩子是谁的？"我问。

"嘿嘿，这就不知道了。据我了解，好像也不是袁青的，是她前夫的，姓郭。"

"不会是郭勇吧？"

郭勇和郭良是发生在甘露园的那场"离奇命案"的主角，郭勇是哥哥，郭良是弟弟。

老牛白了我一眼："你想象力真丰富，不愧是作家。郭勇和郭良的底细，咱们不熟悉？我见过那个名字，字太生僻，不太好念，好像叫郭隗……"

我央求老牛给我讲讲那个女人的模样。老牛指了指老陶："你让他说，他们有一腿。"老陶说："去你的。"

那个女人皮肤黝黑，眼睛细长，略显矮胖，但颇具风韵。"有谁瞅她一眼，她就嫣然一笑。在甘露园，妇女们都爱打扮和保养，不容易见老,她不算是好看的,而且还挺显老。"

"这样一个女人,袁青怎么会看上呢?"

"或许是因为爱吧。"老陶说。老陶低下头。他已经多年没见到她了。在袁青卷款逃亡之后没多久,她也从甘露园消失了,不知去了何处。

在甘露园五号楼超市门口,几个老男人呆坐在那里,喃喃自语。他们在谈论已经从人们记忆中消失的一个人,以及他的爱情。

在甘露园的夕阳中,老陶几乎失声痛哭。曾经有一条纽带将他与那个女人捆绑在一起,但如今他只能努力把她从记忆中抹去。他们曾经存在过,也许从未存在过。

奴才

———
人们说他拥有了阴谋论者的阴鸷和偏激,
还有着末流政客的卑鄙手段。

　　确切地说,这不是一个"老板"的故事,因为佟岩只是老板的一个"马仔"。他真实有效的身份曾经是袁青的助理和袁青公司的公关总监。以及,一个奴才。

　　袁青的故事,我已在《因为爱》中详细讲述过。袁青曾是一家著名家电公司的 CEO,也是甘露园的业委会委员,掌管甘露园的"大修基金"。有一天他卷走了甘露园的"大修基金",突然销匿于人群之中,杳无踪迹。

　　我与佟岩的交集,就发生在他给袁青担任助理的那些年里。袁青的公司在我们那个年代里是一家"标杆性"公司,被认为是民族品牌的代表,是高科技的象征。那时候它进行了一场"世纪并购",并购完成后,那家叫"传奇"的公司突然之间成了全球家电产业的领导者。

　　我正是在那时候认识袁青的。我前去采访他,写了一篇洋洋洒洒的万字长文。除了褒奖他的魄力和勇气外,也委婉地提出了担忧:并购固然能制造"巨无霸",可是一旦整合不成功,是否会造就一场"虚胖"?

　　袁青那时候意气风发,志得意满。他并不介意任何提醒与警告，也犯不上跟我这样的小角色计较。他已经赢得了交口称赞，成为媒体的宠儿。

那场并购事后被证明为一场灾难，但在当时却为袁青赢得了交口称赞。他还参加了一场电视直播，在那里对女主持人许下了"失败了我就娶你！"的诺言。

然而对于佟岩来说，事情却没有那么简单。多年以来，他就是袁青背后的那个男人，为他收拾烂摊子、"铲屎""擦屁股"。袁青是他的老板，也是他的神、他的一切。他每天都在观察袁青的脸色，以决定自己向其汇报的内容，或者向袁青提供什么样的神情。

长时间的殚精竭虑毫无疑问给佟岩带来了失眠、神经衰弱、植物神经紊乱、内分泌失调以及性功能衰退等顽疾，但他依旧对袁青充满热爱。他跟随在他的身后。袁青是领导者，他是追随者。袁青是统治者，他是权力的臣属。

很多人曾告诉我，佟岩刚加入传奇公司的时候，是一位阳光灿烂的少年，然而什么都会变成"曾经"。他在获得袁青青睐的同时，成功地将自己刻上了时间的墓碑，变成了卑微的小人和奴才——这不是我的独创，确切地说，这是整个传奇公司的共识。人们说他拥有了阴谋论者的阴鸷和偏激，还有着末流政客的卑鄙手段。没有人确切证实过佟岩的堕落，但人们眼见他性情大变却跟随袁青一路高升，成了"当红炸子鸡"。

在我的文章刊发不久，佟岩找到了我。那时候他还没有位高权重，年纪尚轻，委婉地向我表达了不满。出于对我所供职媒体的敬畏，他说了不少客套话。但我知道，我们之间正常的沟通算是结束了。除了他会在传奇公司需要的时候与我联系外,其他时刻,我只是一个观察者和局外人。

这对我来说没什么别扭之处。我只是一个作家,确切地说,我只想进行观察和分析,而不想陷进庸俗的关系当中。我与袁青住同一个社区,但我想与他保持距离。他是明星CEO,我是观察员,仅此而已。

在接下来的几年当中,袁青的公司果然经历了整合失败。"世纪并购"的后遗症出现了,文化整合变成了痛苦的碰撞。有一次袁青去国外开会,结果一个高管都找不到,人家的理由是:"现在是周末,是私人时间。私人时间神圣不可侵犯。"

"整合"最终失败了,袁青被从CEO的位置上赶走了。他不再是那位"杰出青年",也不再是一位"优秀企业家""商业领袖",而是变成了一个"灰溜溜的失败者"。人们偶尔提及他的时候,不再是褒奖和赞颂,而是用"大败局""战略失误"这些词汇。

在袁青被宣告成为"失败者"之前,我写了一篇文章《袁青是传奇合格的CEO吗?》。在那篇文章中,我从权柄的获取、业务的整合、战略的调整以及内部管理的嬗变来讨论了袁青是否为传奇公司合格的CEO。

文章刊发之后,我收到了传奇公司发来的律师函。律师函说我用阴谋论、胡乱猜测和捏造数据来恶意攻击、抹黑传奇公司和袁青先生,侵犯了袁青先生的名誉权,对传奇公司造成了巨大的商誉损失。他们准备告我。

收到律师函的那一刻,我吓坏了。出于对传奇公司的了解,我知道它和它的代理公司什么事都干得出来,而袁青此时正处于风口浪尖之上，衰败笼罩脑门，无名怒火无处发泄，拿我开刀也是极为可能的。

幸运的是我懂那么一丁点儿法律常识。我将所有文字仔细研读之后发现，我的确有败诉的可能，但我有充足的证据证明：我不是出于恶意，没有主观故意；此前的各种判例有不支持传奇公司提出的要求。

虽然我相信我和我的单位没什么可损失的，但我还是希望避免麻烦。然而在向传奇公司释放了沟通意愿之后，我的噩梦开始了。

在接下来的日子里，传奇公司组织了一系列文章开始对我个人进行声讨，其中有几篇文章开始攻击我所供职的单位，"用阴谋论、胡乱猜测和捏造数据来恶意攻击抹黑。"

这些拙劣手段，除了使我感到传奇公司的色厉内荏之外，只会扰乱我的心情。我已确切地知道，在与传奇公司或可发生的诉讼中，我已立于不败之地了——我只要进行反诉传奇公司和起诉造谣者，传奇公司收买造谣者的行径就会暴露。这对于传奇公司和袁青都将是致命的，除了他们将再次陷入争论当中外，还会使他们变成"卑劣小人"。

在对传奇公司与袁青感到绝望之后，我从噩梦中醒来。我恢复了原本的生活节奏。直到有一天我又接到了佟岩的短信。

"齐兄，有没有时间，我们交流一下？"

"有什么事情短信说吧，见面不太方便。"

"还是见面说吧，时间和地点你定。"

我们选在我单位边的一家咖啡馆见面，为防万一，我找了个同事在隔壁桌见证和录音。确切地说，我担心佟岩突然扔下个大信封，在我还没来得及反应的时候，又冲进来两个便衣。这种事情在电视上出现过，现实生活中也曾发生过。我不得不防。

那天的咖啡喝得很畅快。没有信封和便衣。佟岩向我进行了解释，表达了委屈，暗示需要理解。我则借机怒骂了传奇公司的法务部，说他们是蠢货、王八蛋，自然也含蓄地表达了和解意愿。我其实更想骂佟岩和他的部门，但我骂不出口。

佟岩非常高效。他第二天就发短信提出了和解条件：我把所有互联网上的文章删除、道歉，传奇集团不再追究我的法律责任。我告诉佟岩，除非得到传奇集团的安全保证，否则我不会在存在法律风险的前提下干这样的事。

"当我的善意一次次被你们利用之后，你觉得我们之间还存在基本的信任吗？"

"齐兄，你担心什么呢？"

"我担心我删了文章，你们又起诉我，而我连保全的证据都没了。"

"你文章都删了，我们为什么要起诉你呢？"

"你们什么事干不出来啊？"

"你删了我们肯定不起诉你了。"

"我需要的不是你的保证，而是你们法务部门的公函。个人虽然有感情，但是不可靠。就算是袁青的承诺，对我也是不可靠的。"

"真的，你只要删了，这事就过去了。"

"事情都过去这么久了，你们为什么还要删呢？"

"袁青说一定要删。"

"我不可能就这么答应你。我删了，以后我再写任何批评你们的文章，你们马上又会来起诉我。"

"你以后为什么还要批评我们呢？"

"我为什么不可以呢？"

我们的第一次交锋就这么结束了，没有任何结果，也没有任何回音。

在度过了一个寻常周末之后，我又收到了佟岩的短信。他告诉我，因为处于时间节点，传奇集团法务部门正在决定是否对我和我供职的媒体进行起诉。我告诉他，我坚持我的要求，并且向他建议，起诉也是解决问题的一种合理合法方式，可能会取得更好的效果。

"起诉了，你肯定败诉啊。"

"一切法律的判决结果，我都可以接受。"我告诉他，败诉了我可以上诉。上诉失败了我还可以申诉。在此过程中，我还可以反诉，同时我还可以对他们指使的造谣行为进行起诉。

我感觉佟岩蒙了。他没想到我会是这样的反应。但他明显想再进行一次试探。所以第二天他又给我发了一条短信："齐兄，我正在劝说我们法务部门不要起诉。起诉对你没好处，你肯定败诉，要面临巨额赔偿，家庭、声誉、工作都会受到影响，你们单位也会被停刊整顿。你好自为之。"

我想了一分钟。我给他回了条短信：

"去你妈的，我不接受任何威胁！"

旋即我接到了佟岩的电话。他向我解释，这只是他不成熟的推断，绝无威胁恐吓之意。他希望能够有一个好的结果。他愿意推进和解。他委婉地请求，哀婉地恳求，使我相信，此刻的他正承受着袁青的重压。袁青一定是给他下了死命令，一定要让这篇令他丢脸的文章从互联网上彻底消失。

我其实并不介意删除一篇有"硬伤"的文章,但我介意的是被威胁,以及潜在的法律风险。虽然每天早晨浏览报纸和门户网站的人不是过目就忘,就是迅速被新的话题带走注意力,但对于袁青来说,那篇文章就是他的噩梦。我已经听闻传言,董事会好几个董事看到那篇文章后,开始谈论袁青是否合格。

我并不关心袁青的去留。我事实上关心的是传奇公司的成败。它在我们的记忆中有崇高伟大的地位,像是一个幻梦、一个灯塔。我希望它永久地矗立在那儿,而不是轰然坍塌。

清明节前,我去了趟江南玩耍。没有任何消息。我以为此事算是消停了。大家会在默契当中停火,假装一切都不曾发生过,让时间带走所有冲突和分歧。然而在回北京的路途中,我又收到了佟岩的短信。

"齐兄,大家都不容易。我们一起把问题解决了,往前看,往前走。你看,我让我们公司的高级副总裁给你发一个保证书,你把文章删除了,如何?"

"任何个人的保证对我都毫无意义。"

"我们公司的高级副总裁,他的保证可以视作具有法律效力;而且,如果我们又告你了,你就在道德上占据上风了,不是吗?"

"我考虑一下。"

我事实上不是考虑了一下。我准备接受他的条件了。然而我的短信发不出去。高铁上信号不好。你们知道,高铁上就是这么信号不好。

我决定小憩一会儿,等信号好的时候再给佟岩回短信。

那天下午的短信往复,就如同一个笑话。我竟然先收到了佟岩的短信:"我们是受害者,你还把自己搞得那么悲壮,还牢骚满腹!"

我笑了笑。狗改不了吃屎。

"你会说人话吗？什么叫牢骚满腹？请不要再与我联系，我马上会把你加入黑名单。"

在接下来的一个星期里，我的手机拦截了来自佟岩的十来通电话和短信。那种阻止的快感使我兴奋，也有一种摆脱纠缠之后的释然。

周六那天中午，我接到了一个好朋友的电话，说是佟岩找到了他，托他与我沟通。我向这位朋友讲述了前因后果，然后表示可以沟通，但需要有说人话的人来沟通。

两天后，佟岩又一条短信被拦截了。"齐兄，张总（我的朋友）跟我们沟通说，你还是有和解的意愿……"

我将这条短信转给了我的朋友，从此就不再有任何下文了。我们共同无法理解的是，为什么直到最后，当他苦苦哀求的时候，依旧要用一种傲慢与偏见来掩饰自己的孱弱。我甚至无法想象，他那张阴鸷的脸上，那张神经衰弱、性功能衰退的脸上，到底会有一种怎样的表情。他一定是感到了巨大的挫折、委屈和悲怆，或许还有愤怒。然而，他只是一个奴才。

一个月后，袁青下课了。董事会解聘了他。佟岩失业了。又过了没多久，袁青卷走了甘露园的"大修基金"，人间蒸发了。至于佟岩，我再未听到他的消息。

在甘露园的午后，除了跟超市的老板老牛，我再未谈起袁青，自然也不会说起佟岩。我只是会偶尔陷入思索和想象。在我的想象当中，我看到的场景是，前面是一个国王，后面是一条猎狗。这如同一个古老故事，当猎物反扑的时候，国王逃走了，猎狗被猎物撕咬，遍体鳞伤，躲进了洞穴舔伤。

　　对于主人，它还剩下什么情感？是继续的忠诚，还是在茫茫人世互相寻找？是在恩情中沉醉，还是在被遗弃的宿怨中窥伺时机？

　　没有人知道结果，因为谁也没再见过袁青和佟岩。他们也许会再相逢，也许会在人世间错落有致。他们一个人带着强迫症、躁郁症游走在世界上，另外一个带着失眠、神经衰弱、植物神经紊乱、内分泌失调以及性功能衰退退缩在洞穴里。没有人知道结局。

　　奴才的结局都是提前拟定的，还可以修改。因此，你们都知道我在讲一个什么故事，但我只能告诉你们：这个故事，纯属虚构。

甘露园离奇命案

一

误解可以毁掉美好，但牺牲可以完成救赎。

（郭勇，还俗和尚，甘露园住户；郭良，算命先生，甘露园住户。他们是甘露园门口一桩凶杀案的两个主角。蔡玲，郭良妻子，甘露园住户。）

我最后一次见到郭勇是在甘露园门口。这是他的最后出场。他出场的时候手持双刀，悄然无声地走到一个算命先生的背后，左手一刀插进了他的腰眼儿，右手一刀抹在了他脖子上。

他的手法干净利落，显然是受到了好莱坞凶杀片的影响，并且进行了多次的仿真练习。

算命先生慢慢瘫倒在地，身体倚在一棵槐树上。鲜血先是从他颈部的伤口中往外迸射，接着变成了汩汩地流。鲜血环绕槐树四散开来，慢慢凝结，将他算命的布垫黏在劣质的瓷砖地面上。

起初他还抽搐着，没多久便一动不动、气息全无了。他的双眼倒是瞪得老大，充满惊恐和不可思议。有个买菜归来的大妈从边上经过时，被他圆睁的双眼吓坏了，大叫一声"我的个娘哎"，落荒而逃。

郭勇杀人之后并未逃跑，当然也没有霸气地写下"杀人者，郭勇也"。他平静地扔下双刀，掏出手机拨打了报警电话。"人是我杀的，你们去超市门口找我。"

他晃悠到甘露园五号楼下的超市门口，跟老板要瓶冰镇的青岛纯生。付了八块钱后，他一拽拉环，"噗"的一声，泡沫开始外溢，他捏着易拉罐兀自喝了起来。

我混在人群中惊惶地看着他。易拉罐的"噗"与算命先生颈部的"噗"极为相似。我们远远地围着，既不后退，也不靠前，暧昧地与他对峙着。

我远远地观察他的表情，面无表情，他的双手并不颤抖。他也不惊惶，喝酒的频率很快，是为了赶在警察到来之前喝光。他显然放弃了逃跑，或者他根本不曾想过逃跑。

"这是个好故事，"他老远冲我大声喊，"你给我写个小说吧。"

我没吱声。

我无法想象，一个被我们称为"大师"的和蔼男子，为何突然之间如此残暴冷血？

对他利落的手法，我又感到好奇：他到底从哪儿学会了职业杀手的招数？

我在甘露园对面的茶馆结识了郭勇。

他经常一个人枯坐在那里，目光惘然地看着马路对面。

熙熙攘攘的人流、煎饼摊、算命摊、水果摊，一个个排在一行槐树下面。知了声嘶力竭的时候，他们也在高声叫嚷。

我喜欢这样的市井生活，充满烟火气息。一座城市如果没有了烟火气息，就会变成冷冰冰的建筑。制造烟火气息的，是这些小摊，有时候我会在他们那儿买点儿水果，或是买张盗版碟。

"这是生活的味道。生活是庸常而充满意境的。"

我在茶馆里对郭勇的神情着了迷。这样的澹然使我相信，他的内心洁净而充满意境。他一定也沉迷于马路对面的烟火气息。

有一次他发现我在观察他，就冲我笑了笑。我们就算是认识了。后来慢慢熟稔，他就给我讲起他曾经出家为僧的往事，讲起他如何从喧嚣回归寂寞，从躁狂深入到平静，从尘垢中走进洁净。

我喜欢他的故事，喜欢一位洁净的男子，以及他寂寥如花的神情。

在凶杀案之后很久，我都无法在深夜安然入眠。一闭上眼睛，我就会看到郭勇淡定寂寞的表情，像是春天绽放的花朵。他悄悄地走到算命先生背后，利落地来了两刀，然后澹然地弃刀、饮酒和被捕。

死者也是甘露园住户，只是与郭勇不住同一栋楼。凶杀案发生后，物业为了安抚业主情绪，贴出通报说，被害人叫郭良。

甘露园所有人都认识郭良。他是一个算命先生。多年来他一直在甘露园门口摆摊算命。

每个人从他算命摊前经过的时候，他都会狡黠地打量一番，若是见到了老人和少女，他会大声招呼；若是遇到愁眉紧锁的中年男子，他也会善意地上前寒暄。

他的生意红红火火。托这座城市快速发展的福，生活节奏越来越快，压力越来越大，人们越来越焦虑，越来越需要算命先生的解释、暗示和指点。

郭良在甘露园门口摆了很多年摊，在我搬进甘露园的时候，他就已经坐在那里了。漫长的岁月里，他的穿戴没什么变化，总是那破破烂烂的一套衣服，但他的收费却紧跟通货膨胀的节奏，从最初的二十块钱一次变成了现在的两百块钱一次。很多人找他算命，事后觉得上当受骗，但没什么人会去与一位寒酸可怜的算命先生计较。

他们并不知道，郭良并不寒酸可怜，甘露园是个高档社区，这里没有寒酸可怜的人。

我曾在甘露园里遇到孙淳，他在那里陪一个老太太聊天儿。孙淳走后，老太太对我说："他哥哥和他爸妈都住这儿。"孙淳的哥哥是位导演，叫孙周，我只记得他拍过《周渔的火车》，巩俐演的。"哎呀！"老太太突然惊叫，"我忘了问他最近拍什么新片了。"

有时候我也会在甘露园遇到一些三线明星和退役的世界冠军，他们都是甘露园的住户，开着路虎、丰田霸道、宝马 X6 和奥迪 A7。令我迷惑的是，一些瘦瘦小小的姑娘总喜欢开着个头儿很大的车。在五号楼下的超市门口喝酒的时候，王小枪说："姑娘们都喜欢个头儿大的，什么都是。人人都有一条大蟒蛇，而我只有一条小蚯蚓……"

我和算命先生郭良的相识，也是在这儿。有一次我们在五号楼下的超市门口相遇。

"今天没出摊儿啊？"

"没有。皇历上说，今天诸事不宜，不出摊儿了。"

"我不大信这些，也不反对。"

"科学解决不了所有问题。我们的生活中充满了无法解释的神秘，既然它们是存在的，那就是合理的。"

我突然对算命先生充满敬意。

"一个人的命运由无数的偶然构成,所谓时也命也运也。时是恰当的时间,位是恰当的地点,命是一个人天然的出身,运是外部的潮流。一个人最终的命运呈现,无非就是时与位、命与运交互作用的结果。"

"这道理我懂。"我说,"可我无法确定的是,到底是命运决定了我们的一生,还是我们一生终结的时候,回头来看,我们走过的路才最终构成了命运。"

"命运的呈现是一种结果,但命运却只是一种可能性。我们每个人都有自己的命运。譬如我们现在坐在这儿一动不动,我们的命运就是既定的;如果我们开始行动,我们的命运就会发生改变。"

"你太有文化了,"我讪笑着,"我只想喝酒。啤酒是我的命运。"

他低头不作声,抽完一支烟后默默走开了。我远远望着他的身影消失,内心充满敬意和恐惧。

多年来我一直觉得自己是这个行当中的精英,有望成为翘楚中的翘楚,可是突然之间,一个在甘露园门口摆摊的算命先生,用几句话打消了我的妄念。

皇历上告诉他,那个阳光灿烂的午后,他会有血光之灾吗?

甘露园的消息散播得快。凶杀案发生不久之后的一个黄昏,我到楼下广场散步。广场舞正到了中场休息的时刻,《小苹果》从喧闹中暂停,几位大妈开始闲聊。

"前两天咱们小区门口发生了杀人案,你们知道吗?"

"知道啊,《新京报》都报道了,说是杀人的是个和尚,被杀的是个算命先生。"

"他们是哥儿俩,你们知道吗?"

"啊?!"

"我儿子在公安局,他说这两人是亲兄弟,杀人的是哥哥,十年前被弟弟骗了,如今回来报仇。我儿子说案情很清晰,估计得判死刑。"

"这都什么事儿啊!"

"就是。"

《小苹果》重新唱起,大妈们心满意足地回到队伍当中,又疯狂地扭动起她们的腰肢。她们挥舞的手臂,让我想起郭勇那天干净利落的动作,一插,一抹,郭良就从这个世界上消失了。

职业习惯使我重新回想起那个寂寞的午后。太阳正慵懒地照在甘露园,撒播下的阴翳有如暗黑的城堡,边缘是险恶的城墙,一个荒唐可笑的形象。

门口的那排槐树上还有几只知了拼了命地嘶叫,仿似知道秋日已至,来日无多。树下是一排摆摊的人,懒懒散散地斜靠在槐树上聊着天儿、打着盹儿。

然后,哥哥出现了,两刀结果了弟弟。

那一大摊血迹还残留在那里,估计需要一场大雨才能冲洗干净。人们很快将会从杀戮的惶恐和兴奋中醒来,慢慢平静地聊起郭家兄弟的往事,就像是聊自己昨天与公婆的矛盾、与儿女的龃龉、与邻居的纠纷。他们不会再深入到故事的细节,对他们来说,这只是一段往事、一个故事。

甘露园什么都有,当中故事最多。这是我对甘露园恋恋不舍的唯一理由。我喜欢在甘露园听大妈们讲家长里短。她们会告诉我,七号楼有一个二奶,长得挺漂亮,有个女儿,还会做一手好菜,谁家里若是来了客人，就会有人打电话给她点餐。

"你们咋知道人家是二奶？"

"一个漂亮女人带个孩子过，不正常。"

"有什么不正常啊？"

"谁也没见过孩子她爹。"

"哦。"

她们也会说，《甄嬛传》里有个女演员就住在这里，因为她妈妈也经常与她们一起伴着《小苹果》跳舞。她们还会告诉我，六号楼有个穿红鞋子的老头儿上吊自杀了，因为女儿不孝顺他。那个穿红色普拉达的老头儿，我们都叫他"骚老头儿"，是李尚武的岳父。

"你们楼上住了个作家，"有个老太太说，"前段时间被抓了。"

"这事儿我咋没听说过？"

"听说他编了不少电视剧，前两天叫了个女演员到家里看本子，给人家饮料里下了药。"

"肯定不是一流编剧，一流编剧都有人送上门儿。"

"也是啊。"

在我所听到的故事当中，郭良的故事最简单，没有离奇情节，只是庸常的生活。

郭良的算命摊很简陋，一个水杯、一张垫子、一本万年历、一只罗盘、两支笔、三张凳子。有时候他心情好，也会从家中带一张宜家买的廉价折叠小桌，与边上卖煎饼的、卖水果的、卖盗版碟的和给手机贴膜的一起打打扑克。人凑不齐的时候，他也会招呼房屋中介的那些小伙子，但他们通常都对他爱搭不理的。有时候那些小伙子还揶揄他:"你这么会算,难道就算不到今天人凑不齐?"

郭良讪笑道:"小伙子,祸从口出,言多必失。"

小伙子脸色一下子就变了。他们虽然不信郭良的那一套,却也不想得罪他,免得真被郭良给作法整了。

他们也知道郭良是甘露园的老住户,地头蛇,惹不起。他们曾目睹城管过来抄摊子,卖煎饼的、卖水果的、卖盗版碟的都惊惶逃窜,唯有郭良淡定地坐在那里。城管到他摊子前,还堆着笑脸跟他招呼:"郭大叔好。"

我曾问过郭良,为什么城管对他这么友善?

郭良说:"我会看相。我看到恶相的就躲着,看到善相的就打招呼。"

"有这么准?"

"十之八九吧。"

"万一有个恶人长了善相呢?"

"所谓相由心生,心由相转。恶人总会因为心恶而呈现出凶相来。你看那些坏人、那些贪官污吏,有几个是仪表堂堂、气宇轩昂的?他们在一个环境中浸润久了,就会被环境变异。他们的心变得跟环境一体了,相貌、神情、手势上就会呈现出来。这些细节,会泄露他们的秘密。我们算命的,其实首先是看人,察言观色看细节。"

"你真应该去干记者。"

"记者看到的只是表象,而我看到的是隐秘世界。"

"你越来越像个哲学家了。"我揶揄他。

"算命其实依靠的就是一套人心的哲学。"

细雪开始微妙地飘落在甘露园,朦胧的雪景掩盖了沉沉的雾霾。

气候越来越暖，细雪开始变得罕见，成为美丽如画的珍奢品。北风也变得奢侈，如果北风不来，雾霾就会赖着不走，我们的生活就会像空气一样，沉重而肮脏。

除了夕阳，细雪是我在甘露园最喜欢的景致。细雪可以覆盖甘露园的风格，使其变成一个童话。不过细雪现在越来越难看了，已经从一张乳白色的雾帘变成了暗棕色，还散发出诡异的气味。

甘露园的生活多年来一直弥漫着沉重而肮脏、优雅而邪恶的气味。这个小区与北京的其他小区没什么不同，狭小局促，充斥着倾轧和交易，蜿蜒着淫邪和流言，以及凄苦强劲的生活意境。

我开始为《中国故事》写一篇关于郭氏兄弟的文章，写他们戏剧化的、漫长空旷的一生，也写我们在金属、水泥和玻璃中被异化的生命。

命运。我挺喜欢郭良对我说起的这个词。

这是他们兄弟的命运。

为了获取更多细节，我在一个午后敲开了郭良家的门。开门的是一个漂亮的女人，三十多岁，雍容，带着忧伤的优雅，用温润的鼻音问："你找谁？"

我向她说明了来意，也告诉她，我曾经与郭良在五号楼下的超市门口聊天儿。我对他充满敬意。

女人犹豫了片刻，将我让进了屋内。

这就是郭良的家。我曾经很多次想象，并且在梦中走进郭良家中。一百四十多平米的房子，南向，能够看到朝阳路上的加油站，隔着三十米还可以听到每晚的汽车轰鸣、压路机的嘶叫。

房中感受不到郭良存在的气息，没有照片和算命书，没有纪念的香烛，没有哀伤的信号。

"我把他的东西全部封存到了储物间，"女人说，"生活总是要继续，我得抹去关于他的记忆。"

"孩子上学去了？"

"早上坐班车走的，在读一家国际学校。"

"我想请你给我讲讲郭良。"

"其实没什么可讲的。他是一个好男人、好父亲、好兄弟。他的死亡是命运的捉弄，是个残忍的错误。"

"他以前是做什么的？"

"读完大学后，他去一家房地产公司打工，给老板当秘书。他喜欢算卦，老板每次做决策，都会请他打上一卦。后来公司散了，老板走了，他又不愿给人打工，就在甘露园门口摆了个算命摊。我不喜欢他摆摊儿，挺丢人的，但是他喜欢这事，我管不了，就由他去了。"

"你们是怎么认识的？"

"我们是那家房地产公司的同事，都是给老板当秘书的，相互看着对眼，后来就结了婚、生了孩子。"

"你爱他吗？"

"爱。"

"爱他哪儿？"

"他身上有一种神秘属性。一个男人，如果有学问，又有神秘属性，还能赚钱养家，给你安定的生活，他就会有一种特殊的吸引力。"她笑了笑，脸上出现了羞涩的红晕。然后她的眼圈开始发红，接着便扑扑地掉眼泪。

我抽了张纸巾递给她。

"谢谢,"她说,"美好的生活总是短暂易逝。"

我相信她一定是深爱着郭良。她的身上有着郭良的痕迹,就连她的说话,也是郭良的腔调,像一个神秘的算命先生。

"你跟孩子现在如何生活?"

"郭良有一笔积蓄,还做了一些投资,足以保障我们的后半生衣食无虞。他是个天才,经常能预测到股市的趋势变化。"

天才如鱼群,必是啸聚而来,又倏忽而去。我心里突然蹿出这么一句话。

"他本质上是一个理想主义者,"她说,"他经常说,我们最终成为什么样的人,取决于我们内心有多么自由、丰富。地位、权势、财富很重要,但无法形成人格。我们在这个世界上的与众不同之处,还是情怀。所谓情怀,就是愿做无用事、无用功,从精致的利己主义者回到自由的理想主义者。"

"说实话,以前在小区门口见到他的时候,我没觉得他多值得关注,无非是个讨生活的算命先生罢了。我一向不大相信算命先生,觉得他们跟骗子差不多。可是我跟他在超市门口聊过之后,就对他充满了敬意。他是个奇怪的、有趣的人。"

"他跟我提起过你。"她说,"不过没说名字。"

"哦?"

"他说如果他要讲述一个故事,一定会请你来写。这也是我答应你谈谈这事的原因。"

阳光慢慢偏移,在房间里消失。天色渐渐暗了下来。

"我得去接孩子了。"她说,"真抱歉,竟然没给你倒杯水。"

我起身道别。

"我可以再来叨扰你吗?"

"可以。"

我是在命案发生之后三个月才了解到凶杀案的内情。那时候郭勇已被判了死刑。我从法院的网站上查到了判决书,它为这个故事提供了确切的"无情绪"版本。

郭勇与郭良是亲兄弟,二十年前郭勇开始做生意,先是在中关村做电脑配件,1998年后开始做房地产生意,十年前已经是京城颇有名气的开发商了。甘露园就是他开发的楼盘项目,在当时的北京,属于豪宅序列。他每天美女豪车陪伴,整日里觥筹交错、挥金如土。后来与他颇为熟稔的一位官员因涉贪腐而被双规,他每日着急上火、焦虑不堪。郭良心疼哥哥,就给他打了一卦。

郭良自从大学毕业,就一直跟着哥哥做生意。郭勇信任弟弟,觉得他聪明、有学问,脑子灵光。弟弟从小就喜欢研究周易、八卦,经常翻看《四柱预测学秘籍全书》之类的书籍。

郭勇在供词中说:"郭良在河北拜了个师父,但多半还是自学的。他这方面的书多,还会上网查资料。"他去香港出差的时候,还曾给弟弟带过书,"他说香港那边有些算命的书比我们这儿靠谱儿。"

每次要做大事情,譬如拿地、谈判、开盘,郭勇都会让弟弟占上一卦,至少得有个"无咎"的爻辞,他才会行动。郭良的卦倒也从未失手过,经由他的占卜,哥哥的生意越做越大。

这一次的风险太大,郭勇生怕自己被牵涉进去,不但家财要籍没,就连人都恐有牢狱之灾。他让弟弟给自己打一卦看看吉凶。

郭良给哥哥打了一卦，习坎，坑上加坑，危机四伏。爻辞"六三"，说是"来之坎，坎险且枕，入于坎，窞，勿用。"

郭勇听到弟弟的解卦，更是惶恐。

郭良宽慰他说："万事都有定数，不必焦急，我自会破解。"

深思熟虑之后，他建议郭勇散尽家财，出家为僧，以求平安。"等事情落停，一切安静，你再还俗，东山再起。"他说。

郭勇有些不舍，他就劝郭勇说："财去，人来；财来，人去。"

郭勇终究下定了决心，但他没有将家财散给他人，而是散给了郭良。这是他的亲弟弟，他相信他。他还叮嘱郭良务必照顾好自己那年轻美貌的女友，等风平浪静之后，他要回来娶她为妻。

在河北一家小寺庙里，郭勇落发为僧，法号"玄勇"。他的出家在当日轰动一时，虽然媒体并未进行铺张的报道，但坊巷中都以此作为最大的谈资，描述一位杰出的企业家如何被"信仰的力量"征服，遵从内心的召唤，找到了自己的终极。

说心里话，玄勇不是一个好和尚，他耐不住寂寞。寺院的钟鼓声让他心烦，每天上课、念经、扫地、卖香火、做法事的机械往复，使他每想起往日来，就会心碎。然而时间久了，他发现内心竟能真正地平和下来，一切过往，俱成了幻象。

他的师父说，玄勇初至时，因此前糜烂无度的生活，身体很差，五脏皆有病症，精神状态也不好，焦虑失眠。"一堂两个钟头的课有时他都坚持不下来，干瘦干瘦的。有时候，他精神比较恍惚，不是很正常，经常做梦。"

可是他很快找到了自己的世界,在恍惚中入定,在入定中澄明。他对寺院生活着了迷,郭良好几次来接他,都被他拒绝了。他也不再对郭良提照顾女友的事,而是叮嘱他为她寻个好男人。

十年后,郭勇突然还俗。没有人知道他为什么还俗。我曾在甘露园对面的茶馆中问过他,他只是澹然地笑了笑:"佛是臭屎橛。在哪里都是修行。"

他悄然回到了甘露园,在七号楼租了一套房子住下。他看到弟弟在甘露园门口摆摊算命。他没有与他相认。一切都成了过往,他不想再重复昨日的生活。

他听说郭良卖掉了自己创立的公司,娶了自己曾经的女人,他们生下一个十岁的孩子。"十岁,"他在供词中说,"意味着我刚出家,他们就睡一起了。"

郭勇想起了弟弟当初对自己的规劝:"如果不出家,就得死,出家才能把这个灾躲了。"那时候他经常做噩梦,"很害怕一个人睡觉,一闭眼就看见警察来拘捕我,很难受。"郭良第一次去寺庙劝他回家的时候,他对弟弟说:"我不回来,回来就要死。"

关于那个寂寞而血腥的午后,郭勇在供述中说:"那天一大早,我就出了甘露园的门。我就在马路对面的茶馆里坐着,考虑到底要不要下手和怎么下手。郭良算命的时候刚好背对着我,他看不到我。到了中午,天也热了起来,我很是烦躁,一想起往事来,我就怒不可遏。我给茶馆老板结了账,出了茶馆的门,过了马路,在路边从挎包里把两把刀拎了出来。那是两把剔骨刀,是我从菜市场买来的,还找一个在附近磨刀的老头儿给仔细磨过。我走到郭良背后,他根本看不到我。

我说：郭良？他回头看。我左手一刀捅到他腰眼上，右手一刀抹在他脖子上，血吱啦一下就喷出来了。他瞪着大眼珠子看我，想说什么也说不出来了，然后就噗通一下倒地上了。我把刀扔在现场，就去了超市门口等你们。"

郭勇的供述与目击证人的描述略有出入，茶馆老板说，他看到郭勇不只捅了两刀。"他先是对着算命先生后心捅了两刀，然后又胡乱捅了很多下。我当时吓坏了，还没缓过神来，可听到街上有人喊：杀人啦！杀人啦！我冲出茶馆，过去一看，算命先生已经没气儿了。"

对于杀人动机，郭勇在供述中说："我还俗后，一直觉得是郭良当初设了个局，骗我去当和尚。他霸占了我的家财，还霸占了我的女人。才十年时间，他就把我所有家财都挥霍一空。一想起我所遭受的欺骗，我就怒火中烧。我要复仇。"

说心里话，在我心中，郭勇始终是一位"大师"。在庭审最后的陈词当中，他平静地讲述起自己的内心：

"我小时候喜欢光亮，傍晚看到灯火通明的县城就羡慕不已，那时候我一直在想：什么时候我才能是城市的一分子。后来我出家了，喜欢一个在黑暗中独处、静默，此时的这个世界才属于自己。

"我们都有一种被人接受的需要。但是你必须坚持自己的信仰是独特的，是你自己的，哪怕别人认为它们很怪，或者很讨厌，哪怕一群人都说，那太差。你们用不着表演，完全为你自己。"

郭勇最终被判死刑，立即执行。他没有上诉。他坦然面对死亡。

我又在一个慵懒的午后敲开了郭良家的门。

女人这次带着笑容欢迎我，她殷勤地煮上了咖啡。

"他喜欢喝咖啡,黑咖啡,不加糖奶,尤其喜欢曼特宁和哈拉尔。"

"这爱好倒是跟我相似。"

"你曾是郭勇的女朋友,"我说,"你没有告诉我。"

"你并没有问我,"她说,狡黠地笑道,"郭勇是我们的老板。"

我们慢慢地啜饮着咖啡,有一搭没一搭地闲聊。

"你爱郭勇吗?"

"确切地说,应该爱过。成功会给男人身上增加光圈。我不确定我有多爱他,但我确定我有多爱郭良。"

"那孩子……"

"孩子是郭良的,我们是在郭勇出家一年多后才有的孩子。"

"其实我一直在想,郭勇走后,你是如何消磨时间的。那时候你唯一的寄托就是郭良了。你们能走到一块儿,也是顺理成章的事。"

"我给你读一段我当时的日记,"女人走进书房,拿了一个本子出来。

"已是夏末,你已经走了三个月。今年的雨水多得不寻常,时常狂风大作,电闪雷鸣。有时候走在路上,突然到来的大雨会把我浇成一条河。你在那里依靠佛祖,而我此时没有任何依靠。他出现的瞬间令我崩溃。他的细心又让我感动。我们慢慢开始走近,有时候会整晚在客厅聊天儿,说些不着边际的话。我们开始避免提起你,在心照不宣中打着哈欠互道晚安。我们变得像细腻的情侣,没有对未来的想象,全是生活的细节。我们会一起看电影、看月光,彼此不再掩饰寂寞之情。有一天晚上,我们没有互道晚安。我们做爱了。我们俘获了彼此,在静谧的暗夜释放了欲望、迸射了情感。肯定有人投诉了我们,物业公司派人来敲了几次门,我们都假装没听到。自那一晚后,我们再也没有愤慨。我们距离你和你的往事遥远起来。我们想开创新的生活。"

"我再给你念一段。"她说,"要不是他突然说起你来,我已经把你给忘记了。他说要把你的公司卖了。我以为他要把你的财产据为己有,有些担心。他说他对房地产不感兴趣,卖了才会把你的财产保护好,用来做投资,等你出来后全部都还给你。他说你们是兄弟,兄友弟恭,血脉相连。如今我们在一起了,他不可能把我还给你,只能把财产给你看好。我同意。我爱这个善良正直的男人。我怀孕了,还没把这个消息告诉他。"

"郭良知道你怀孕后什么反应?"

"欣喜若狂。以前他抽烟喝酒,听说我怀孕后,烟戒了,酒也基本上不喝了。"

我有些嫉妒郭良。我偶尔会想象他赤身裸体,绽放出一身精壮的腱子肉。他们的情欲释放完毕,会如何进入聊天的场景?他们会拥抱着入眠,还是谈论起庸常的琐事?

"我给你看个段子。"女人掏出手机来,打开微信。

"匆匆那年致青春。"

她的昵称。

"一位交易员曾告诉我,如果单子下得够快,孤独就追不上他;一位分析师曾告诉我,如果数据找得够细,便能找回丢失的自己;一位基金经理曾告诉我,他每天都在出货,七年了,都没出干净心中的灰尘;一位保荐人曾告诉我,只要他投行报告编得够逼真,就能骗过匆匆流逝的时光。"

"这个段子不错，很有感觉。"

"玩笑，充满哀伤。足够荒诞，却又心有戚戚。"

我在中欧商学院上过几堂课，有一位教授给我们说："财务报表像比基尼美女，看似很暴露，但没暴露出来的那部分才是你真正想看的。信息披露就是要用诗人的意境写出流氓的意思。"

"这个教授也很有趣。"她咯咯笑着说。她笑的样子，真是迷人。

就在郭勇被执行死刑的那天，一家叫"兄弟信仰"的公司在香港上市。这家公司在招股书中写道："人生在这里定格，欲望在这里虚空，牢骚在这里终结，思想在这里升华，历史在这里沉淀，文化在这里凝聚，灵魂在这里净化，信仰在这里延续。"公司从事殡葬、墓地等业务，所属行业为"可选消费"。

这家公司引发了投资者的巨大关注，因为公司在上市前，两位主要的创始人、大股东都死于非命，公司目前的实际控制人是创始人郭良的遗孀。她在公司上市的时候，涕泗横流。

"郭良将所有财富和精力都放在了这家公司身上，他为这家公司付出了生命。他与他的兄长郭勇，是兄弟信仰的创始人，也成了兄弟信仰的客户。"

香港媒体后来描述说，这位神秘的中年女子，化着大浓妆，脸涂惨白，嘴涂血红，烫了个波浪头，戴着金丝边眼镜……它们揶揄说，她的形象"与兄弟信仰的业务范畴匹配度极高"。

郭氏兄弟的离奇命案过去很久之后，我又习惯了坐在甘露园五号楼下的超市门口喝啤酒。我坐在郭勇曾经坐过的位置，想象郭勇当时的平静澹然。我也会想象郭良每天的忙忙碌碌，不是为了谋生，而只是为了等待，等待兄长归来，或是等待命运的裁决。

我突然想起了一句话："出色的报道，关键不在于人物、内容或时间，而是原因。"我暗然自得。

我去女人家里归还她的日记。我已经将她整本日记复印完毕。我告诉她，我为《中国故事》杂志写的《兄弟》已经完工，杂志印出来后会送给她。

她依旧是那种恬淡迷人的样子，没有大浓妆也没有波浪头，这使我感到困惑。

"我看到香港的报道说……"

"都是真的，"她笑道，"那是公关团队为我做的设计，说是这样可以提高投资者的关注，也能营造出行业氛围。"

"这纯粹是自毁形象啊！"

"对于我来说，形象并不重要，重要的是把他们兄弟的故事延续下去。误解可以毁掉美好，但牺牲可以完成救赎。"

"我想抱下你。"

我们像老朋友那样拥抱了很久。

"只有情欲的刺激才能把他的全部精力调动起来。潜伏在他心里的猎手嗅出了这里有猎物。"

我想起她在日记里反复使用的引文。

她会成为我的猎物，还是我会成为她的猎物？抑或我们会彼此狩猎，在弹尽粮绝之后，疲惫地媾和到一起。

以下是我为《中国故事》杂志写的《兄弟》全文——

无论哥哥走到哪儿,弟弟就会跟到哪儿。他们分享彼此的一切,玩具、童年、父母、时光、财富和幸福。他们也分享了女人和死亡,分享了误解和救赎。

哥哥曾经是一个"混子",身上有着这座城市特有的空旷、野心和冷漠;弟弟毕业于名校,如果没有去跟哥哥一起闯荡,会成为一位杰出的学者。

哥哥喜欢弟弟身上的书卷气,他希望成为弟弟那样的人。他没有成为弟弟那样的人,而是成了弟弟的保护人。

弟弟喜欢哥哥身上夸张的冲击力,他要追随哥哥,成为他的臂膀和他生活的一部分。他仰慕他。

他们就这样生活了多年,直到有一天,误解击碎了美好,杀戮戳穿了幸福。

哥哥叫郭勇,弟弟叫郭良。今年夏末的一天,哥哥手持利刃,将弟弟杀死在甘露园门口。他一共出了两刀,一刀捅了左腰眼,一刀割喉,刀刀致命。他的手法干净利落,杀人过程中平和冷静。公诉人后来形容他像"一位训练有素的冷酷杀手"。

那个悲伤而冷酷的午后一直在蔡玲的记忆中挥之不去。蔡玲是郭良的妻子,也是一个九岁男孩儿的母亲。除此之外,她曾经是凶手郭勇的恋人。

"我当时正在家午睡,大堂的对讲突然响了起来,声音很刺耳。我从床上爬起来,拿起对讲,就听到有人冲我大喊:快下楼,你们家算命先生在小区门口被人捅了!我当时就蒙了,随便套了件T恤就往外跑。那天的电梯显得特别慢,我等得都快哭了。"

蔡玲一路往小区门口跑，一边跑，一边在想到底发生了什么。她看到五号楼下超市门口簇拥了一群人。她不知道凶手郭勇杀人后就安静地坐在那里，等待警察前来抓捕。她有不祥的预感。

从六号楼门口到甘露园大门外丈夫摆摊的地方，有一百米。对于蔡玲来说，却如一百公里般漫长。

她看到丈夫斜靠在一棵歪脖子槐树上，坐在血泊中。血已经开始凝固，将丈夫算命的道具和他的裤子黏在劣质地砖上。血泊里还有两把尖刀，大概一尺长，单面开刃，也黏在那里。

她一见到丈夫，就知道自己已经成了寡妇。她哆哆嗦嗦地掏出手机，要拨打120。"不用拨了，"旁边有人说，"我们刚刚已经拨了。"

"来了也没用了，"有个人低声说，"人已经走了。"

说话的是旁边水果摊的摊主，蔡玲识得他。

"谁干的？"蔡玲问。

"不认识，不过没跑，到小区里面去了。"

"我要杀了他！"蔡玲歇斯底里。她从水果摊上抓起水果刀就往五号楼跑。她终于明白那儿为什么围了那么多人。

"拦住她！拦住她！"水果摊摊主在后面大喊。

警车先于拦截蔡玲的人抵达，刺耳的警笛停歇之后，先是两个警察冲下来将蔡玲按倒在地，接下来又下来几个端着微型冲锋枪的警察，攻击队形冲到了五号楼下的超市门口。

"我在这儿！"郭勇大声喊。

警察夺下蔡玲的刀后，放开了她。蔡玲来到五号楼门口的人群中,看到正被警察戴手铐的郭勇。郭勇冲她笑了笑,她一下子瘫倒在地。

无论弟弟走到哪儿,哥哥就会跟到哪儿。他们分享彼此的一切,玩具、童年、父母、时光、财富和幸福。他们也分享了女人和死亡。

郭勇在甘露园跟踪观察郭良,已经有三个月时间。他一直在寻找下手的机会,同时也在设计杀死郭良后的逃跑路线。他在供述中说,刀是他在康家沟菜市场购买的,在甘露园对面找了个磨刀师傅给磨得锋快。

"拿到刀后,我一直很犹豫。有时候我对自己说,算了吧,毕竟是自己的亲弟弟,我们以前感情那么好。后来想起往事,想起他骗我做了和尚,吞掉了我的家产,夺走了我的女人,我就充满了复仇的冲动。下手前我就想好了,我不跑了,陪他一块儿死。反正我也跑不掉,甘露园门口,往南是朝阳路,往北是朝阳北路,天天堵车,你们警察的网格构成了天罗地网,我往哪儿跑都是死路一条。"

郭勇说,当他第二刀给弟弟割喉之后,弟弟回头看到他时的惊恐和绝望眼神,让他崩溃。他后悔了,可是一切都来不及了。

引发手足相残的,是十年前的一段往事。那时候郭勇是一位开发商,正逢房地产市场的黄金时代,他的事业蒸蒸日上。弟弟郭良在公司中为哥哥帮手,出谋划策,用今天的说法,是公司的首席文化官、首席信息官。

那时候哥哥有个女秘书,叫蔡玲,是哥哥的女朋友。他们已经谈婚论嫁，只待一个合适的时机，就会去民政局登记结婚。"那时候郭良天天叫我嫂子，"蔡玲说。

蔡玲的日记记载了当时的甜蜜："幸福是什么？幸福就是坐在他身边看他指挥若定；就是躺在他臂弯里倾听他的心跳；就是靠在他肩膀上充满安全感；就是为他做上几个小菜，看他狼吞虎咽；就是每天与他对酌，陪他看星光月亮；就是他在身边时爱他，他不在身边时想念他。所有的不安都已终结，幸福就是一觉醒来发现不幸是一场谎言。"

郭良打小就有一个算卦的嗜好，他喜欢研究《周易》《梅花易数》等书，闲来无事会打上一卦。郭勇说弟弟打卦非常灵验。他们还小的时候，住在四合院里。有一次他要外出，弟弟给他打了一卦，说他会有无妄之灾。他不相信，结果刚出门，就被邻居兜头一盆洗脚水，他从此就信了弟弟。他创业之后，公司里需要决断的时候，他都会请弟弟打上一卦。

十年前北京市在反贪腐行动中处理了一位官员，坊间传言郭勇涉案。郭勇为此惊慌失措，就让弟弟给他打了一卦。弟弟给他打了一卦，建议他外出避祸，最好是出家为僧，等风平浪静的时候再回北京。

郭勇听了弟弟的建议。他到河北一家小寺院里落了发。起初他不适应那里的生活，想念自己在北京的一切，排场的饮食起居、欢快的觥筹交错、貌美如花的女朋友、形影不离的弟弟。可是寺院的钟声有一种神奇的力量，使他很快陷入宁静当中。他忘记了世俗生活，真正地变成了一个化外之人。他忘记了北京，忘记了事业，忘记了女人，也忘记了时间。他对当下着了迷。

十年之后，他的记忆突然恢复了。他还了俗，回到了北京。他发现自己的公司早已被弟弟变卖了。自己的女人也变成了弟媳，他们还有了一个儿子。弟弟现在在甘露园门口摆摊儿算命，这意味着他已将变卖公司的钱挥霍殆尽。

他开始回忆往事，梳理线索。他复盘得出的结论是自己陷入了弟弟的阴谋，或者说是弟弟与蔡玲的合谋。他利用了自己的信任，用算卦的方式将他赶进空门，然后霸占了他的家产和女人。

他开始记起了全部。他记得他涉案的消息是弟弟提供的，这给他带来了极大的恐慌。他记得蔡玲对他说过，她会一直等他回来，无论是一年还是一生。他记得弟弟承诺，一定会为他看守好万贯家财，等他回来东山再起。

这一切都只是个阴谋，是一个作局者给他下的套儿。如果这个作局者是外人，他或会自认倒霉，然而这个人竟是自己的亲弟弟。"我对这个世界失去了信任。我不再相信人与人之间存在真实的情感。"他说。

然后，他手起刀落，干掉了亲弟弟。他陪着弟弟一起走上末路。无论弟弟走到哪儿，哥哥就跟去哪儿。

在郭良被杀之后，蔡玲很长时间无法从悲伤中复原。她比任何人都清楚，这桩离奇的凶杀案，一个还俗和尚杀死一个算命先生，是一个误解的悲剧，是命运的捉弄。

她无法接受命运对她的不公，也无法接受甘露园里的人对她指指戳戳，说她是个狐狸精，是祸水。有一段时间里，她每天将自己反锁在家里,以泪洗面,借酒浇愁。

在她眼里,丈夫郭良几乎是一个完美的男人。他温柔平和,谨慎细腻。他是一个完美的丈夫,是她心理和生理的双重依靠。他也是一个完美的父亲,既不严苛也不宽纵。他用自己的学识教育儿子,使其在同学中出类拔萃、备受瞩目。他也是一个孝顺的儿子,哥哥不在的日子里,照顾体弱多病的双亲,为他们送了终。

他还是一个正直的、有道德的人。因为不善于经营房地产业,他将哥哥的公司变卖,以投资的形式保全了哥哥的财产并且收益惊人。他并不迷恋奢华生活,而更喜欢生活的意境。他每天在甘露园门口摆摊算命,只是喜欢那种阅尽尘世的感觉,同时抵挡对哥哥的想念。无论哥哥走到哪儿,弟弟就会跟到哪儿。如果人无法跟去,心也会跟去。

蔡玲的日记里记载了弟弟作为哥哥财产"守护人"的计划和行动。"他告诉我,他将郭勇公司变卖之后,把钱一拆为三,一份存进了银行,一份进行了股票投资,一份投到了几家小公司里。我相信他投资的眼光,但是他投资一家民营殡仪馆的举动还是让我惊讶。他告诉我,生老病死是人一生中的正常状态,所以医院和殡仪馆才是真正的刚需,只要人类存在,医院和殡仪馆就是最值得投资的产业。还真有道理。"

那家殡仪馆后来进入快速发展期,规模越来越庞大,产业链也延伸了殡葬、墓地的各个分支。就在郭勇被判死刑的当天,这家叫"兄弟信仰"的公司在香港联交所上市,上市首日收盘价较发行价大涨141.4%,香港媒体报道中戏称,盘口信息为"要死要死"。

从哀伤中复原的蔡玲开始了新的生活。她与儿子一起勇敢地面对着误解和死亡,也勇敢地面对起了资本市场的挑战。她说:"我要成为一名真正的企业家,用事业来延续他们的故事,抚平那一道热泪伤痕。"

她即将搬离甘露园,这是她生活了十几年的地方。误解和死亡带给她观念上的撞击无法真正抹去,而只能压抑着潜藏心底。

对于甘露园来说,一个住户的离去,只是一个数字的变化;正如发生在甘露园门口的那场离奇凶杀案一样,很快会被一夜大风、一场大雨抹去痕迹。

人们会忘记他们的名字,忘记细节,忘记隐藏在细节背后厚重而悲剧的情感,而只记住曾经有一个还俗和尚,在小区门口杀死一个算命先生。

我将杂志送到了蔡玲家,顺便为她送行。

我想起第一次见到她的情形。作为鲜明的对照,她阴沉而忧伤的脸已经变得丰富起来。她眉开眼笑、精神焕发、光彩照人,因为丈夫的突然离世而平添的皱纹也平整了,肌肉绽放了,整个人都像是重生了一般。

我为她欣慰。

我们拥抱了一会儿。

"只有情欲的刺激才能把他的全部精力调动起来。"她在我耳边呢喃低语,"潜伏在他心里的猎手嗅出了这里有猎物。"

我知道她的话出自茨威格的《灼人的秘密》。这是我文章中曾多次引用的、她的日记中多次出现的一句话。我很清楚她这句话传递的信息。

我看到清晰的背景。窗外雾霾沉重，压得人喘不过气来。没有午后的阳光，它们没有穿透雾霾的能力。土黄色的日子，这样的日子，适合做爱。

我犹豫着要不要将她抱到床上，或是直接在沙发上开工。我们可以整个下午都疯狂做爱，就像是《与狼共舞》中邓巴中尉与他的印第安女人干的那样——"整个下午，他们都在做爱，一面情话绵绵。"

我能感觉到她的身体充满渴望。她心跳在加速，身体在发热，胳膊抱得我很紧。

我贪慕那种疯狂的爱欲，嫉妒郭良曾经拥有的一切。

"你爱我吗？"女人呢喃着。

"爱。"

我任由她抚弄，眼前却是郭勇一刀捅进了郭良的左腰眼，又一刀割断了郭良的喉咙。鲜血一下子喷了出来，喷了好远，喷得满地都是，喷得那颗歪脖子槐树都像被油漆涂过……

我突然觉得她的真实形象不应是眼前这个充满欲望、富有弹性的完美寡妇，而正应该是在香港联交所里那位神秘的中年女子，化着大浓妆，脸涂惨白，嘴涂血红，烫了个波浪头，戴着金丝边眼镜……

我起身穿好衣服，倒了一杯咖啡，一口喝掉。咖啡烫伤了我的喉咙。那种灼痛与郭良的灼痛是相似的吗？

"对不起，我得回单位了，还要写稿子。"

"我们还会见面吗？"

"会吧，你是著名企业家了。如果我们主编安排我去采访你，我们肯定会见面的。"

她笑了一下。

蔡玲很快搬离了甘露园，住进了顺义中央别墅区的一栋高档别墅里。那样的别墅才符合她的身份。她有了新的猎物，据说是一位年轻俊美的美国小伙儿。他们恩爱地生活在虚幻当中，在哈拉尔的香气弥漫里做爱。

"你会回来的。"

正如她所预言的那样，我搬到了她卖掉的这套房子里。我不知道自己为什么要搬来这里，或许只是一种情绪的驱动，或是欲望的索引。当中介告诉我，有这间房子要出租的时候，我毫不犹豫地答应了。

买主起初对这套房子很满意，格局好，采光不错，装修的保养也很好。他二话没说就付了款、办了手续。等他准备搬进甘露园的时候，有人告诉他这套房子的主人的故事，他就死活不敢住过来了。

他也曾找中介闹过，说是中介没有履行告知义务。中介回复他说，凶杀案发生在小区外面，跟这房子没有任何关系，他们没有义务告知他这些无关信息。

他没办法，就只好委托这家中介公司将房子租出去。我租这套房子的时候，也借凶杀案跟中介砍了砍价，以低于市价三成的价格拿到了房子。

房子里面没有任何变化。蔡玲没带走任何东西，她显然希望与往日进行彻底的诀别。

一走进房子，我就进入了幻觉。我嗅到房间的每个角落都飘溢着哈拉尔的香气，也塞满了她的情欲。

"蔡玲。"

我低声呼唤着她。

接下来的每个夜晚，都是我对她的想念。我开始整理房间，整理她曾拥有的一切。闲下来的时候，我就读她的日记，读她的爱情和她曾经释放的情欲。

"这个晚上，他辗转难眠。心念转动，想着一桩又一桩的事，好像检视着一间又一间的房子好休息。而每个房间，不是锁着的，就是荒废着，直到他找到了最后一个房间，才能住进去。在他心中，他知道是什么系住他了。这是《与狼共舞》中的一段文字。我知道是什么系住我了。比起哥哥来，弟弟拥有一种破解命运的魔力。哥哥只是顺从命运的裁决，而弟弟则是改变命运的构造。他们的身体都让我着迷，但弟弟却能够给我双重的抚慰，使我在心理和生理上都能得到满足。"

我想象着他们陷入疯狂，在哈拉尔的香气中像野狗一般交媾。我想起了那个雾霾深沉的午后，她求我进入她，而我则冷却了身体，从哈拉尔的香气里仓惶逃离。

每夜的物品整理令我疲惫，却又亢奋不已。我正在进入他们生活的每个细节。我甚至能够听到他们的耳语呢喃和粗重喘息。每个角落里都有情欲的气息。

我花了差不多一个月的时间才整理完房子。在这套房子里，我发现了生活的无数个隐秘。

我想起了那个午后，她那充满渴慕的神情，我这辈子恐都无法忘记。这多像是午后一场冗长而寂寞的噩梦，醒来后又要等待宿命的审判。

最沉重的整理工作留在了最后，是储物间。储物间里堆满了各种杂物，最多的东西是郭良的书，也有一些他们收藏的字画，多是朋友的馈赠；有些上了年头的，赝品居多，不过我也挑出了几幅，看起来像是真迹。

跟我预期的一样，他的书以命理、哲学与历史为主，其中算命的工具书有几百本。我运气不赖，竟然在里面找到了一些民国初年版本的旧书，算是一笔意外之财了。

我将它们摆上了书架。

那些哲学书也是我极为喜爱的，另有一套中华书局的"二十五史"，更像是巨大馈赠。依靠我微薄的收入，是舍不得花钱买这么一整套书的。

通过书，我可以进入郭良的世界，正如通过对谈，我可以进入郭勇的世界一样。我们在不断地误读、反讽、戏仿里搜寻、筛选、梳理对方传递的信号，然后根据需要形成结论。

庸常的日子里，我会透过客厅的落地窗，数着朝阳路上过往的车辆，也会默记加油站往来车辆的号牌。有时候我会躺在床上看月亮和星光，想象床板撞击墙壁的力道与频次。

如果说孤独是一种状态，无聊就是一种病。我好几次伸手要拨蔡玲的电话，或是要给"匆匆那年致青春"发条微信，临到终了，手缩了回来。

我只能低声呼唤她的名字，在漫无边际的思念里假想与她每日的生活、疯狂的交合，以及缠绵已毕，四肢交缠时的呢喃耳语。她温软的鼻音是如此迷人，像一个个春风沉醉的夜晚。

她留下的衣服，尤其是一堆蕾丝内衣，已经成为我释放思念的道具。我将它们一件件整整齐齐地挂在衣柜里，关上衣柜，打开衣柜，关上想念，打开想念。

蔡玲走后，甘露园平静了下来，太阳照常升起，又照常落下。阳光照旧会穿梭在楼宇之间，大妈们依旧会伴随着《小苹果》跳舞，间歇的时候谈论家长里短。

还俗和尚杀算命先生的故事已经不新鲜了，现在新鲜的是有一个香港人强奸了他家的小保姆。大妈们讲得绘声绘色，细节描述与色情片几无二致，仿似她们亲临过现场一般。

有一天闲极无聊，我煮上了咖啡，信手翻开一本《梅花易数》，躺倒在沙发里。

里面夹着几页纸，是一封信。

信是断断续续地写完，每一节后面都标注了时间，最后一节正是凶案的当日。

蔡玲：

如果你看到了这封信，那就意味着我已告别了人世。

我们的人生就如戏剧。我已经预想到了结局，只是无法确定闭幕的时间。我曾为我一生的闭幕占过几卦，每一卦的卦象都不相同，吉凶参半。我参不透，也无法解释，最后索性由它去了，顺其自然地等待命运的裁决。

　　他回来了。他每天都在小区对面的茶馆里看着我。我虽然背对着他,却能感觉到他的目光。我是个算命先生,观察周边的环境,搜寻最细微的细节,是我的特长。他以为我发现不了,其实我从一开始就知道他出现了。

　　这么多年来,我一直在为他看守财富。我觉得自己变成了命运的傀儡。我很辛苦,既对这种角色的扮演痛苦不堪,也对这种生活的负重心力交瘁。我想他回来了,我就可以释放了。(6月2日)

　　可是令我疑惑的是,他没有与我见面,甚至不愿与我打招呼,而是藏匿在暗处跟踪我,盯着我。我从他的眼神中可以看到凶气。他一定是忌恨我夺走了你,要回来报复。如果有机会,我愿意与他心平气和地谈谈;可是,或许根本不存在这样的机会。(6月3日)

　　我知道你们见过面,但我不知道你们谈了什么。在我们短促而复杂的一生中,每个迷局都是悲剧,你既无法破解,也无法逃离。(6月8日)

　　我想我们是爱过的,否则仅凭肉欲无法维持长久的激情。可是我们终究平淡了下来。身体不会撒谎,我毕竟正在老去,已经负荷不起你身体的需求。他的回来,或许会使你满足。你曾经说我是你精神的救主,而今日的他同样有能力成为你精神的救主,并且成为你身体的救主。十年的禁欲生活,每日的锻炼,一定造就了他的好身板。(6月18日)

　　我不知道事情最终会演变成怎样。我知道自己将成为悲剧。这是一种令人无力的想象。在烈日炎炎当中,想着自己最终将腐

烂、发臭，是一件作呕的事。（6月29日）

　　或许对我来说，最大的解脱正是死亡。死亡将使我的形态灰飞烟灭，最终呈现为一种非物质的存在。在我死后，你们可以得到你们想要的全部，财富、爱和幸福。我唯一担心的死亡方式，是被他冲动所杀，倘使那样，你则一定会成为笑柄。（7月4日）

　　今天我看到了他在对面找了磨刀师傅给他磨一把尖刀。我知道我的解脱即将到来。我不想改变戏剧的冲突。如果剧情是要以这样的方式推进，那么就让它行进到闭幕。无论怎样的结局，都算是一种完成。生既无可恋，死也谈不上悲哀。（7月15日）

　　我希望你和孩子好好地生活。多年来我努力塑造自己的形象，如今却觉得虚无缥缈。如果结局正如我所料，你将得到他和我的全部。我们是兄弟俩，哥哥走到哪里，弟弟就会跟去哪里；弟弟走到哪里，哥哥就会跟到哪里。（7月12日）

　　我死之后，你或许会在悲伤中度过一些时日，又或许会急不可耐地寻找下一个猎物。这都不要紧，生活总是要继续，而我却从来没有给过你完整的、想要的生活。失去了束缚，你则可走你想走的路。（7月23日）

　　今天出门前，我为自己占了一卦。今日是我的大日子，命运的裁决即将到来。没什么可遗憾的，尘归尘，土归土，公狗归母猪。我去也。（8月16日）

我给蔡玲拨通了电话。

"我就知道你会回来的。"她说。

"是你把郭勇叫回来的。"

"你怎么知道的?"她有些慌乱。

"我猜的。"

挂断电话,我又想起了那句话:

"出色的报道,关键不在于人物、内容或时间,而是原因。"